WOW!
O PRIMEIRO CONTATO

PABLO ZORZI

WOW!
O PRIMEIRO CONTATO

1ª edição
Rio de Janeiro-RJ / Campinas-SP, 2019

VERUS
EDITORA

Editora
Raïssa Castro

Coordenadora editorial
Ana Paula Gomes

Copidesque
Katia Rossini

Revisão
Cleide Salme Ferreira

Capa
André S. Tavares da Silva

Fotos da capa
Acervo de André S. Tavares da Silva

Projeto gráfico e diagramação
André S. Tavares da Silva
Juliana Brandt

ISBN: 978-85-7686-719-7

Copyright © Verus Editora, 2019

Direitos reservados em língua portuguesa, no Brasil, por Verus Editora. Nenhuma parte desta obra pode ser reproduzida ou transmitida por qualquer forma e/ou quaisquer meios (eletrônico ou mecânico, incluindo fotocópia e gravação) ou arquivada em qualquer sistema ou banco de dados sem permissão escrita da editora.

Verus Editora Ltda.
Rua Benedicto Aristides Ribeiro, 41, Jd. Santa Genebra II, Campinas/SP, 13084-753
Fone/Fax: (19) 3249-0001 | www.veruseditora.com.br

CIP-BRASIL. CATALOGAÇÃO NA FONTE
SINDICATO NACIONAL DOS EDITORES DE LIVROS, RJ

Z81w

Zorzi, Pablo, 1987-
Wow! O primeiro contato / Pablo Zorzi. - 1. ed. - Campinas [SP] : Verus, 2019.
; 23 cm.

ISBN 978-85-7686-719-7

1. Romance Brasileiro. 1. Título.

18-50145   CDD: 869.3
              CDU: 82-31(81)

Meri Gleice Rodrigues de Souza - Bibliotecária CRB-7/6439

Revisado conforme o novo acordo ortográfico

Seja um leitor preferencial Record.
Cadastre-se no site www.record.com.br e receba informações sobre nossos lançamentos e nossas promoções.

Atendimento e venda direta ao leitor:
sac@record.com.br

Eu não acredito em destino, sorte ou qualquer coisa do gênero.
E lhes asseguro que não foi nada disso que me fez encontrá-la.
Ainda assim, gostaria de poder escrever o nome dela no céu,
desenhando as letras enquanto arrasto estrelas com os dedos, para
que o mundo todo visse. É evidente que não posso. Dessa forma,
em vez de uma exibição mítica, dedico *Wow!* a ela, cujo medo do
que há além contribuiu para que uma ideia se tornasse um livro, e
cujo amor muito auxiliou para que eu me tornasse quem sou.
Provavelmente eu não teria me perdido na vida sem ela e
encontraria outros caminhos para trilhar. Mas tenho certeza
de que meus caminhos seriam menos encantadores e fariam
com que eu tivesse aceitado ser menos do que poderia.

Para Naiana

PRÓLOGO

20 DE AGOSTO DE 1977 - 00H46

— Vamos, acorde! — Eliot bateu com a ponta do dedo na orelha de Jerry. — É sua vez de jogar.

Jerry estava estático, pensativo, com o taco de bilhar na mão direita e o olhar fixo num quadro do Jack Daniel's pendurado na parede do bar. Ao voltar para o jogo, debruçou-se na mesa e mirou a bola que restava. Era uma tacada difícil, mas, para quem tinha pressa de sair, derrubá-la foi moleza.

— Pra mim a noite termina agora — disse enquanto a bola se dirigia ao buraco.

O animado som ambiente tocava "Kiss Me Quick", de Elvis Presley, encontrado morto em sua mansão quatro dias antes.

— Eu ainda vou ficar mais um pouco — Eliot falou.

Jerry fez um gesto negativo quando percebeu o olhar atento do amigo em uma mulher de cabelos castanhos e calça apertada sentada numa mesa próxima, bebendo um dry martini. Eliot tinha se casado havia quatro meses e seria pai em breve, mas nem isso o impedia de flertar com outras mulheres sempre que saíam para beber.

— Tá legal — Jerry murmurou e tomou outro gole de cerveja. — Nos vemos na semana que vem?

— Ainda não sei, cara — a reposta veio em tom incerto. — A Diana está querendo visitar os pais dela antes do nascimento do bebê. Provavelmente vou ter que pegar uns dias de folga.

— Vá se acostumando. Daqui a algumas semanas você será o que menos vai dar ordens em casa.

Eliot riu.

— Falando nisso, comprou o terno para o batizado?

— Não aquele que comentei. O preço estava demais pra mim. Comprei outro, mais em conta. — Jerry olhou através da janela. Nuvens carregadas pairavam no céu, molhando o asfalto numa garoa incessante. — Vou dar o fora antes que o tempo piore. Não faça nenhuma besteira!

— Deixa comigo, cara. Boa noite.

A chuva passageira, que se mantinha fina até aquele momento, engrossou quando Jerry estava chegando ao estacionamento. Ele precisou apressar o passo para não ficar ensopado, mas não foi rápido o bastante para chegar seco ao carro, um Renault Dauphine 1961 que havia herdado da mãe.

Alguns metros longe do veículo, com os ombros encolhidos debaixo de um poste, um homem barbado com capa de chuva tragava um cigarro quase apagado, tentando disfarçar, mas era perceptível que seu olhar estava atento. Jerry pôs a chave na ignição e deu partida duas vezes para que o motor roncasse. Ele coçou a testa quando engatou marcha a ré e viu o mesmo homem embarcar depressa num Maverick azul, que disparou pela avenida, quase batendo em um carro estacionado.

Onze quadras pouco movimentadas separavam o bar de sua casa. Na última esquina, com as ruas quase desertas, o barulho compassado do limpador de para-brisa embalou seu pensamento quando parou no sinal vermelho. Lembrou que precisava ir ao banco na manhã seguinte, além de dar um pulo na universidade para conversar com o supervisor a respeito do que tinha descoberto horas antes, naquela noite. O trovão que ouviu segundos depois o alertou de que a luz verde tinha acendido, então acelerou para entrar à direita. Assustou-se. Teve que frear quando uma ambulância lhe cortou a frente, entrando na rua. *A sra. Perez deve ter enfartado de novo*, imaginou. Estava curioso para saber o que acontecia na vizinhança.

Ficou surpreso ao se aproximar e avistar três carros de polícia e uma ambulância parados na frente da sua garagem. Além do Maverick azul estacionado do outro lado da rua, com o homem misterioso observando toda a movimentação. Havia paramédicos entrando e saindo da casa e, na calçada, alguns policiais com guarda-chuva interrogavam os vizinhos.

Avançou devagar e estacionou atrás de uma das viaturas. Antes que desligasse os faróis e desembarcasse, dois policiais corpulentos se aproximaram.

— Sr. Laplace?

— Sim, sou eu — Jerry respondeu, um tanto desconfiado. — Algum problema?

— Pode sair do carro, por favor?

Enrugou a testa ao perceber que todos o encaravam.

— O que está acontecendo? — indagou, virando o pescoço para enxergar a repentina movimentação na porta, onde dois paramédicos empurravam uma maca com um corpo coberto em direção à ambulância.

— É o que esperamos que responda. — O policial mais alto pegou as algemas enquanto o outro o revistava. — Saia do carro e ponha as mãos na cabeça.

Jerry obedeceu. Ficou espantado, dominado por uma sensação de impotência que o paralisou por completo, conforme os guardas passavam a mão por sua cintura e pernas. Manteve-se em silêncio, sentindo a chuva lhe ensopar as roupas, enquanto os vizinhos ao redor cochichavam e apontavam, como se estivessem diante de um criminoso.

— Ele está limpo — o policial que o revistara anunciou.

Jerry suspirou, mas o breve momento de alívio terminou quando o policial grandalhão apontou o brilho da lanterna para o banco de trás do Renault Dauphine, onde havia uma pistola 9 mm enrolada num pano ensanguentado, com apenas o cano aparecendo.

— Jerry Laplace — o seguraram pelo braço e algemaram —, você está preso pelo assassinato do professor Joseph Currie. Tudo o que disser poderá ser usado contra você...

1

UNIVERSIDADE DE OHIO, OBSERVATÓRIO DO SETI
UM DIA ANTES

A noite estava abafada demais para que Jerry Laplace, aspirante a astrofísico e voluntário no projeto SETI, aparecesse no estágio vestindo camisa social abotoada. Naquele dia em especial, ele precisou se esforçar para encontrar a chave que abriria o Observatório. Tinha sido um longo e cansativo dia de estudos para as provas finais, e a noite, como de costume, não prometia nenhuma surpresa que pudesse espantar o sono estampado em seus olhos, escondidos sob os óculos.

Meses antes, numa manhã pouco diferente de outra qualquer, enquanto seus colegas de faculdade se reuniam para discutir detalhes da festa de formatura, da qual ele não participaria por falta de dinheiro, Jerry encontrou numa pilastra do corredor da universidade um panfleto anunciando que o Observatório estava com vagas abertas para "voluntários que tenham interesse em conhecer o universo".

Não foi um caso de amor à primeira vista, mas a necessidade de preencher algumas horas extracurriculares que lhe faltavam no fim do semestre o fez arrancar o panfleto e guardar na mochila. No dia seguinte acabou se inscrevendo, imaginando que aquela seria uma boa oportunidade para enxergar o cosmos por outro ângulo que não a enxurrada de números com os quais era obrigado a conviver durante as aulas. Aliás, era isto que esperava quando escolheu cursar astrofísica: conhecer as maravilhas do universo, decifrar os mistérios das estrelas, viajar com os cometas, não passar horas fazendo cálculos que no fim apenas o deixavam com mais dúvidas.

A sala do Observatório ficava no campus da universidade, numa construção sem janelas distante algumas dezenas de metros do prédio principal. Quando a porta pesada de metal rangeu, um jovem acadêmico que passava por perto acelerou o passo e sumiu na escuridão do campus. Jerry o observou até que estivesse distante, então respirou fundo, pensando em deixar a porta aberta para arejar o ambiente.

— O que fazemos aqui é importante, por isso a porta deve permanecer fechada durante o expediente — repetiu em voz baixa as palavras do supervisor. — São regras da universidade.

Largando a mochila de couro na cadeira, logo sentiu o calor daquele lugar abafado tomar conta de seu corpo. Nem o ventilador de teto instalado havia poucos dias foi capaz de espantar a sensação. Uma gota de suor teve que escorrer em sua testa para que despertasse e arregaçasse as mangas da camisa.

Quando sentou na cadeira estofada e viu os mesmos farelos de bolacha da semana anterior espalhados pelo chão, hesitou e pensou no que ele, um aspirante a cientista, estava fazendo naquele lugar onde o êxtase da empolgação acontecia a cada vinte dias, quando o supervisor aparecia para verificar se os voluntários estavam cumprindo horários e fazendo o que lhes cabia.

O projeto SETI, que diziam ser financiado por um fundo científico da universidade, apesar de parecer algo complicado, tinha um objetivo bastante simples: analisar sinais de rádio recebidos do espaço por radiotelescópios.

Logo após ter sido aceito como voluntário, tendo conseguido a melhor nota na prova de admissão, Jerry foi convidado para assistir a uma palestra conduzida pelo renomado professor Herschel Shapley, membro titular da Academia Científica Americana e indicado ao Prêmio Nobel de Física oito anos antes.

— Se existe alguma forma de vida inteligente extraterrestre no universo — o professor começou —, é bem possível que tente se comunicar através de ondas de rádio. — Sua voz grossa ribombava nas paredes da sala com uma fluência que demonstrava amplo conhecimento.

— Se são inteligentes, por que não enviam sinais de TV? — indagou um espertalhão que durou só dois dias no projeto.

Herschel Shapley, um homem alto com barba rala, cabelos brancos e olhos verde-escuros, ergueu a sobrancelha e perguntou se alguém gostaria de responder.

— Porque é cientificamente comprovado que ondas de rádio são a forma de transmissão mais rápida conhecida — um dos voluntários respondeu.

— Perfeito — o professor assentiu. — Assim como outras ondas eletromagnéticas, elas viajam à velocidade da luz no vácuo.

Jerry se lembrava da resposta como se a tivesse ouvido poucos instantes atrás, embora já não acreditasse como naquele dia.

Era noite de sexta-feira e faltava uma semana para a festa de formatura de sua turma, para a qual nem sequer tinha sido convidado. Três meses tinham se passado desde que entrara no Observatório pela primeira vez, e nenhum sinal havia sido encontrado. A descrença era tamanha que antes de dormir, todos os dias, ele pensava qual seria a desculpa que usaria para se desligar de uma vez por todas do projeto.

Quando abriu a lata de refrigerante que tinha na mochila, o líquido borbulhou e derramou, deixando uma marca alaranjada no chão. Um gole bastou para que descobrisse que a bebida havia esquentado tanto que ficou intragável. Acomodou a lata na bancada de madeira, ao lado dos computadores.

Respirando fundo, tirou os óculos e baforou nas lentes antes de limpá-las na calça. A seu lado havia uma pilha de registros não conferidos. Folhas e mais folhas impressas de papel perfurado, processados por um computador IBM 1130, que precisavam ser analisadas.

As primeiras onze folhas datavam de 14 de agosto, cinco dias antes, e traziam informações minuto a minuto sobre os dados recebidos pelos radiotelescópios.

— Isso que eu chamo de empolgação! — Jerry desabafou ao passar os olhos e ver o mesmo de sempre. Centenas de longas sequências dos números um, dois, três e quatro.

Numerais baixos representavam um ruído natural de fundo. O zumbido de um sinal comum. O eco do Big Bang, como o professor Shapley costumava dizer.

```
 1    211   14  1 1   1
32 1   12 1 122 1 2  2 1
 2    1 1   2 22     1  21
12   2 11   1 23 11 31  3
 1    14   1        11     1
 1     3        1   4
32   1 22 3 12   1 1  3 1
```

Demorou exatos doze minutos para analisar as onze folhas do dia 14 e nem esperou para começar a analisar as do dia seguinte, querendo terminar logo com aquilo.

15 de agosto de 1977.

Apenas numerais baixos durante a manhã e a tarde. Era a sétima folha das nove daquele dia. Seus olhos fracos precisaram de uma breve pausa naquele momento. Tirou os óculos e empurrou a cadeira para baixo do ventilador. Até um gole do refrigerante arriscou beber. Enquanto olhava para cima, para as hastes giratórias, o telefone tocou. Isso acontecia eventualmente, mas nada que empolgasse. Devia ser o supervisor querendo saber se o voluntário estava cumprindo o horário.

— Projeto SETI — Jerry atendeu, mas só ouviu um ruído do outro lado da linha. — Quem está falando? — indagou ao perceber que não respondiam.

Ouviu alguém respirando.

— Quem fala? — tentou mais uma vez.

A ligação caiu.

Antes de devolver o fone ao gancho, matutou sobre o real motivo que o levava a continuar naquele lugar, onde o auge da noite era uma ligação muda. Já tinha completado as horas extracurriculares e a colação de grau estava próxima. Não encontrou nada que pudesse prendê-lo ao estágio. A verdade era que mal lembrava a razão de ter escolhido cursar astrofísica. Se a memória não lhe pregava peças, remoeu, tinha sido o tio John a dar o palpite sobre essa profissão ainda quando Jerry estava no ensino primário. "É um belo trabalho", ele dissera. Sua mãe concordara. Estudar as estrelas, os planetas e as galáxias. Foi para isso que concluiu o curso, não para atender telefonemas e verificar números impressos.

Tédio.

A impressora barulhenta puxou mais papel para registrar novos dados. O som estridente o alertou de que estava na hora de voltar aos números. Sem demora, pegou diversas folhas e recomeçou. Foi na penúltima página do dia 15 de agosto que o enfado habitual foi abalado por algo impressionante. Jerry chegou a esfregar os olhos com o que viu.

— Mas que merda é essa? — sussurrou, abismado, fazendo uma pausa anormal entre as palavras. Sua pulsação acelerou tanto que ele precisou relaxar os braços e respirar fundo.

Aquilo que estava impresso no fim da página não se parecia com nada que tivesse visto. Os números baixos tinham se misturado com letras numa coluna vertical de sequências alfanuméricas. Isso representava um sinal quase trinta vezes mais potente que os ruídos de fundo. Captado às 23h16 do dia 15 de agosto, o sinal recebido de algum ponto do universo durou setenta e dois segundos, até desaparecer gradualmente.

Com muito esforço, Jerry conteve a empolgação.

— Devo estar vendo coisas. — Desviou os olhos para a parede e voltou a mirar a folha, constatando que aquilo era mesmo real. E tão nítido que um êxtase repentino tomou conta de seu corpo. Um verdadeiro contato? Aquele acontecimento era extraordinário. Tanto que, vendo a sequência de letras e números, Jerry as circulou com caneta vermelha. — *Wow!* — falou alto e escreveu no papel em seguida.

```
  1       2           1   4   3
  1 16    1       1           1
  1 11    1       1       11  1
     1                3   1
    (6) 2             31
 1E24     3   12  1   21  1
 (2) 1  1(6)1 2       1   1        1
 (U)31    1           3 (7) 1
 2 1 1    31  3 111   11  1   1
 (5)1                 1   1
     14   1       113     2   11
  1 3     1   1       1
  1 4         1   1 1     11
     4    1 1     1 11     111
     1            1       2 1
  1 1 1   1               11  1
     1            1           14
```

Wow!

2

ATHENS, OHIO
20 DE AGOSTO DE 1977 - 1H16

De madrugada, algemado no banco de trás da viatura, Jerry parou de falar depois de tentar convencer os dois policiais de que não tinha ligação nenhuma com o crime do qual estava sendo acusado. Vendo a luz dos postes ficar para trás enquanto o motorista acelerava além do limite, observou os pingos de chuva que escorriam em linhas tortas pelo vidro lateral. Abaixou a cabeça, aproximando-se da grade que o mantinha isolado dos policiais.

— Para onde estão me levando? — perguntou.

— Para onde acha que levamos os acusados de assassinato? — o policial no banco do carona respondeu.

Voltando a se recostar no estofado que fedia a suor, Jerry enrugou a testa ao perceber pelo vidro traseiro a aproximação de uma camionete escura que dava sinal de luz e ultrapassava outros veículos sem se importar com as leis de trânsito.

— Temos companhia. — O motorista acelerou um pouco, lançando olhares para o espelho retrovisor.

— Deve ser um maluco bêbado — o outro homem da lei emendou.

— Depois de deixar este aqui na delegacia, nós vamos atrás dele. Vou anotar a placa — continuou, tirando um bloco de notas do porta-luvas.

— A camionete não tem placa. — Jerry estava com o corpo virado, olhando através do vidro fumê.

Houve um momento de tensão.

— Puta merda! Pode estacionar — o policial na carona pediu, quando se virou para olhar. — São os federais — revelou, guardando o bloco. — Os filhos da puta sempre tentando levar o crédito.

O motorista desligou o sinal luminoso e procurou um espaço para estacionar. Ainda percorreu cerca de quinhentos metros antes de parar na frente de um supermercado. Em instantes, a camionete escura encostou atrás, e dois homens de terno desembarcaram. Jerry viu que um deles era branquelo e mal-encarado, enquanto o outro tinha pele morena e barba malfeita.

Os dois chegaram pela calçada.

— Boa noite — o policial atrás do volante cumprimentou e forçou a manivela para abrir o vidro.

— Boa noite. — As palavras do moreno soaram soberbas quando mostrou o distintivo dourado. — Este é o acusado do assassinato na casa da Rua Mill? — Curvou o corpo para observar o rosto de Jerry pelo vidro lateral.

— Sim. O prendemos há poucos minutos — o policial respondeu após breve hesitação. — Estamos levando para interrogatório na delegacia.

— Não será necessário. — Foi o branquelo quem falou dessa vez. — Fizeram um ótimo trabalho, mas nós assumimos a partir daqui.

Jerry mal teve tempo de entender o que estava acontecendo e o moreno abriu a porta traseira, puxando-o para fora e levando-o até a camionete. Forçando os olhos para averiguar o que ocorreria em seguida, viu o branquelo conversar com os policiais por mais alguns segundos. Quando tudo parecia estar resolvido, o federal colocou a mão na cintura, de onde tirou uma pistola com silenciador, e disparou contra os policiais. Em seguida observou os arredores e voltou para a camionete com o rosto sério.

Preso no banco de trás, Jerry se apavorou. *Por que ele matou os policiais?* Embora a chuva deixasse a temperatura agradável na madrugada, gotas de suor começaram a escorrer em suas costas. Temendo pela própria vida, pensou em abrir a porta para escapar, mas antes que pudesse tentar o branquelo já estava a seu lado com a arma apontada.

— Onde está a folha com o sinal? — o agente perguntou com o dedo firme no gatilho. — Onde está?!

O coração de Jerry disparou.

— Eu não... — tentou falar, mas o federal o agarrou pelo pescoço e enfiou a ponta da arma em seu ouvido.

— Onde está a merda da folha? — Havia repulsa na voz.

— No bolso — revelou, quase sem ar. — No bolso de trás.

O braço forte do agente lhe forçou a cabeça contra o banco enquanto remexia nos bolsos de sua calça.

— Encontrei. — O homem mirou a folha de papel dobrada. — Obrigado pela cooperação, sr. Laplace — falou antes de lhe dar uma forte coronhada na lateral da cabeça.

3

ATHENS, OHIO
20 DE AGOSTO DE 1977 - 8H09

Jerry se viu deitado numa cama macia com lençóis limpos quando despertou com a cabeça latejando. Ouviu pássaros arrulhando e sentiu um cheiro agradável de jasmim, trazido para dentro do quarto pela brisa que balançava as cortinas de seda da janela. Seus olhos estavam embaçados, mas isso não o impediu de forçar os cotovelos na cama para sentar e observar o cômodo. Nada do que viu lhe pareceu familiar. Tateou o criado-mudo em busca dos óculos.

— Está procurando isso? — ouviu uma voz masculina.

Estreitando os olhos para melhorar o foco, enxergou um velho de roupão vermelho levantando de uma poltrona xadrez. Remoendo as vagas lembranças de medo da noite anterior, se recostou na cabeceira, temeroso, até que o homem chegou perto o bastante para que o borrão tomasse contornos mais definidos.

— Dr. Shapley? — Jerry lhe lançou um olhar surpreso.

O professor assentiu e se abaixou.

— Não lembra como chegou aqui, não é? — Shapley tratou de lhe entregar os óculos, que encontrara no chão, ao lado da cama. — Você estava bem atordoado ontem, quando te trouxeram. Imaginei que ficaria confuso.

Jerry alisou o queixo sem dizer nada. Sentia palpitações cardíacas anormais e, por um instante, teve falta de ar.

— Preciso do meu remédio — pediu. — Eu deveria ter tomado uma hora atrás. — Sua língua ficou dormente. Um sintoma clássico de atraso na medicação.

Apesar de jovem, Jerry sofria de insuficiência cardíaca. Uma doença que descobrira muito cedo, ainda quando criança, que faz com que o coração não consiga bombear sangue suficiente para o corpo. A falta de medicamento duas vezes ao dia fazia com que sentisse tontura, falta de ar e palpitações.

— Vou providenciar — o professor o acalmou.

— Tenho comprimidos no bolso da camisa — Jerry apontou.

O velho foi em busca do remédio.

— Vou te deixar à vontade para se vestir — falou, assim que Jerry colocou as pílulas na boca. — Quando estiver pronto, desça ao meu escritório. Se não encontrar, peça a um dos criados que te guie.

Os passos do professor na escada fizeram Jerry fechar a porta e ir depressa ao banheiro em busca de água. Ao passar pela janela, um barulho compassado de tesouras lhe chamou a atenção. Lá fora, um jardineiro aparava as plantas ao lado de uma construção menor, que parecia uma garagem. Mais ao longe, avistou diversas árvores e lavouras de algodão. Certamente estava numa fazenda ou algo do gênero. *Como vim parar aqui?*, pensou, recordando aos poucos os acontecimentos da madrugada.

Não demorou a entrar no banheiro e sair vestindo suas roupas secas, estendidas no box. Receoso, olhou para fora mais uma vez quando passou pela janela, para garantir que tudo estava bem. Os infortúnios da noite anterior martelavam em sua mente, deixando-o assustado e ao mesmo tempo curioso para saber como havia chegado àquela casa. Em busca de respostas, desceu ao primeiro andar da mansão e logo encontrou o professor Herschel Shapley no escritório, sentado numa confortável cadeira de couro na frente de uma estante repleta de livros acadêmicos.

Houve um momento de silêncio petrificado enquanto Jerry se acomodava diante da escrivaninha de madeira. Com olhar arrebatado, encarou o velho antes de enrugar a testa e forçar uma tossida, tentando chamar atenção. Não adiantou. O professor parecia tranquilo, embora as linhas desenhadas no rosto mostrassem que estava concentrado, folheando um livro de capa dura como se procurasse uma página específica.

— Poderia me contar como vim parar aqui? — Jerry curvou o corpo, quase se debruçando sobre o tampo da escrivaninha.

Shapley nem piscou.

— Doutor? — emendou com voz mais firme.

— Oh! Me perdoe — Shapley se desculpou e desviou a atenção do que fazia. — Pode repetir?

— Perguntei como vim parar aqui.

Outro instante de silêncio. A atenção do doutor voltou para o livro, como se nada além daquilo importasse.

— Garoto, você sabia que em 3200 a.C. a tribo africana dos dogons já afirmava que a Terra gira em torno do Sol, Júpiter tem quatro luas e Saturno é cercado de anéis? — o professor tagarelou, desconversando sobre a indagação.

Jerry fungou. Não estava no clima para discutir astronomia, menos ainda a possibilidade de que uma civilização decrépita tivesse tais conhecimentos científicos.

— Veja. — Shapley folheou o livro até chegar a um mapa estelar de duas páginas. — Sabe que estrela é esta? — apontou.

— Sirius — Jerry palpitou, bufando. Não pôde deixar de ver, anotada a lápis no canto do mapa, uma sequência alfanumérica que aparentava ser coordenadas geográficas.

— Ela mesma — o professor concordou, fechando o livro depressa. — Até hoje o calendário dos dogons se baseia num ciclo de cinquenta anos. Os sacerdotes da tribo afirmavam que isso se deve ao fato de Sirius ser orbitada por uma anã branca, densa e compacta, chamada Sirius B, cujo movimento de translação dura cinquenta anos. — Ele parecia empolgado.

— Isso é bem interessante, doutor — Jerry murmurou, sem entender o motivo daquela aula de história —, mas o senhor pode me contar quem foi que me trouxe aqui?

Shapley o ignorou outra vez.

— Interessante mesmo é saber que faz poucos anos que os cientistas descobriram que Sirius B é, de fato, uma anã branca muito densa e compacta — explicou. — Mas o melhor de tudo é o seguinte: Sabe qual o tempo de translação de Sirius B em relação a Sirius?

Aquilo estava parecendo um melodrama interminável.

— Cinquenta anos? — Jerry palpitou, mexendo as mãos. Não conseguia disfarçar a falta de interesse no assunto.

— Cinquenta anos, quatro meses e vinte e quatro dias — o professor respondeu com voz empolgada. — Os dogons não tinham nenhum telescópio milionário, caçavam com paus e pedras e ainda assim sabiam de tudo isso há mais de cinco mil anos.

Jerry não precisou se esforçar para entender que o professor estava insinuando a existência de vida alienígena inteligente. Só não entendia o motivo daquilo, visto que ambos trabalhavam no projeto SETI. *É isso que fazemos, não é?*

— É uma história fascinante. — Ele ameaçou levantar. — Mas podemos discutir isso depois?

— Bem... — Shapley não se desviava do foco. — Pensei que quisesse saber como os dogons tinham conhecimento dessas coisas.

— Tudo bem — Jerry entrou na conversa, contrariado. — Como a tribo sabia?

Os olhos de Shapley brilharam.

— Os dogons atribuíram esse conhecimento aos deuses Nommo, extraterrestres de Sirius, que os visitaram e os ensinaram a viver em sociedade — ele explanou. — Os sacerdotes ainda dizem que esses deuses um dia voltarão para reclamar controle sobre a Terra.

— E o senhor acredita na história dos sacerdotes? — Jerry soltou uma lufada de ar por entre os lábios.

O professor franziu a testa num claro gesto de dúvida, colocando o livro de capa dura de volta na estante. Um barulho que veio de fora o fez dar a volta na escrivaninha e caminhar em direção à janela.

— Preciso que guarde isso. — A voz dele ficou apressada de repente, como se tivesse sido pego de surpresa. Ofereceu a Jerry uma folha de papel dobrada. — Suba para o quarto e tranque a porta. Não estamos mais seguros aqui.

Antes que Jerry pudesse perguntar o motivo do alvoroço, um disparo foi ouvido e gritos horrorizados vieram em seguida. Ele bem que tentou ir até a janela, mas foi impedido de avançar.

— Eu disse para você subir! — o professor ordenou com voz nervosa e pegou uma arma na gaveta da escrivaninha.

Jerry fitou a janela antes de se virar para sair. Viu que, pelo corredor estreito, vinha correndo um homem com roupas de mordomo, que nem sequer pediu licença antes de entrar.

— Doutor, um homem num Maverick azul derrubou o portão e matou o segurança na guarita — revelou, ofegante.

4

O homem barbado abriu a porta do carro e saiu apontando a arma para a linha do horizonte. Estava usando a mesma capa de chuva da noite anterior e mantinha um cigarro aceso na boca.

— Maldição — queixou-se ao ver o para-choque personalizado do Maverick todo amassado.

Com o canto dos olhos, avistou um jardineiro escondido atrás de um arbusto. Despreocupado, avançou pela calçada até chegar à porta da frente e girar a maçaneta. Trancada. Recuou um passo e disparou contra o trinco, dando um chute em seguida. Nada. Usando as paredes como proteção, deu a volta e foi para a porta dos fundos. Estava apenas encostada. Empurrando devagar, teve que se esgueirar contra a parede quando as dobradiças rangeram e um tiro de revide veio lá de dentro.

Um instante de calmaria bastou para que o homem tentasse nova investida. Empurrou a porta com o pé e rolou para dentro da cozinha, ficando abaixado atrás do balcão enquanto mais disparos passavam, zunindo sobre sua cabeça. Ciente de que precisaria abater o atirador se quisesse continuar, foi até o canto do balcão e observou um mordomo protegido atrás da parede, recarregando uma arma. Sem esperar, fechou o olho para mirar melhor e atirou na cabeça, fazendo sangue espirrar por todo o cômodo.

Tirou a capa de chuva e colocou sobre o balcão. Fumaça saía pelo cano da arma. Caminhou até o próximo cômodo, uma sala de jantar com corredor e escadas que levavam ao segundo andar.

O corredor estreito pelo qual escolheu seguir terminava numa grande porta de vidro. Logo percebeu que era o escritório. Olhando pela janela, avistou dois homens correndo pelo gramado na direção da garagem. Não hesitou em ir atrás. Derrubou as flores de um aparador quando saiu correndo e fez a curva para chegar à cozinha.

• • •

Jerry e Shapley estavam abrindo o portão da garagem quando o homem barbado surgiu pelos fundos. Com pouca distância de vantagem, eles abandonaram o plano e se puseram a correr ao calcular que não conseguiriam fugir de carro.

— Tem uma floresta atrás da propriedade — o professor revelou, dando um tiro que serviu para atrasar o inimigo. — Na mata será fácil despistá-lo.

— Quem é ele? — Jerry perguntou, sem interromper a corrida.

O estampido de outro disparo o fez olhar para trás, por sobre o ombro, e ver Shapley caindo no chão.

— Vá para a floresta! — O professor deitou de costas e atirou várias vezes contra o intruso, que precisou buscar abrigo na garagem. — Corra! — ordenou. — Entregue a folha que te dei ao dr. Rydberg, Isaac Rydberg. Ele vai ajudar.

A adrenalina invadiu o sistema de Jerry, que, mesmo estando longe de ser um atleta, cruzou o portão e correu para as árvores sem ser alcançado. *Dr. Isaac Rydberg?* A dúvida martelava em sua mente enquanto se afastava o mais depressa que podia. Ao entrar na floresta, continuou em linha reta, mas um disparo que tirou lascas de uma árvore próxima o fez começar a ziguezaguear e se jogar atrás de um arbusto, logo depois de um declive acentuado na mata. Tentando controlar os movimentos, pensou que sua hora tinha chegado quando ouviu passos amassando folhas secas e sentiu um cheiro forte de cigarro lhe invadir as narinas. O homem estava tão perto que o coração de Jerry acelerou e seus olhos enegreceram. Sintomas de sua doença cardíaca, misturados ao nervosismo extremo. *Acalme-se ou vai ter uma parada cardíaca*, disse a si mesmo, lembrando a última vez em que estivera internado num hospital.

O homem avançou um passo, pisando em um tronco podre, que esfarelou. Cuspiu no chão e tragou o cigarro quando um trovão iluminou a floresta, antecipando a garoa fina que passou a cair naquele segundo e o fazendo dar meia-volta.

Mantendo-se imóvel, Jerry sentiu os músculos relaxarem quando avaliou que tinha conseguido escapar. Ficou em absoluto silêncio por mais alguns minutos, antes de se ajoelhar e olhar de trás do arbusto. Não havia ninguém, apenas uma bituca de cigarro apagada no chão. Que surpresa teve quando levantou e viu um fio de fumaça atrás de um tronco grosso de castanheiro-da-índia.

— Não tenha medo, rapaz — o homem falou. — Sei que está confuso, mas não tenha medo. — Então se virou, com o cigarro entre os dedos e o revólver na mão.

Jerry ficou imóvel e não respondeu. Um ronco de motor na estrada de terra, a sessenta metros de onde estavam, lhe chamou a atenção. Aquela era uma via rural. Carros e máquinas agrícolas passavam por ali diariamente. Talvez alguém pudesse ajudá-lo.

— Shapley era um crápula que só queria usá-lo. Ele era o verdadeiro inimigo, não eu. — O homem se aproximou. — Ele nem ficou com remorso depois de mandar matar aqueles dois policiais inocentes para poder capturá-lo.

As gotas finas que caíam do céu molharam as lentes dos óculos de Jerry. Era fácil se convencer de que o homem estava falando a verdade ao lembrar a coronhada que levara na camionete na noite anterior. No entanto, suas palavras soavam pouco confiáveis.

— Quer a prova de que digo a verdade? — O homem baforou fumaça pelas narinas. — Olhe o papel que ele te entregou. É o mesmo que tiraram de você ontem.

Encurralado na mata densa com árvores altas, Jerry relutou. *E se ele me matar ao perceber que estou com a folha?*, pensou, mas a curiosidade venceu.

Ao conferir, viu que era de fato o mesmo papel.

Uma rajada de vento arrastou galhos secos e fez algumas folhas voarem. O barulho foi seguido das passadas apressadas de alguém que se aproximava. Quando ouviu tiros, Jerry deu um passo para o lado e correu, entrando ainda mais na mata fechada.

— Vão atrás dele! — um homem mal-encarado gritou, ordenando e apontando na direção que ele tinha corrido. Os dois que o acompanhavam saíram em disparada.

Jerry correu por vários minutos e apoiou as mãos nos joelhos quando cruzou uma nascente para despistar os dois perseguidores. Suas coxas doíam; não lembrava a última vez que precisara correr tanto num único dia. Menos de um minuto de descanso e ouviu vozes. Os homens estavam perto. Voltou a correr e só parou quando alcançou o muro da mansão de Shapley, descobrindo que tinha corrido em círculo. Costeando a barreira de tijolos, chegou ao portão da frente e lançou um olhar arrebatado para o jardim. Viu apenas o Maverick azul estacionado.

Apressando as passadas, desviou de um canteiro e se ajoelhou ao lado do corpo de Shapley. A arma, que era o que procurava, tinha sido levada pelo barbado, mas a chave do carro continuava no bolso do paletó. Teve que mexer no cadáver para pegá-la e, ao vê-lo ali, deitado numa poça do próprio sangue, se perguntou se o velho professor seria mesmo capaz de mandar matar policiais.

— Só pode ser brincadeira — Jerry reclamou, ao encontrar a chave do carro toda torta, atingida por um dos tiros.

Fitou o portão e suspirou aliviado ao ver que não havia movimento. A lembrança do porta-chaves pendurado na parede da cozinha logo lhe veio à mente, e ele foi para lá. Sem perder tempo, pegou a primeira chave de carro que enxergou e surrupiou a capa de chuva que o invasor havia esquecido no balcão.

A picape Silverado de duas cores roncou o motor e saiu pelo jardim, jogando grama para os lados. Quando acessou a estrada de terra, Jerry viu a camionete escura dos federais perto das árvores. Respingos de lama sujaram o portão quando dobrou para a esquerda, em direção à cidade. Um quilômetro e meio à frente, cruzou com um carro da polícia. Virou o rosto e colocou um boné que estava no banco ao lado quando passou, reduzindo a velocidade.

• • •

No meio da mata, o homem barbado se jogou no chão, sujando o suéter marrom e perdendo o cigarro, quando uma bala acertou seu ombro. Mais tiros abafados foram ouvidos, mas só acertaram as árvores, então ele se arrastou para trás de um tronco caído. Espiando com cautela, viu três homens com colete à prova de balas avançando.

— Imaginei que estaria aqui. — O federal que comandava a operação olhou atrás do tronco.

— Sempre estamos um passo à frente do governo. — O barbado se mostrou. Não tinha mais por que ficar escondido.

— Pois é. Mas, agora que está a apenas um passo de mim — o federal respondeu —, que tal eu te levar ao nosso porão do divertimento e fazer você responder algumas perguntas? É incrível como um pouco de dor é capaz de fazer as pessoas abrirem a boca.

O barbado olhou para o céu.

— Vai ser uma boa oportunidade de ver quem aguenta mais. — Ergueu as mãos e largou a arma, se rendendo. — Pelo menos posso fumar um cigarro antes de começarmos?

O federal mal-encarado assentiu. O outro pôs a mão no bolso da calça e tirou uma embalagem metálica, de onde pegou o primeiro cigarro da fila. Tossindo, colocou-o no canto da boca e olhou para o horizonte, antes de acender com o isqueiro.

— A Terra é uma fazenda — ele sussurrou quando o fogo queimou a ponta do cigarro.

Bum! Uma explosão fez lascas de galhos voarem longe.

— Não! — o federal gritou ao ver o homem caído, com a cabeça estourada.

5

**MANSÃO DE HERSCHEL SHAPLEY
ATHENS, OHIO
20 DE AGOSTO DE 1977 - 12H54**

Os agentes do Departamento de Homicídios que atenderam ao chamado na mansão estavam intrigados com mais um crime violento acontecido naquele dia. O corpo das vítimas tinha sido levado havia quase uma hora, a única testemunha do crime estava sendo interrogada e as impressões digitais colhidas na cena estavam sendo analisadas.

— Acha que foi o mesmo cara? — um policial de cabelo repartido ao meio perguntou para a agente responsável.

— É difícil dizer. O escritório e a cozinha estavam repletos de impressões digitais. Logo saberemos se conferem com as coletadas na casa do suspeito — ela respondeu. — Mas o Maverick azul no jardim é o mesmo que testemunhas disseram ter visto na frente da casa de Jerry Laplace.

— O jardineiro viu alguma coisa?

A mulher contraiu os lábios numa expressão negativa.

— Contou que chegou para trabalhar meia hora antes de um homem derrubar o portão. Ouviu disparos e se enfiou atrás de um arbusto. Disse que não viu o rosto do invasor.

No interior da mansão, cerca de dez agentes reviravam os cômodos em busca de pistas quando o radioamador de uma das viaturas paradas no jardim chamou:

— *Alguém na escuta?* — Um breve instante de silêncio. — *Tem alguém aí?*

Um policial que estava no jardim correu para a porta da frente quando escutou o chamado.

— Avisem a Emmy que a central chama pelo rádio — gritou, sem pôr os pés dentro da casa.

Emmy surgiu no corredor e se apressou em direção ao carro. Ela tinha trinta anos, cabelos escuros levemente cacheados e fora aspirante a modelo sete anos antes, mas as intempéries do destino fizeram com que tivesse de abandonar a carreira para ajudar a cuidar da avó materna, que definhava com um câncer no estômago. Um mês e meio depois, outra tragédia se abateu sobre sua vida. Seu pai foi baleado durante um assalto a uma loja esportiva no bairro em que moravam. O tiro, que entrou pela bochecha e saiu do outro lado da cabeça, deixou-o com sequelas mentais irreparáveis. Esse foi o motivo pelo qual Emmy MacClintok escolhera ser policial.

— Agente Emmy MacClintok — ela respondeu quando chegou ao rádio da viatura. — Prossiga.

— *Estamos com o resultado das impressões digitais. Elas conferem com as do sr. Jerry Laplace* — a voz do radioamador revelou. — *E, quanto à placa que me passou, é mesmo de um Maverick azul. Aqui no sistema consta que o veículo pertence a...* — uma pausa — *Jerry Laplace.*

— Obrigada — ela disse e voltou para a mansão. Os policiais a encararam. — Parece que foi o mesmo cara — revelou.

6

**RESIDÊNCIA DE ELIOT DILLINGER
ATHENS, OHIO
20 DE AGOSTO DE 1977 - 12H50**

Uma fresta na cortina se abriu para que Jerry espiasse a movimentação na rua. Era sábado, e tudo estava silencioso naquele bairro pacato e afastado. Nos minutos em que ficou parado, apenas uma mulher com roupa de academia passou correndo na calçada, puxando um labrador pela guia.

— É melhor não ficar na janela — a esposa de Eliot, que recolhia os pratos do almoço, falou. — A casa de um amigo é um lugar que eles virão vasculhar se estão te procurando.

Diana estava grávida de oito meses. O barrigão saltava por baixo da camiseta larga. Uma menina estava a caminho. Duas semanas antes, ela e o marido tinham convidado Jerry para ser o padrinho. Ele aceitou sem pestanejar. Sempre se sentira parte da família e, de algum modo, aquilo fortaleceu o sentimento.

Observando Eliot trocar os canais da televisão em busca de notícias, ele voltou para o sofá de três lugares.

— Nada — Eliot disse quando chegou ao último canal.

— Não duvido que estejam escondendo da mídia — Jerry palpitou, olhando para o relógio de pulso. — Preciso encontrar outro lugar para me esconder. Não quero ficar aqui e colocá-los em risco.

O barulho de pratos na pia pareceu alertar Eliot.

— Querida, como é mesmo o nome daquele hotel em que ficamos quando pintamos a casa? — ele indagou.

— Hum... — ela murmurou. — Não lembro. Mas o folheto deve estar numa das gavetas da cômoda.

Eliot levantou de um salto e sumiu pelo corredor. O barulho de gavetas sendo abertas e fechadas emanou do quarto. Logo ele voltou com o folheto e o entregou a Jerry, que dava outra vasculhada nos canais da TV.

— É um lugar bem reservado — explicou. — Sei que os policiais ficaram com a sua carteira. Então quero que pegue isso. — E ofereceu uma nota de cem dólares.

Jerry franziu a testa, pensando na foto da mãe que tinha ficado na carteira apreendida. Mesmo que sete anos tivessem se passado desde sua morte repentina, causada por uma parada cardíaca, a perda não fora totalmente superada.

Judith Laplace não era apenas a mãe daquele garoto esguio que nascera com problemas no coração, herdados de seus genes defeituosos. Ela era também o pai. Isso porque colocara Jerry no mundo quando era solteira, o que fez com que não restasse alternativa senão criá-lo sozinha. É verdade que o tio John ajudou bastante quando as coisas pioraram, mas ele parou de aparecer alguns anos depois. Dessa forma, sem um companheiro para dar o apoio devido, Judith encarou os problemas e se saiu bem na maioria deles.

Recordá-la o entristecia.

Num rápido devaneio, Jerry lembrou que a mãe o acordava com um beijo quando criança, deixava o jantar preparado sempre que ele chegava tarde da faculdade e ficava triste quando o filho perguntava quem era seu pai.

Pensou no que Judith diria se o visse naquela situação.

— Obrigado por isso. — Ele aceitou o dinheiro do amigo e agradeceu com um aperto de mão. — Quando essa encrenca for resolvida, eu volto para devolver.

Enquanto caminhava até a Silverado, estacionada ao lado da casa, acenou para Eliot, que olhava pela janela. Com os cem dólares no bolso, sentou no banco do motorista e abriu o folheto para conferir o endereço do hotel antes de partir. Colocando o boné que encontrara, acelerou pela rua deserta e virou na primeira esquina.

Rodou por cerca de dez minutos até avistar um hotel de quatro andares, com garagem no subsolo, onde entrou com a Silverado. Estacionou na primeira vaga e catou a capa de chuva antes de subir as escadas. Um homem de cabelos compridos estava sentado numa cadeira almofadada na recepção, com os olhos fixos na pequena televisão em preto e branco afixada à parede.

— Boa tarde, senhor — ele cumprimentou quando viu o novo cliente. — Em que posso ser útil?

— Preciso de um quarto — Jerry falou.

O homem puxou um caderno da gaveta e o folheou, lambendo o dedo a cada duas páginas.

— Documentos, por favor — pediu.

— Não estou com eles. — Jerry manteve a calma e tateou os bolsos para mostrar que não carregava nada consigo. — Mas o pagamento vai ser em dinheiro.

O homem respirou fundo.

— Tem preferência por algum andar?

Jerry fez que não com a cabeça, então o cabeludo empurrou a cadeira para trás e esticou o braço para pegar a chave pendurada no gancho sob o número 403.

— Precisa de ajuda com a bagagem? — perguntou.

— Não, obrigado. — Jerry jogou a capa de chuva sobre o ombro e estendeu a nota para pagar pela diária. Guardou o troco no bolso.

Durante a subida, analisou as saídas de emergência. Não havia muitas. Ao chegar ao último andar, seguiu pelo corredor iluminado até o quarto e abriu a porta.

— Nada mal — murmurou ao ver o ambiente limpo e a cama bem-arrumada. No ar, pairava um cheiro agradável de lavanda.

A primeira coisa que fez depois de garantir que a porta estivesse trancada foi se deitar na cama e respirar fundo, sentindo-se seguro. Quando abriu os braços para relaxar, derrubou a capa de chuva. *Vamos ver o que encontro aqui*, pensou e a recolheu do chão.

No bolso lateral, achou chicletes velhos e uma caixa de fósforos. Do outro bolso, tirou uma carteira de couro com documentos e um bilhete com um número de telefone anotado embaixo do nome "Carl Linné". Antes de continuar, olhou o nome e a foto na carteira de motorista que estava por cima. Aquela não era a imagem do homem do Maverick, embora a capa pertencesse a ele.

— Joseph Currie? — perguntou-se. Esse era o nome que estava escrito nos documentos. — Currie... Joseph Currie... — repetiu, se esforçando para lembrar. Seus olhos se arregalaram. "Jerry Laplace, você está preso pelo assassinato de Joseph Currie" fora o que o policial dissera antes de algemá-lo na noite anterior. — Puta merda! É a carteira do homem que encontraram morto na minha casa.

Inúmeros pensamentos tomaram conta de sua mente. Apressado, escorregou para perto da cabeceira e pegou o telefone no criado-mudo, discando o número da recepção, impresso e colado como um adesivo na parede.

— Preciso que faça uma ligação e transfira para o quarto 403 — ele pediu ao homem da recepção e passou o número.

Dois minutos depois, o telefone tocou.

— Alô, Eliot?

— Jerry? — A voz era de seu amigo, mas logo alguém lhe tomou o telefone das mãos.

— Sr. Laplace? — uma voz estranha indagou.

— Quem fala? — A voz de Jerry saiu engasgada.

— Sr. Laplace, o seu amigo Eliot e a esposa dizem não saber onde você está. Eles estão falando a verdade?

Um grito e o barulho de alguém caindo foram ouvidos.

— Claro que estão falando a verdade! — Jerry respondeu, engolindo em seco. — Quem é você?

— Prometo que não farei mal a eles, sr. Laplace, mas só posso manter a promessa se me disser onde ela está.

— Onde quem está? — Jerry estava confuso.

— A folha. A folha do Observatório.

— Está comigo. — Ele colocou a mão no bolso, confirmando que de fato estava com o papel.

O homem respirou fundo.

— E onde é que você está?

Jerry se esticou para olhar pela janela.

— Só vou dizer quando garantir que não fará nada com os dois — blefou.

O som alto de um tiro o fez afastar o fone da orelha.

— Não! — uma voz feminina gritou.

— Alô! Alô! — Jerry falou, mas ninguém respondeu.

Em meio às lamúrias da mulher do outro lado da linha, comprimiu o fone contra a orelha para ouvir o que o homem dizia. "Conte ao sr. Laplace o que acabou de acontecer." Logo alguém pegou o telefone.

— Eliot levou um tiro, Jerry! — Diana falou, chorando sem controle. — Eles o mataram! Eles o mataram!

O coração de Jerry palpitou forte.

— Agora vai nos dizer onde está se escondendo, sr. Laplace? — Era o homem de novo.

— Seu merda! — Jerry esbravejou.

— O que disse? — o homem perguntou.

Gritos de desespero ecoaram.

— Estou no Hotel Planck, quarto 305 — Jerry mentiu quando percebeu que havia perdido o controle da situação.

— Obrigado — o homem respondeu.

Antes que Jerry devolvesse o fone ao gancho, ouviu as súplicas de Diana e outro disparo.

7

Jerry jogou o telefone contra a parede, fazendo-o quebrar em pedaços, ao imaginar que Eliot e a esposa tinham sido assassinados por causa da sua visita.

— Desgraçado! Filho da puta! — esbravejou, olhando para o chão, com as mãos na cabeça.

Já havia perdido a mãe. Nunca tivera contato com o pai. E agora os melhores amigos tinham sido mortos apenas por o terem ajudado. A vida julgara que, para Jerry, não era o bastante ter presenciado a morte da mãe anos antes, enquanto esperava a chegada dos socorristas, imóvel, com o telefone na mão. A vida julgara que também precisava ser responsável pela morte de Eliot e Diana, enquanto ouvia os disparos, imóvel, com outro maldito telefone na mão.

Com os olhos úmidos e raivosos, curvou-se para olhar pela janela. Tudo estava tranquilo, com trânsito leve e poucos pedestres caminhando e olhando as vitrines. Sabendo que ainda tinha alguns minutos antes que chegassem a sua procura, pegou a capa de chuva e abriu a porta. O hóspede do quarto 401 estava no corredor e olhou torto quando ele passou.

— Você é o maluco que está quebrando coisas? — indagou.

— Eu mesmo — Jerry respondeu.

Usando a porta de emergência para não precisar descer pelas escadas convencionais, deu passos longos que deixavam para trás três degraus de cada vez. Logo que as escadas terminaram, abriu uma porta metálica com placa de saída. O recepcionista de cabelos compridos levou um susto quando o viu surgindo apressado.

— Onde posso encontrar um ponto de táxi? — perguntou.

— Duas quadras em frente, dobre à direita.

— Obrigado. E desculpe pelo telefone — Jerry pediu, colocando uma nota de cinco dólares no balcão.

O plano que tramava resolveria dois problemas de uma vez. Logo ao sair, vestiu a capa, erguendo a gola para esconder o rosto, e seguiu caminhando pela calçada até cruzar as duas quadras e alcançar a esquina, onde viu, diante de um posto de combustível, o ponto de táxi. Havia dois carros amarelos estacionados, e os motoristas conversavam num banco de madeira.

— *Bonjour* — Jerry cumprimentou, usando o que sabia de francês. — Cheguei aos Estados Unidos ontem e perdi minha agenda de telefones. — Ele forçava um sotaque de turista. — Tenho uma reunião daqui a pouco na residência de Joseph Currie, mas não sei onde ele mora. Podem me ajudar a encontrá-lo?

O taxista de bigode e boné desviou os olhos para o amigo, que ergueu a sobrancelha.

— O senhor por acaso é da Companhia Reguladora? — o de barba feita indagou, desconfiado.

— Companhia Reguladora? — Jerry retrucou, abrindo os braços. — Não, não. Nem sei o que é isso.

Houve uma rápida troca de olhares.

— Bem... — o taxista de bigode apertou os lábios e levantou com dificuldade — posso tentar descobrir o endereço.

— *C'est parfait* — Jerry comemorou.

Enquanto o homem se deslocava até uma cabine telefônica, Jerry se acomodou, com os ouvidos atentos para ouvir a conversa ao telefone. Uma olhada torta bastou para que ele fingisse não estar interessado.

— Joseph Currie. — O taxista só precisou dizer o nome e esperar trinta segundos para começar a rabiscar o endereço no verso de um cartão de visitas. — Obrigado.

Jerry sentou no banco de trás quando o homem voltou, lendo os rabiscos e dando partida no velho táxi. O motorista ainda ajeitou o retrovisor e olhou para trás antes de aumentar o volume do rádio, que tocava "I Want to Hold Your Hand", sucesso da banda The Beatles que persistia nas rádios locais quase quinze anos após o lançamento. Apesar do som

35

animado ecoando pelas caixas instaladas nas portas do carro, não havia animação na fisionomia de Jerry. Ele não tirava a imagem de Eliot e Diana da cabeça. Pensou no bebê que chegaria em breve. Cobriu o rosto com as mãos e esfregou os olhos entristecidos.

A viagem foi mais longa que o esperado, mas algum tempo depois o táxi adentrou uma rua bem sinalizada de um bairro arborizado. Mais algumas quadras e estavam diante de uma casa grande, no último lote de uma rua sem saída. Pela janela da frente, Jerry pôde ver uma mulher se movimentando na sala.

— É aqui? — perguntou, esquecendo o sotaque.

— Esse é o endereço de Joseph Currie — o taxista respondeu. — São onze dólares pela corrida e três pela ligação.

Jerry engoliu em seco com o preço, mas não reclamou. Tirou o dinheiro do bolso e pagou, sabendo que devia ter perguntado o valor do serviço antes. Quando o táxi sumiu, virando a esquina, uma idosa de cabelos brancos passou pela calçada ladrilhada e o encarou. Ela abaixou a cabeça e entrou na casa ao lado ao perceber que Jerry a vira bisbilhotando. Torcendo para que a velha não o tivesse reconhecido, ele avançou até a casa de Joseph Currie e bateu na porta. Uma mulher jovem olhou pela janela antes de abrir.

— Boa tarde — ela cumprimentou.

A mulher era alta, tinha cabelos ruivos lisos e franja ondulada, cílios grandes e boca carnuda.

— Sra. Currie? — Jerry admirou sua beleza, mas nem sequer a cumprimentou antes de começar a falar.

Fitando-o no fundo dos olhos, a mulher recuou um passo.

— Por favor, senhora. Precisamos conversar. — Ele imaginou que ela sabia que era o acusado pela morte de Joseph. — Não vou lhe fazer mal. Sei o que está pensando, mas não fui que fiz aquilo. Alguém armou para mim depois que encontrei aquela coisa no meu trabalho.

A fisionomia dela mudou de repente.

— Foi você que encontrou o sinal? — perguntou.

— Fui eu — ele concordou. — Sou Jerry Laplace.

— Eu sei quem você é — a mulher emendou. — Passei a manhã toda respondendo perguntas e vendo sua foto na delegacia. O papel ainda está com você? — indagou.

— Sim — Jerry respondeu, olhando para o chão. — Sra. Currie, eu não tive nada a ver com a morte do Joseph.

— Tudo bem. Entre. — Ela respirou fundo. — E eu não sou a sra. Currie. Meu nome é Isabela Rydberg.

O sobrenome martelou na cabeça de Jerry no mesmo instante. "Entregue a folha ao dr. Rydberg, Isaac Rydberg. Ele vai ajudar", foi o que Shapley dissera, antes de ser morto no jardim da mansão. De alguma forma, aquela mulher tinha ligação com os três envolvidos: Shapley, Currie e Rydberg. Desses, dois estavam mortos.

— Você sabe quem é Isaac Rydberg? — Jerry indagou.

— Como o conhece? — Isabela engoliu em seco.

— Herschel Shapley pediu que eu o encontrasse e entregasse a folha com o sinal para ele — revelou.

— Preciso conversar com Shapley.

— Creio que não será possível. Alguém invadiu a mansão e matou o professor hoje de manhã.

A mulher cobriu o rosto com as mãos, pressionando os olhos enquanto se acomodava no sofá da sala. Parecia inquieta. A TV ligada em volume baixo mostrava uma mulher esfregando lajotas, numa propaganda de produtos de limpeza. Por um instante, Jerry se perguntou se seu rosto teria aparecido em algum dos canais. Chegou perto do sofá, mas não sentou.

— Você conhece Herschel Shapley, está na casa de Joseph Currie e tem o mesmo sobrenome de Isaac Rydberg — ele especulou, olhando a rua pela janela. — Quem é você, afinal?

— É complicado. — Isabela não queria falar.

— Joseph Currie sabia do sinal recebido pelo Observatório? — Jerry começou a investigar.

— Sabia.

— E Isaac sabe?

— Sim.

— Joseph sabia e está morto. Shapley, Eliot e Diana também — ele começou a contar.

Isabela não demorou a entender o raciocínio e correr para o telefone. Pela demora e a quantidade de números discados, Jerry imaginou se tratar de uma chamada internacional.

— Pai, você está bem?

Jerry pôde ver os músculos dela relaxarem enquanto contava sobre os acontecimentos pelo telefone.

— Sim, ele me disse que está com a folha — ela confirmou. — Nós vamos para aí o mais breve possível. Eu ligo quando tiver novidades.

A moça ficou mais tranquila depois que descobriu que Rydberg estava bem.

— Isaac Rydberg é seu pai? — Jerry perguntou quando ela voltou.

Isabela concordou.

— Então por que você está na casa de Joseph Currie?

— Shapley, Currie e Rydberg foram os criadores do SETI. Eles eram professores na Universidade de Ohio, mas creio que você só tenha conhecido Shapley, pois os outros dois se aposentaram há alguns anos. — Ela olhava para o chão enquanto falava. — Eu moro com Joseph Currie, porque ele ajudou a me criar.

— Então ele vivia com seus pais? — Jerry estava confuso.

— Eu disse que era complicado.

— Sou inteligente o bastante para entender — ele brincou.

— Isaac e Joseph mantinham um relacionamento em segredo desde os tempos da faculdade. — Ela tornou a olhar para o chão. — Eles tiveram algumas brigas, meu pai conheceu minha mãe, eu nasci, eles se divorciaram e meu pai foi procurar consolo nos braços de Joseph quando isso aconteceu.

Um silêncio se abateu sobre a sala.

— E agora Isaac nos quer na casa dele? — Jerry indagou.

— Sim. Mas, com você sendo procurado pela polícia, não sei como vamos chegar lá.

— Eu vim até aqui de táxi — Jerry sugeriu.

Isabela sorriu.

— Acho que de táxi não vai dar. Ele mora na África.

8

COLUMBUS, OHIO
20 DE AGOSTO DE 1977 — 16H32

Isabela não entrou direto no estacionamento do Aeroporto Internacional de Columbus com seu Chevrolet Concours bordô. Não teve como, pois, no meio da rua que dava acesso ao local, duas viaturas interceptavam todos os carros naquele sentido.

— Habilitação e documentos do veículo — o guarda pediu quando chegou sua vez.

Ela olhou para o lado com os olhos baixos, tirando os documentos de dentro da bolsa amarela.

— Posso saber para onde vai viajar, senhora? — O guarda não tirava os olhos do banco do carona.

— Toronto — ela respondeu sem titubear. — É uma viagem bem longa — explicou, ao perceber o olhar fixo do guarda na grande mala de couro sobre o banco.

— Eu colocaria no porta-malas — ele opinou.

— Eu tentei. O problema é que não está abrindo. — Isabela sorriu. Sua beleza era especial.

— Hum... — o agente murmurou. — Faça boa viagem, senhora — disse, devolvendo os documentos

O Aeroporto de Columbus estava movimentado naquela tarde nublada. Isabela acessou o estacionamento e procurou uma vaga coberta para parar. Entrou caminhando pela porta da frente, com os olhos atentos em todos que passavam. Havia diversos policiais fardados em meio à movimentação, o que não era nada comum naquele local. Apressando o passo, se aproximou do guichê de atendimento e entrou na fila. Uma televisão afixada no teto interrompeu a programação para veicular a manchete:

ONDA DE MORTES DEIXA MORADORES ASSUSTADOS.
PRINCIPAL SUSPEITO É EX-ALUNO DA UNIVERSIDADE DE OHIO.

— *O ex-aluno da Universidade de Ohio Jerry Laplace é o principal suspeito pela morte de pelo menos quatro pessoas nos arredores de Columbus, nos últimos dois dias.* — O apresentador engravatado dava a notícia. — *Veicularemos agora uma entrevista exclusiva que a emissora conseguiu com a agente responsável pelo caso, srta. Emmy MacClintok.*

A vinheta jornalística do canal apareceu na tela antes que uma repórter de rua começasse a entrevista.

— *Boa tarde, estamos aqui com Emmy MacClintok, uma das responsáveis pela investigação desses cruéis assassinatos.* — A repórter fazia drama. — *Srta. MacClintok, é possível esclarecer e dar mais detalhes sobre os crimes?*

Nesse momento, uma foto de Jerry apareceu no canto da tela.

— *Boa tarde* — a agente cumprimentou. — *Bem, as investigações estão no início, mas a polícia está empenhada em prender o suspeito o mais rápido possível. Colhemos impressões digitais, entrevistas com testemunhas e placas de veículos que estavam próximo à cena dos crimes. Tudo está sendo analisado.* — Ela não hesitava ao falar. — *Posso afirmar que o departamento está dando prioridade a esse caso, e em breve prenderemos o responsável pelas mortes.*

Isabela desviou os olhos quando a reportagem terminou e um filme voltou a ser exibido. Agora, todos conheciam o nome e o rosto de Jerry Laplace. Mergulhada em pensamentos, nem ouviu a mulher do guichê chamando, e só percebeu que era sua vez quando o próximo da fila a cutucou.

— Boa tarde! Em que posso ajudar? — A atendente rechonchuda tentou manter a simpatia.

— Preciso saber o horário do próximo voo para Bamako — Isabela pediu.

A atendente começou a procurar na lista de voos diários. Ela descia linha por linha com uma régua transparente, até que bateu o dedo quando encontrou a informação que buscava.

— Bamako, Mali — sibilou. — Tem muitas escalas, mas o próximo voo parte amanhã, às duas da madrugada. O destino final é o Aeroporto Internacional Bamako-Sénou.

Isabela enrugou a testa e virou de costas sem agradecer. Antes de sair, olhou para o relógio com grandes ponteiros e calculou o tempo que faltava para o avião decolar. Eram 16h44.

Jerry estava com as mãos cruzadas sob a cabeça quando ela voltou ao carro e abriu o porta-malas.

— Confortável? — Ela olhou para os lados.

— O que acha? — Ele não entrou na brincadeira.

O céu encoberto não impediu que a tarde estivesse abafada, por isso o rosto de Jerry estava molhado de suor.

— Temos alguns problemas. — Isabela estendeu a mão e o ajudou a sair. — Tem policiais em alguns pontos do aeroporto e... — Ela fez uma pausa.

— E? — Jerry inclinou o pescoço.

— Acabei de ver seu nome e seu rosto na televisão — revelou. — Você não conseguirá embarcar sem ser reconhecido.

Ficou evidente que aquela notícia o pegou de surpresa.

— Alguma outra ideia para atravessar o Atlântico sem embarcar num avião? — ele perguntou.

— Bem... — Isabela falou. Seu tom de voz aliviou a tensão. — Depende da velocidade em que quer chegar lá. — As últimas palavras saíram um tanto engasgadas. Ela não pôde deixar de perceber um homem engravatado os encarando e desviando o olhar para o chão ao perceber que fora visto. — Tem alguém nos observando. — Apontou a direção com os olhos.

Jerry esfregou o rosto, fingindo cansaço, e olhou para o estranho, que caminhou com calma até um Mustang amarelo com faixa preta no capô.

— Temos que dar o fora daqui — ele soltou.

Os dois entraram no carro e Isabela arrancou com o Concours pela rua de trás. A movimentação de veículos se manteve calma nos primeiros quilômetros, mas, quando pegaram a avenida principal, se depararam com uma fila enorme que tinha se formado por causa de um acidente de trânsito.

Houve um momento de silêncio, logo quebrado pelo motorista do carro da frente, que começou a buzinar sem parar. Logo, mais motoristas aderiram e aquilo se transformou numa verdadeira algazarra.

— Vamos dar a volta — Isabela sugeriu, engatando a ré.

— Melhor não — Jerry interrompeu. — Vai chamar atenção. — Ele mostrou que havia um policial de moto com a sirene luminosa ligada, avançando pela fila na direção do acidente e olhando dentro de cada carro. Quando restavam apenas alguns metros para que chegasse a vez de verificar o carro em que estavam, Jerry abaixou a aba do boné e saltou para o banco de trás, abrindo a porta com cuidado e saindo para a calçada sem ser visto.

Os minutos se passavam lentamente para Isabela, que esperava Jerry voltar antes que o guincho desobstruísse a via. Um de cada vez, os veículos envolvidos no acidente foram erguidos e colocados no acostamento, o que fez a fila voltar a andar.

Isabela não acelerou quando foi sua vez de seguir. Simplesmente engatou marcha a ré e manobrou para estacionar numa vaga em frente a uma agência da Federal Express, com uma placa roxa gigantesca indicando "FedEx" bem em cima da porta de entrada. Que surpresa teve ao olhar através da janela e ver Jerry saindo pela porta de vidro da agência de cabeça baixa.

9

ATHENS, OHIO
20 DE AGOSTO DE 1977 - 18H48

Sabendo que a identidade de Jerry tinha sido revelada, Isabela pensou em estacionar o carro na garagem para que não precisassem caminhar aqueles poucos metros do jardim até sua casa. Quando reduziu a velocidade para acessar a rampa de concreto, viu a cortina da janela da frente mexer.

— Tem alguém lá dentro — foi Jerry quem falou primeiro. Ele também tinha visto o movimento.

Isabela parou o carro na rua e avaliou o cenário. Não havia nenhuma movimentação estranha. A rua estava silenciosa e deserta como num filme de faroeste. Olhou para o jardim da casa ao lado. Viu a vizinha, uma velha viúva de noventa anos, que aparava uma cerca viva e acenou quando estacionaram.

— Olá, Gertrude. — Isabela era sempre simpática. — A senhora por acaso viu alguém entrando na minha casa?

— O seu noivo chegou há uns vinte minutos. — A velha tirou o chapéu de palha e abriu um sorriso beatífico. — Nós conversamos um pouco antes dele entrar. Disse que veio te ver.

Isabela franziu a testa e ficou ruborizada. Não gostava de falar sobre aquele assunto. Um noivado frustrado é algo que qualquer pessoa precisa se esforçar para esquecer.

— Obrigada — ela disse, quando a velha vestiu o chapéu e voltou ao trabalho. — Só para constar: ele não é meu noivo há muito tempo — explicou para Jerry ao acelerar.

— Você não me deve explicações. — Ele fingiu desinteresse. — Podemos entrar?

Isabela nem deixou que ele terminasse de falar e entrou na garagem. Havia vasos de orquídea ao lado da porta que dava na cozinha. Foi por ali que entraram, e encontraram um homem alto, com cabelos bem penteados, sentado à mesa.

— Pensei que não chegariam nunca — ele falou ao ouvir o rangido da porta.

Isabela o interrompeu de súbito, falando com autoridade:

— O que pensa que está fazendo aqui? — O clima não parecia amigável.

— Isaac me ligou dizendo que vocês precisavam de ajuda para ir até Bamako — ele revelou.

— Nós não precisamos da sua ajuda! — Isabela bufou.

O homem se privou de responder e caminhou para a sala, ligando a televisão. O canal local transmitia um programa especial sobre os crimes ocorridos na cidade e apresentava fatos que podiam explicar a predisposição de Jerry Laplace a cometer os assassinatos. Até mesmo os vizinhos estavam sendo entrevistados e falando sobre como Jerry era uma pessoa solitária.

— Você dizia...? — o homem perguntou, ironizando.

Isabela queria esbofeteá-lo.

— Quando foi que Rydberg te ligou? — Jerry perguntou. Havia uma sombra de dúvida martelando em sua cabeça.

— Logo depois que Isabela falou com ele — o homem respondeu.

Houve um instante de silêncio petrificado e, em seguida, Isabela balançou a cabeça, derrotada, ao concluir que precisariam de ajuda se quisessem chegar à África. Ela relaxou os ombros quando caminhou até o telefone do quarto e discou os números da casa em Bamako. Meia dúzia de toques sem que ninguém atendesse bastaram para imaginar que não conseguiria falar com Rydberg. Deixou recado na secretária eletrônica e pôs o telefone de volta no gancho, tomando um susto ao ver Jerry parado na soleira da porta.

— Quem é esse cara? — ele cochichou.

Isabela esticou o pescoço para espiar a cozinha.

— Entre aqui. — Puxou Jerry para dentro e fechou a porta. — Ele é Gregor Becquerel.

— Becquerel? — Concentrou-se para lembrar o nome.

— Você deve ter visto o nome dele em alguns documentos no Observatório — Isabela explicou. — Ele foi voluntário do projeto SETI por um tempo, mas logo o governo ficou sabendo de sua genialidade e o convidou para trabalhar na NASA. — Ela mudou o tom na última frase: — Adivinhe o que ele escolheu?

Ouviu-se um chamado vindo de fora do quarto.

— Fique aqui. — Isabela caminhou pelo corredor até encontrar Gregor parado diante da janela da sala.

— Leve Jerry para a garagem. — Gregor impediu que ela se aproximasse. — Faça o que eu mandei! — engrossou a voz quando ela deu mais um passo.

Pela fresta na cortina, Isabela viu uma camionete escura estacionada do outro lado da rua. Curvando o corpo, também observou dois agentes engravatados chegando ao jardim. A campainha tocou duas vezes antes que ela voltasse ao quarto para alertar Jerry. Esgueirando-se pelas paredes para não ser vistos, eles cruzaram pela cozinha e entraram na garagem. A campainha tocou de novo.

Manteve-se o silêncio no interior da casa.

Quase dois minutos tinham se passado quando Gregor apareceu com o dedo na frente da boca, pedindo silêncio. Com o corpo escondido atrás da parede e os olhos atentos, viu os federais forçarem o trinco e abrirem a porta da sala. Um sujeito mal-encarado foi o primeiro a entrar. Gregor fechou a porta da garagem devagar e entrou no carro, sentando no banco do carona.

— Você está com a folha? — perguntou.

— Estou. — Jerry, que era o motorista, tateou o bolso da calça e concordou com a cabeça.

— Então abra o portão e acelere o que puder.

Quando Jerry apertou o botão do controle remoto no quebra-luz, o barulho alto do portão abrindo chamou a atenção dos agentes, que não demoraram a correr para a garagem com armas em punho. Isso o fez pisar ainda mais fundo quando endireitou o volante e saiu, queimando pneus. Antes de chegar à primeira esquina, puderam ver os homens entrando na camionete.

— Não conseguiremos manter distância. — Gregor fitou o retrovisor. — Temos que despistá-los.

Sem reduzir a velocidade para fazer uma curva, Jerry recostou a cabeça no assento e bateu com o ombro na porta. A camionete se aproximou um minuto depois e quase perdeu o controle da direção ao fazer outra curva acentuada.

— Não reduza! — Gregor falou. Os federais estavam tão próximos que era possível ver a fisionomia deles através do vidro fumê. — Siga em frente até o próximo semáforo.

— Este semáforo? — Jerry alertou que estavam muito próximos do ponto indicado.

— Aqui! Dobre à esquerda! — Gregor gritou, segurando firme na alça interna do teto.

No banco de trás, Isabela estava rígida e com os olhos apertados. Ela nem abriu a boca para reclamar quando Jerry furou o sinal e cruzou por entre dois carros. De alguma forma, aquela manobra arriscada deu certo, pois os agentes precisaram frear para não bater numa camionete rural que entrou no cruzamento devagar.

— Conseguimos — Jerry comemorou, vendo o veículo escuro ficar pequeno no retrovisor.

— Ainda não. — Gregor se virou. — Na metade da próxima quadra, entre no estacionamento do mercado.

Ao avistar a placa do supermercado, Jerry virou o volante e desceu a rampa. Parou na primeira vaga e desligou o motor, torcendo para que não fossem seguidos.

Gregor não esperou muito antes de desembarcar, para espiar se os federais tinham sido mesmo despistados. Quando voltou, estava mais relaxado.

— Eles seguiram em frente — revelou.

— O que faremos agora? — Isabela se inclinou, apoiando os braços no banco.

Com um leve tremor, Gregor disse:

— Fiquem aqui por mais um tempo, até termos certeza de que eles desistiram. Às oito e meia da noite, me encontrem em Athens, no campus da universidade — explicou. — Preciso organizar algumas coisas antes de atravessarmos o oceano.

10

BAMAKO, MALI
21 DE AGOSTO DE 1977 - 22H27

Na residência de Isaac Rydberg, ao lado de um sofá macio e luxuoso, uma luz vermelha piscava no telefone indicando recados não ouvidos na secretária eletrônica. Isaac, como de costume, tinha pegado no sono com a TV ligada e só despertou quando uma pontada na bexiga avisou que ele precisava ir ao banheiro.

Vestindo um roupão por cima do pijama, espreguiçou-se antes de levantar e caminhar até a lareira de mármore escuro, perto da qual um gato rechonchudo dormia sobre o tapete. Ao passar pelo telefone, avistou o sinal luminoso e não demorou a voltar um passo e ouvir a mensagem.

— *Você tem um novo recado.* — A voz da secretária eletrônica sempre soava engraçada.

— *Você está aí?* — Houve um momento de espera. — *O Gregor está aqui em casa dizendo que o senhor ligou e pediu que ele nos ajudasse. Não sei se podemos confiar nele. Me ligue o mais rápido que puder* — era o recado que Isabela deixara.

Isaac nem devolveu o fone ao gancho. Apenas encerrou a chamada com o dedo e discou depressa um número de telefone. O gato preguiçoso ergueu a cabeça ao ouvir o barulho do disco, mas logo apoiou o queixo no chão e voltou a dormir no calor da lareira. Quando o telefone tocou pela quinta vez, Isaac se animou, pensando que Isabela tivesse atendido.

— Isabela? — ele falou com a voz apressada.

— *Olá. Você ligou para a residência de Isabela Rydberg. Deixe seu recado.* — Foi a secretária eletrônica que atendeu.

Isaac molhou os lábios e voltou a assumir a palavra.

— Isabela, a única coisa que Gregor Becquerel quer é a folha com o sinal! Esqueceu para quem ele trabalha? — alertou. — Você precisa fazer com que Jerry e a folha cheguem seguros até mim, senão tudo o que planejamos estará perdido.

11

COLUMBUS, OHIO
20 DE AGOSTO DE 1977 - 19H20

No quarto 202 do luxuoso hotel Seneca, em Columbus, o agente federal Carl Linné estava sentado numa cadeira estofada com o fone pregado na orelha. O rubor nas bochechas entregava seu nervosismo aos outros dois agentes, que aguardavam o desfecho da ligação.

— Você só tem duas opções, Carl — o superior com quem conversava não hesitou em ordenar. — Pegar a folha e matar Jerry Laplace, ou matar Jerry Laplace e pegar a folha.

Havia um zumbido baixo na linha telefônica do quarto onde tinham montado o centro de inteligência. Certamente a linha estava grampeada a mando do mesmo homem com quem Carl agora conversava.

— Não há motivos para preocupação... — Linné tentou demonstrar controle da situação.

O diretor interrompeu antes que ele terminasse.

— Você deixou aquele moleque escapar duas vezes — lembrou. — E a cereja do bolo foi aquele filho da mãe explodindo a cabeça na sua frente. Me explique: Como é possível?

— Jerry não escapará de novo, senhor — Carl garantiu. — E, sobre a explosão, eu não poderia imaginar que havia um explosivo no cigarr...

Novamente foi interrompido antes do fim.

— É melhor começar a imaginar as coisas, Linné. Do contrário não conseguirá pegar o papel antes da Irmandade ou da polícia. — O diretor parou de falar por um momento. — Conseguiu descobrir quem foi nomeado responsável pelas investigações?

— Agente Emmy MacClintok — respondeu sem titubear.

— E o que descobriram sobre ela?

Carl virou o rosto para um dos agentes e fez sinal para que lhe alcançasse a pasta sobre a escrivaninha. Folheou os papéis depressa até chegar à parte que interessava, separada do restante por uma foto da agente.

— Emmy Gal MacClintok, trinta anos, noiva de um funcionário da NASA — começou a ler as informações.

— Carl? — o diretor interrompeu de novo.

Carl engoliu em seco.

— Eu não quero saber quem é Emmy MacClintok. — O homem mudou o tom de voz. — Quero a folha e a morte de todos que sabem sobre ela — ordenou. — Agora que tem as informações, sabe o que fazer.

— Farei isso agora mesmo, senhor — Linné disse, mas o diretor já tinha desligado.

Intrigado com a situação, ele esfregou os olhos.

Carl Linné tinha se tornado agente federal graças ao apadrinhamento de um congressista da Carolina do Sul, o qual havia servido na Segunda Guerra no mesmo pelotão de seu pai. Trabalhava na agência havia quase uma década e se vangloriava pelos corredores de nunca ter deixado um caso sem solução. Sempre seguro de si, gostava de trabalhar sozinho, muito embora meses antes o diretor houvesse solicitado que auxiliasse no treinamento de dois agentes recém-contratados. Apesar de a oferta não ser do seu agrado, não teve chance de recusar.

Antes de se levantar, pegou uma fotografia dobrada do bolso do paletó e a encarou por um instante. Era a imagem antiga de um homem jovem e esbelto, postado ao lado de uma parede de pedras lisas, repleta de gravuras entalhadas.

— Quem é esse homem que você tanto preza? — o outro agente perguntou, ao vê-lo concentrado.

— Meu avô. — Carl dobrou e guardou a foto no bolso da camisa. — Mas o que realmente importa aqui não é o homem, agente Hawking. É a parede.

12

ATHENS, OHIO
20 DE AGOSTO DE 1977 - 20H56

Eram quase nove horas da noite quando Emmy MacClintok, a agente responsável pelas investigações, saiu da cozinha de seu apartamento com um pacote de pipoca e um copo de refrigerante. Após acomodar tudo na mesa de centro da sala, caminhou até a estante e escolheu um filme. Depois sentou no sofá almofadado com as pernas esticadas. A música que tocava enquanto o nome dos atores aparecia na tela nem tinha terminado quando duas batidas na porta lhe chamaram a atenção. Desacostumada com qualquer tipo de visita, abaixou o volume, torcendo para que as batidas tivessem sido na porta do vizinho. Puro engano.

— Quem é? — perguntou em voz alta, ao perceber que eram na sua porta.

— Agente federal Carl Linné — o visitante respondeu com a voz abafada. — Precisamos conversar sobre Jerry Laplace. Parece que houve uma reviravolta no caso.

Emmy resmungou xingamentos quando olhou para o relógio de pulso, concluindo que não tinha sossego nem em seu horário de folga. Sem se preocupar com a aparência, abriu uma fresta na porta e pediu que o federal mostrasse a identificação.

— Departamento de Defesa dos Estados Unidos. Agente especial Carl Linné. Código XF58 659820 — o homem mal-encarado se apresentou, mostrando a identificação.

Emmy recuou um passo e arrastou o encaixe da corrente de segurança, abrindo a porta.

— Desculpe o inconveniente — ela pediu e escondeu o revólver atrás da cintura. — Entre.

— Estou acostumado com esse tipo de abordagem — Linné a tranquilizou. — Ninguém gosta de receber visita federal no sábado.

Quando Emmy voltou para a sala, percebeu que o homem ficara parado, observando o interior do apartamento.

— Essa é uma excelente escolha! — Linné sorriu ao ver o filme *Taxi Driver* passando na televisão. Ele nem ficou envergonhado quando esticou o braço para desligá-la. — Depois você pode continuar de onde parou — falou, vendo a capa da fita VHS na mesa de centro, com a foto de Robert De Niro na frente de um táxi.

— Sem problema. — Emmy abriu um sorriso forçado, esperando que ele começasse a falar sobre o que importava.

Linné se inclinou, escorando os cotovelos nos joelhos.

— Srta. MacClintok, meus superiores querem saber quão perto você está de capturar Jerry Laplace — soltou.

Agora Emmy não precisou forçar um sorriso.

— Sr. Linné — ela tentou manter a compostura na resposta —, pensei que o Departamento de Defesa tivesse assuntos mais importantes com que se preocupar. Agora também estão investigando assassinatos? — ironizou.

Foi a vez de Carl abrir um sorriso amarelo.

— Digamos que eu trabalhe em outro setor do departamento — ele explicou. — Agora pode me dizer quão perto está de capturar o suspeito?

— Com todo o respeito — ela estava perdendo a paciência —, não tenho permissão para revelar nenhuma informação a ninguém além de meu supervisor.

A lua estava alta no céu, com o brilho ofuscado por uma névoa que pairava na cidade de Athens naquela noite. Carl ergueu a sobrancelha e levantou da cadeira confortável para caminhar até a janela do apartamento e olhar para baixo.

— Por que o interesse repentino no cara? — Emmy hesitou no início, mas aproveitou o fato de o federal voltar as costas e colocou o revólver sob a perna.

— Tenha cuidado com o que vai fazer em seguida. Há outras coisas em jogo aqui além da minha vida, ou da sua — Carl a alertou, vendo o movimento pelo vidro da janela. — O nome Rachel faz você pensar em algo?

O rosto de Emmy ficou branco no mesmo instante, e ela passou a entender o motivo que trouxera aquele homem estranho a seu apartamento.

— Oh! Não se preocupe. Não vamos fazer nenhum mal a sua filha. — Carl se afastou da janela e foi até a estante, onde começou a mexer nos enfeites de porcelana.

Por um momento Emmy teve vontade de sacar a arma e desmanchar aquele sorriso falso no rosto do federal, mas manteve a calma e levantou, iniciando a curta caminhada até o primeiro quarto, de sua filha de um ano e meio. A pequena Rachel tinha um lado do rosto marcado pelo tecido do travesseiro, mas dormia profundamente, sem nem ouvir a canção de ninar que uma caixinha de música tocava. Ao avaliar que tudo estava bem com a criança, Emmy saiu do quarto e voltou para a sala.

— Quem é você e o que quer comigo? — perguntou em tom desafiador, com o revólver empunhado.

— Abaixe essa arma, Emmy. Você é esperta o bastante para saber que sou apenas um soldado cumprindo ordens — ele explicou, com o máximo possível de petulância. — E você não vai querer que esse tipo de visita se torne rotineiro, não é mesmo?

Como da primeira vez, Emmy hesitou. Seu olhar rancoroso pousou sobre Carl enquanto tentava pôr os pensamentos em ordem. Certa da necessidade de despachá-lo, abaixou a arma e a colocou em cima da mesa de centro.

— Agora me diga quão perto está de capturar Jerry Laplace. — Era a terceira vez que Linné fazia a pergunta.

Emmy fungou.

— Muito perto — respondeu.

— Preciso que explique melhor. — Carl pegou o revólver na mesa e o manteve na mão.

Emmy respirou fundo, imaginando que o homem não a deixaria em paz.

— A polícia recebeu uma ligação na tarde de hoje — ela começou a falar. — Uma idosa disse ter visto Jerry Laplace entrando na casa que pertencia à primeira vítima assassinada. Enviei policiais, mas quando chegaram não havia mais ninguém no local. — Os olhos de Emmy voltaram a fitar Carl. — Temos plena certeza de que o suspeito ainda está na cidade.

Ele abandonou o sorriso falso.

— Fique sabendo que não me parece que estejam perto de pegá-lo. — Estendeu a mão. — Na verdade o sr. Laplace é bem esperto. Hoje mesmo pusemos em prática um plano para pegá-lo, mas não tivemos êxito. Aliás, foi seu noivo quem nos ajudou. Ele aceitou fazer parte quando percebeu que a carreira dele na NASA iria por água abaixo se recusasse.

Emmy juntou as sobrancelhas.

— Gregor?

Carl confirmou.

— Vou simplificar as coisas para você. — Encheu os pulmões de ar. — Jerry Laplace tem algo que queremos. E, como a polícia também o está procurando, não temos como garantir que conseguiremos pegá-lo antes. — Ofereceu a ela um cartão. — Então, caso vocês o prendam antes, o seu trabalho será entregá-lo para nós.

— Vocês não podem interrogar um prisioneiro antes da polícia — Emmy rebateu.

— Não vamos interrogar ninguém, srta. MacClintok. Vamos matá-lo — revelou.

Os olhos de Emmy se arregalaram.

— E se eu recusar? — retrucou.

— Você não vai. — Carl gesticulou e apontou a arma para o quarto da pequena Rachel. — Se fizer isso, será sua filha quem pagará pelo seu erro. E você é bastante esperta para saber que cumprimos nossas promessas.

A ameaça pareceu como se o peso da Terra fosse colocado sobre os ombros de Emmy. Ela tinha sido escolhida para fazer um trabalho sujo para o governo e sabia que teria que cumpri-lo se não quisesse sofrer as consequências.

— Farei o que vocês querem, mas deixe minha família em paz.

— Garanto que todos ficarão bem se você cumprir sua parte do acordo. Seu pai e sua mãe também agradecerão a gentileza. — Carl Linné conseguia usar ironia mesmo nesses momentos. — Temos um acordo? — Ele estendeu a mão, esperando que ela retribuísse.

Emmy não retribuiu.

— Pode me dizer onde consigo encontrar o Gregor? Não tenho notícias dele desde ontem — ela indagou, quando Carl virou as costas. — Preciso falar com ele.

— Creio que não será possível — ele respondeu. — Gregor Becquerel foi encontrado morto na frente da Universidade de Ohio há cerca de meia hora.

13

ATHENS, OHIO
20 DE AGOSTO DE 1977 - 20H10

Os postes espalhados pelo campus iluminavam bem a construção de tijolos avermelhados da universidade. Naquele sábado pouco estrelado, não havia movimentação nos arredores além da dos guardas noturnos, que faziam rondas de meia em meia hora. Mesmo faltando vinte minutos para o horário marcado com Gregor, quando chegaram ao local, subindo a rua, Jerry avistou ao longe um carro branco estacionado em local proibido.

— É o carro dele — Isabela confirmou. — Desligue os faróis e espere — pediu ao ver na calçada, caminhando para perto do carro de Gregor, um bêbado balançando uma garrafa de vodca barata como se fosse um taco de beisebol.

— É só um mendigo — Jerry palpitou.

Mesmo estando a uma distância segura, mantiveram os olhos atentos na movimentação. Só relaxaram quando viram o bêbado passar pelo carro sem nem olhar para o lado. Porém subitamente ele cambaleou para trás e se debruçou sobre o capô, fazendo com que Gregor saísse para enxotá-lo.

No início, aquele inconveniente pareceu ser fácil de resolver. Gregor gesticulava para que o homem desencostasse e fosse para longe. Uma discussão premeditada e mais ríspida teve início quando o bêbado ousou sentar no capô.

— Desencoste do meu carro, seu sem futuro — Gregor gritou tão alto que qualquer um que passasse por perto ouviria.

O bêbado largou a garrafa e jogou no chão o cobertor surrado que lhe cobria os ombros.

— Acho que agora ele precisa de uma mãozinha — Isabela falou e olhou para Jerry.

Antes que pudessem se aproximar, duas balas saíram de uma pistola silenciosa, acertando Gregor, que caiu na calçada. O bêbado então correu, fugindo depressa em direção a um Mustang amarelo estacionado na outra quadra.

Isabela quis gritar, mas Jerry a impediu.

— Se souberem que estamos aqui, seremos os próximos. — A voz dele soou estranha. Uma mescla de espanto e medo.

Foi preciso esperar alguns segundos até que o assassino entrasse no Mustang e sumisse pela rua estreita. Quando isso aconteceu, Isabela foi a primeira a saltar do carro e se apressar em atravessar a rua para ajudar.

— Gregor! — Ela foi logo abrindo os botões da camisa ensanguentada para verificar os ferimentos.

Gregor mal conseguia respirar, pois ambos os disparos lhe haviam acertado nos pulmões. Cada vez que inspirava com dificuldade, bolhas de sangue se formavam nos buracos das balas.

— Precisamos de uma ambulância! — Isabela levantou e correu até um telefone público dentro do campus. A última coisa que queria era a morte daquele que prometera ajudá-los.

A verdade é que Gregor estava pálido demais para se pensar que ele conseguiria sobreviver. E ele sabia que aqueles eram seus últimos instantes. Por isso, usando o pouco de força que ainda restava, agarrou o braço de Jerry e o puxou para perto.

— Não confie em Isaac Rydberg — Gregor cochichou e tossiu, cuspindo sangue. — Eles só querem a folha, Jerry. Todos só querem a folha que está no seu bolso. — Tossiu de novo.

Jerry desviou os olhos para onde Isabela tinha corrido.

— E ela? — indagou.

— Não confie em ninguém — Gregor insistiu antes de soltar o ar pela última vez e morrer, segurando o braço de Jerry.

Os minutos seguintes foram enervantes, enquanto esperavam a ambulância. Isabela ainda pressionava os ferimentos no peito de Gregor, mesmo sabendo que não havia mais vida naquele corpo.

— Temos que cair fora daqui antes de a ambulância chegar — Jerry falou. — Vamos! Ele já está morto.

Isabela balançou a cabeça sem responder, determinada a esperar por ajuda.

— Você disse ao paramédico que Gregor foi ferido à bala. Os policiais vão chegar logo. — Ele precisava convencê-la. — Se me encontrarem aqui, sabe quem culparão?

Ao ouvir aquilo, Isabela soltou de uma vez todo o ar dos pulmões, numa espécie de suspiro. Com relutância, tirou as mãos ensanguentadas do peito de Gregor e as limpou na lateral da calça. Ficou um momento em pé, olhando para a rua deserta.

— Leve o carro para a rua de trás da universidade e estacione num lugar escuro — pediu, colocando atrás da orelha uma mecha de cabelo que estava no rosto. — Você ainda tem as chaves do Observatório?

Jerry franziu a testa.

— Não. Elas ficaram dentro do meu carro, que foi apreendido na noite dos crimes — falou com voz apressada. — O que acha que vai encontrar no Observatório? A folha está comigo. Não há nada lá que possa valer o risco.

— Você que pensa — Isabela retrucou.

14

ATHENS, OHIO
20 DE AGOSTO DE 1977 - 20H47

Louis Kepler aumentou o volume do rádio de seu Mustang amarelo quando se aproximou de uma estrada de terra na beira do rio Hocking. No banco ao lado, animado por receber o pagamento pelo assassinato que acabara de cometer, um bêbado viciado não tirava os olhos do envelope de dinheiro acomodado debaixo do freio de mão.

Kepler era um filho de alemães que, por um curto período de tempo, servira a Força Aérea Americana. Considerado um exímio piloto, viu sua vida se complicar quando arrumou briga com o filho de alguém muito influente para ser humilhado por um qualquer. O resultado foi uma dispensa desonrosa e uma ficha criminal manchada pelas palavras "transtorno psicótico".

— Gosta de Elvis? — Kepler balançou a cabeça, seguindo o ritmo da música que tocava a todo volume.

— Gosto — o bêbado respondeu.

— Tenha cuidado para não acabar como ele. — Kepler desviou o olhar para as marcas de agulha no braço do homem.

O bêbado cruzou os braços.

No frescor da noite, Kepler deu um sorriso ao ver que tinham chegado ao destino. Parou o carro na frente de uma construção abandonada, com não mais que cinco metros quadrados, feita de madeira e com telhado de barro, a uns dez metros do leito do rio. Quando desembarcou, tirou a chave da ignição e caminhou até a porta da construção, que rangeu ao abrir.

Havia tralhas espalhadas por todo o chão e em cima das prateleiras improvisadas pregadas nas paredes. Foi preciso tomar cuidado ao se movimentar, para não enroscar os sapatos em algo e sair de lá machucado.

— Preciso de ajuda aqui! — Ele olhou para o Mustang, fez um movimento com os braços e entrou de novo.

O bêbado teve que disfarçar o olhar deslumbrado sobre o envelope com dinheiro esquecido perto do freio de mão. Ciente de que logo o teria no bolso, desembarcou e conferiu se sua faca estava no lugar de sempre. Ao confirmar, foi para perto da porta.

— Diga, patrão! Do que precisa? — Ele se apoiou na madeira e colocou a cabeça para dentro. — Patrão?

Kepler estava agachado, com as costas contra a parede e uma pistola nas mãos. Entre suas coxas, no chão, uma poça de vômito com sangue fez o bêbado perceber que ele não estava muito bem.

— Preciso que me ajude a levantar — Kepler pediu.

O bêbado recuou um passo.

— Você não está aqui para me pagar o serviço, está? — O homem olhou para o vômito e para a pistola. Analisando a vantagem, tirou a faca do bolso e tomou a arma das mãos de Kepler.

— Não — Kepler confirmou, movendo o braço para o lado, de onde apanhou uma chave de fenda. — Pegue o dinheiro no envelope e pode ficar com o carro. — Deu as chaves ao bêbado, sabendo que não teria como atacá-lo.

Kepler agitou as pernas na tentativa de recuar quando o bêbado rangeu os dentes e se abaixou, agarrando seu braço.

— Se acalme. Não vou te machucar. — O bêbado o ajudou a levantar.
— Já tenho problemas demais.

Kepler cambaleou pelo caminho até a beira do rio. Sentou na terra, sujando a calça escura, e colocou os pés na água para limpar a sujeira de vômito dos sapatos.

— Está melhor, patrão? — O bêbado parecia preocupado.

— Muito melhor. — Kepler jogou água no rosto e levantou. — Vamos embora daqui.

O bêbado o segurou pela cintura para conduzi-lo ao carro.

Aproveitando a brecha para terminar o que tinha começado, Kepler pegou a chave de fenda no bolso e a enfiou uma dezena de vezes no pescoço do bêbado, que caiu cuspindo sangue.

— A Terra é uma fazenda — ele falou.

Enquanto a vítima se debatia, com as mãos pressionando o pescoço, Kepler tomou-lhe a arma e as chaves e foi até o carro para aumentar ainda mais o volume da música, como se aquilo fosse um ritual. Entrou na construção e saiu com um barbante e um pesado tijolo de concreto. Como se tivesse feito aquilo dezenas de vezes, passou as mãos do morto pelos buracos do tijolo e as amarrou com força. Aí foi só empurrá-lo para a beira do rio e deixar que as águas fizessem o resto do trabalho.

— Maldição! — resmungou ao ver que a camisa de linho estava manchada de sangue.

Desengatilhou a pistola antes de voltar para o Mustang e sentar, sem se importar de sujar o banco. Vaidoso, se olhou no espelho e passou os dedos nos cabelos antes de fazer o mesmo na barba malfeita. Abriu o porta-luvas e folheou uma agenda com capa de couro até encontrar um rabisco no rodapé da quarta página. "Sábado, 23h. Hotel Fort Hayes. Quarto 602."

Foi para lá.

Passava das dez e quinze quando adentrou o saguão do Fort Hayes usando um paletó por cima da camisa ensanguentada. Enquanto avançava pelo piso de carpete vermelho, ouviu um leve zumbido de vozes vindo da porta à esquerda, que conduzia ao bar. Uns dez metros à frente ficava a recepção, sinalizada por uma placa de metal arredondada e uma campainha instalada sobre o luxuoso balcão.

— Boa noite, senhor. Quer a chave do quarto? — o recepcionista perguntou quando ele se aproximou.

Kepler olhou para o relógio de pulso e contabilizou o tempo que ainda tinha antes que a reunião marcada começasse.

— Vou tomar um drinque antes de subir. — Ele apontou para a porta do bar. — Se um homem gordo chegar e pedir pelo quarto 602, você pode mandar alguém me avisar?

— Certamente. — O recepcionista de gravata-borboleta mirou as calças sujas do hóspede quando este se virou. — Senhor, alguém te ligou há pouco mais de uma hora.

Kepler girou nos tornozelos.

— Deixou recado?

— Não, nem se identificou. Mas era uma mulher — ele explicou. — Só achei que quisesse saber.

— Obrigado. Se ela voltar a ligar, me avise. — E saiu.

Sua entrada no pomposo bar logo atraiu olhares indesejados. Kepler nem devolveu o cumprimento a um homem desconhecido e alterado pelo álcool que lhe estendeu a mão na entrada. Indo direto para o balcão e sentando num banco giratório alto, ficou olhando para a bela mulher de cabelos castanho-claros que preparava um drinque. Quando ela terminou, pôs o copo e a garrafa de água tônica numa bandeja metálica e chamou um garçom.

— Mesa 23 — disse.

Kepler sorriu e piscou quando a mulher o viu.

— Você está um espetáculo hoje, Rita — ele elogiou.

— E você acha que esse sotaque alemão é o bastante para me levar para a cama?

Kepler a segurou pelo braço.

— A que horas você sai?

— Intervalo em cinco minutos. — Ela sorriu e voltou ao trabalho.

Louis Kepler tinha quarenta anos, cabelos escuros, e era filho de imigrantes. Fora recrutado para trabalhar com a Irmandade pela mulher que hoje era mãe de sua filha. Piloto da Força Aérea até poucos meses antes, acabara sendo dispensado por apresentar problemas comportamentais.

— Rita, me faça um gim-tônica — ele pediu, quando ela estava de costas. Ela fez que sim.

— Sr. Louis — um garçom interrompeu. — Aquele homem na mesa do canto pediu para que eu o chamasse.

As várias lâmpadas penduradas no teto bem trabalhado do bar serviam mais para decorar do que para iluminar. O ambiente escuro e ofuscado pela fumaça de cigarros fez com que Kepler precisasse forçar os olhos para enxergar o homem sentado na mesa mais distante da entrada.

— Obrigado — disse e esperou que seu pedido ficasse pronto antes de ir até lá.

Noam Lovelock, editor-chefe do jornal televisivo de maior audiência do país, bebeu um gole de uísque e pediu ao garçom que trouxesse mais uma dose. Gordo, com barriga protuberante e fisionomia de poucos amigos, ele se recostou na cadeira cruzando os dedos atrás da cabeça quando Kepler chegou e se levantou para cumprimentar.

— Louis Kepler, é um prazer conhecê-lo pessoalmente.

— O prazer é todo meu. — Kepler apertou a mão do editor e sentou. — Perdoe a minha aparência. Eu estava resolvendo alguns problemas e não imaginei que o senhor já estivesse por aqui.

— Fui eu quem chegou cedo demais. — Lovelock dispensou as desculpas. — Mas agora me diga: Posso divulgar o maior furo jornalístico do século? — E estendeu os braços, imaginando a manchete. — "Civilização alienígena faz contato." Não haverá ninguém que não ligue a televisão para assistir.

Kepler ia falar, mas esperou que o garçom saísse de perto, após deixar na mesa a dose de uísque com gelo.

— Faz tempo que o governo vendou os olhos da população, fazendo com que acredite que somos únicos no universo. — Encarou o editor e bebeu um gole de gim. — Nós queremos retirar essa venda e permitir que todos enxerguem que a Terra é uma fazenda.

As últimas palavras soaram altas no intervalo entre as músicas de fundo do bar. Havia um homem de roupas elegantes sentado numa mesa próxima, com uma mulher de vestido longo, que pareceu se interessar pela conversa. Kepler percebeu e se debruçou na mesa para ouvir o que Noam Lovelock tinha a dizer.

— Sabe que será difícil destruir essa mentira timbrada com selo federal. — Os olhos de Lovelock se estreitaram.

— Logo a folha e o disquete estarão em suas mãos, senhor. — Kepler voltou a se recostar na cadeira. — Então não haverá dificuldade em mostrar a verdade ao mundo.

O tom de voz de Kepler tornou-se ansioso, como se estivesse com um problema que não queria compartilhar. Antes que pudessem prosseguir com a conversa, o recepcionista do hotel se aproximou, pedindo licença para informar a chegada de alguém.

— Senhor, aquela mulher que ligou mais cedo está na recepção — informou.

Kepler precisou respirar para conter o nervosismo que tomara conta dele. A cena do bêbado morto no rio, com o pescoço retalhado, invadiu sua mente, acelerando seus batimentos numa descarga de adrenalina.

— Dê a chave do quarto e peça que ela espere lá — ele disse. — Logo vou subir.

O recepcionista baixou a cabeça e saiu.

— Perdoe-me, sr. Lovelock, mas, como pode ver, o meu dia está bastante corrido. — Kepler se levantou com um sorriso. — Eu ligo quando estivermos com a folha e o disquete.

Kepler sabia que deixar o poderoso Noam Lovelock falando sozinho era algo que diminuiria alguns pontos na contagem de confiança entre eles. Contudo, virou as costas e foi ao banheiro lavar as mãos e o rosto antes de subir ao quarto pelo elevador.

O tempo de espera dentro do elevador abafado pareceu mais longo que o usual. Louis estava com os braços escorados na lateral e a cabeça erguida olhando para o marcador pontudo de metal, que avançava devagar enquanto os cinco primeiros andares ficavam para trás. Quando a campainha soou e a porta abriu, ele andou pelo carpete vermelho até chegar ao quarto.

— Você sabe que a sua presença aqui é imprudente? — Aproveitou o fato de a mulher de cabelos cacheados estar olhando pela janela e escondeu melhor as manchas de sangue na camisa. — Alguns federais sabem quem eu sou. Se descobrirem que mantemos contato e que você trabalha para a Irmandade...

— Não importa! — a mulher se virou, interrompendo. Apesar de forte, seus olhos estavam chorosos e o rosto tinha marcas de lágrimas. — O que importa é que mataram o Gregor.

Kepler meneou a cabeça e engoliu em seco.

— Quem pode ter feito isso? — Fingiu ter sido pego de surpresa pela notícia.

— O federal que foi ao meu apartamento e ameaçou a nossa filha — Emmy revelou, tentando não se emocionar, mas as lágrimas estavam preparadas para começar a cair. — Eles querem que eu entregue o Jerry.

Kepler passou a mão por sobre o ombro da agente Emmy MacClintok e limpou uma lágrima que ainda molhava seu rosto. Não era novidade nenhuma que ele ainda amava aquela mulher e estava disposto a fazer o que fosse necessário para tê-la de volta. Inclusive planejar e executar a morte de seu atual noivo, Gregor Becquerel, fazendo com que ela acreditasse que fora morto pelos federais na universidade.

— Fique calma — exagerou no timbre triste da voz quando ela o abraçou. — Vou fazer eles pagarem pelo que fizeram com o Gregor.

Kepler a apertou nos braços, mas precisou afastá-la quando ouviu alguém batendo na porta.

15

ATHENS, OHIO

Jerry estava com o queixo apoiado na mão, pensando se deveria acreditar nas últimas palavras de Gregor, de que nem mesmo Isabela era confiável. De olhos fechados dentro do carro, levou um susto ao ouvir alguém se aproximar.

— Quarenta dólares e terá o melhor programa da sua vida. — Uma prostituta de seios fartos apoiou os braços na janela, oferecendo seus serviços.

Jerry não se sentia bem e apenas tentou esconder o rosto. Seu coração batia loucamente, mas a razão da aceleração não era aquela mulher de batom vermelho e sombra escura em torno dos olhos. Aliás, as palpitações foram o motivo de terem estacionado em frente a uma farmácia, na avenida principal de Athens. Pela janela, mantinha os olhos atentos em Isabela, enquanto a prostituta continuava escorada, usando do generoso decote para convencê-lo a mudar de ideia.

— Posso reduzir um pouco o valor para um rapazinho fofo como você. — Ela estava disposta a seduzi-lo.

— Agradeço o elogio, mas, se minha esposa te vir aqui, passarei a noite dando explicações. — Jerry olhou por baixo da aba do boné e apontou para Isabela através da vidraça da farmácia. — Sabe como são as mulheres.

A prostituta avançou a mão para dentro do carro e apertou a bochecha de Jerry.

— Volte qualquer dia desses, docinho. Vou estar te esperando. — E saiu à procura do próximo cliente.

As pessoas que caminhavam pela rua não se importavam com o céu encoberto daquela noite de sábado. Um grupo de jovens passou ao lado do carro gargalhando e conversando alto sobre para qual bar iriam. Jerry não pôde deixar de lembrar as noites que passara acordado, jogando bilhar pelos bares da cidade com Eliot.

Isabela demorou algum tempo para sair da farmácia. Quando Jerry a viu se aproximando pela calçada, percebeu que de fato, apesar de sua beleza estonteante, ela era uma mulher como outra qualquer. E chegou a essa conclusão apenas observando o que ela carregava nas mãos.

— Você entrou para comprar comprimidos e saiu com uma sacola cheia? — indagou quando ela entrou no carro, arrumando os cabelos.

— Eu não te devo explicações do que compro ou deixo de comprar. — Pegou o pote plástico de comprimidos e entregou para ele. — Tome antes que tenha uma parada cardíaca.

Ele obedeceu e ficou confuso quando a sacola virou, derrubando uma caixa de luvas no tapete emborrachado do carro. Olhando ora para a rua, ora para a sacola, ainda viu o barbante de uma máscara cirúrgica, mas preferiu não perguntar sobre aquilo para não ouvir outra vez: "Eu não te devo explicações!" Aquele tipo de resposta o fazia se sentir como uma carta fora do baralho. Por isso, preferiu mudar de assunto.

— Você sabe para onde levam os carros apreendidos em cenas de crimes? — perguntou. — Se quiser entrar no Observatório, temos que pegar as chaves.

Isabela girou o pescoço para encará-lo.

— Deixe que eu me preocupo com isso — respondeu.

— Qual é? — Jerry fez graça, sorrindo. — Vai arrombar a porta usando essas luvas e a máscara?

— Pretendo — ela confirmou. — Apenas me diga se a folha com o sinal ainda está segura.

— Está — Jerry enrugou a testa.

— Tudo bem. Estacione quando enxergar um telefone público — Isabela pediu.

...

Isabela atravessou a rua asfaltada até uma praça arborizada quando avistaram um telefone. Havia pouco movimento naquela parte da cidade. Apenas um jovem, vestindo moletom, passou apressado, se exercitando numa corrida noturna.

Quando a ficha caiu dentro do telefone, fazendo um barulho estridente, Isabela forçou a memória para lembrar o número de um colega de trabalho. Na primeira tentativa, errou e acabou ligando para uma antiga diarista, mas desligou logo que percebeu o equívoco. Na segunda acertou, e um homem com voz grossa e sonolenta atendeu.

— Ed, aqui é a Isabela — ela antecipou a resposta para a pergunta que viria em seguida.

Ed era um professor aposentado que dava palestras na escola onde Isabela trabalhava. Além disso, ainda assinava como engenheiro químico de uma empresa siderúrgica da cidade.

— Olá, Isabela! O que andou aprontando pra me ligar a esta hora? — Ele era ranzinza com os alunos, mas gostava de tratar os colegas de trabalho com simpatia.

— Ed — Isabela falou com voz meiga —, preciso que me devolva aquele favor que te fiz no mês passado. — Ela não podia ver, mas sabia que ele estava fazendo cara feia.

Ed respirou fundo.

— O que você precisar. — Ele sabia que vinha encrenca pela frente.

— Você ainda trabalha na parte química da siderúrgica, não é? — Ela sabia que sim, por isso nem esperou pela resposta. — O que vou te pedir é um favor muito maior do que aquele que eu te fiz, mas não tenho mais a quem recorrer.

— O que é? — A voz dele soou séria.

— Sei que é ilegal, mas não estaria ligando se não fosse urgente — ela explicou. — Preciso de um frasco de pentafluoreto de antimônio e outro de ácido fluorídrico.

— *Pfff* — Ed soltou o ar pelos lábios. — Impossível.

O tempo pareceu se arrastar enquanto Isabela esperava que Ed dissesse mais alguma coisa.

— Para que precisa disso? Você sabe que a venda desses produtos é controlada e que tenho que fazer relatórios a cada gota que usamos.

Isabela sabia que qualquer desculpa que desse não seria suficiente para convencê-lo.

— Por favor, Ed. Não tenho mais a quem recorrer.

— Isa, me diga para que quer os produtos — insistiu ele. O nervosismo de Ed podia ser percebido na voz.

— Se eu te disser, eles irão atrás de você. — Isabela fez um teatro. — Obrigada por me atender. Entendo que não possa fazer isso por mim. — E afastou o fone da orelha.

— Meu Deus! Tudo bem, tudo bem! — Ed sabia que iria se arrepender. — Para onde quer que eu leve?

Isabela comemorou, apertando a mão.

— Estarei te esperando na frente do colégio.

— Quando, hoje? — ele indagou. — Eu não posso ir até a siderúrgica agora. Vou dizer o que quando os guardas me perguntarem o que estou fazendo?

— Ok — ela entendeu. — Amanhã de manhã, então.

— Às onze horas nos encontramos no colégio. — Ed calculou o tempo que teria para pegar as coisas.

— Obrigada. Agora te devo uma — disse Isabela.

16

ATHENS, OHIO
20 DE AGOSTO DE 1977 - 21H18

O agente federal Carl Linné era esperto demais para sair do apartamento de Emmy MacClintok pensando que tudo estivesse resolvido. Seu faro apurado fez com que ficasse mais um tempo na camionete estacionada do outro lado da rua. Dentro do veículo escuro, com vidros cobertos por película, ainda estavam outros dois agentes: Stephen Böhr e Niels Hawking.

— Alguém quer ir buscar café? — Linné tirou do bolso uma nota de dez dólares. — Que tal você, Hawk?

Hawking torceu o pescoço para ver se a panificadora na frente da qual estavam estacionados continuava aberta. Ao confirmar, pegou o dinheiro e saiu da camionete, tirando o paletó antes de caminhar pela calçada. Carl acompanhou seus passos pelo retrovisor até ele entrar no estabelecimento.

— O que estamos fazendo aqui, Carl? — o agente Böhr perguntou, erguendo a manga do paletó para conferir o relógio.

— Estou esperando para ver qual a reação de Emmy MacClintok diante da proposta. — Ele franziu a testa. — E você está aqui porque sou eu quem manda. — Carl tinha tendência a exaltar seu posto.

Minutos silenciosos se passaram antes que Hawk aparecesse, trazendo com dificuldade três copos de café.

— Alguém pode abrir a porta? — pediu pelo vidro lateral, com as mãos ocupadas.

Linné usou a maçaneta para baixar o vidro, pegou dois copos e deu um para Böhr, tudo isso sem desviar os olhos da claridade de faróis que surgia devagar, iluminando uma parede de tijolos pichados e mal rebocados do outro lado da rua.

— É ela? — Böhr indagou ao ver um táxi estacionando diante do prédio. Ele ofereceu o binóculo quando uma mulher saiu pela porta da frente e trocou palavras com o taxista antes de entrar no carro.

— É ela — Carl confirmou ao vê-la. — Siga-os!

O táxi dobrou à direita, passando pela panificadora. Hawk, que ainda estava fora da camionete, teve que se abaixar para não ser visto. Böhr deu partida e ligou a seta, a fim de fazer o retorno ali mesmo onde estavam. Usando luz baixa, seguiram o táxi a uma distância segura e o viram sair da cidade e acessar a Rota 33, rodando cerca de cento e dez quilômetros na direção de Columbus, até entrar no estacionamento do hotel Fort Hayes.

Havia um carro parado em fila dupla na frente da entrada do hotel. Böhr teve que reduzir a velocidade e ultrapassar o táxi, que descia a rampa para a garagem.

— Deixe-me sair! — Carl pediu. — Estacionem e me esperem na próxima quadra.

Pegou a pistola acomodada no canto da porta e a enfiou no cinto. Atravessou a rua e se apoiou num carro estacionado quando Emmy apareceu nas escadas, chegando à recepção. Ela trocou meia dúzia de palavras com o recepcionista baixinho, de gravata-borboleta, antes que ele sumisse num corredor e voltasse dois minutos depois. De volta ao balcão, o homenzinho olhou para o quadro de chaves da parede e entregou uma delas para Emmy, que a guardou na bolsa e foi para o elevador.

O que você está tramando?, Carl se perguntou.

Uma das virtudes de Carl Linné era a paciência inabalável, e, naquele dia em especial, essa paciência lhe rendeu frutos. Em vez de entrar no hotel de uma vez, esperou um instante do lado de fora, até que surgiu pelo corredor do bar um homem de cabelos escuros e barba rala, que deu algo ao recepcionista e se dirigiu depressa ao elevador. Carl esticou o pescoço e conferiu se o distintivo federal estava no bolso, antes de entrar no saguão. Era hora de agir.

— Boa noite, senhor. Em que posso ajudá-lo? — O cordial recepcionista parecia animado.

— Agente federal Carl Linné — se apresentou, mostrando o respeitável distintivo dourado.

O rapaz franzino com pele avermelhada ficou ruborizado.

— Por favor, senhor! Eu tenho uma família para sustentar no México — ele mesmo se entregou.

— Acalme-se, jovem. Não vou importuná-lo se me ajudar. — Carl torceu o nariz para o imigrante ilegal. — Só preciso saber para que quarto foi a mulher que chegou aqui há poucos minutos.

— Quarto 602, senhor. — O recepcionista ficou aliviado por saber a resposta. — 602.

— Tem alguém hospedado naquele quarto?

— Um homem, senhor. Mas não o conheço — pronunciou baixo as últimas palavras.

— Antes de entrar, eu fiquei alguns minutos te observando. — Linné fez uma pausa. — Como é o seu nome?

— Estevão, senhor.

— Então, Estevão. Fiquei observando e vi que um homem subiu logo depois. É ele que está hospedado no 602?

— Sim. Ele mesmo, senhor.

Carl meneou a cabeça e ficou em silêncio.

— E o que ele te deu antes de ir ao elevador?

— Dois dólares para que avisasse se alguém aparecesse, senhor. — O pobre coitado só estava preocupado em não ser deportado.

— E você vai avisá-lo que estou aqui quando eu subir e te deixar sozinho? — Carl o estava amedrontando.

— Não, senhor! Não quero nenhum tipo de problema com o governo. — Estevão estava falando a verdade. Ele não moveria um dedo para ajudar Louis Kepler, sabendo que aquilo poderia prejudicar o sustento de sua família no México.

— Boa escolha, rapaz. Agora me dê a outra chave do quarto. — Carl olhou para o quadro de chaves na parede e viu que o gancho metálico sob o número estava vazio.

Estevão conferiu a superfície do balcão antes de abrir a segunda gaveta para pegar um molho com mais de cinquenta chaves. Por sorte, cada uma delas estava identificada por um pedaço pequeno de papel colado com fita adesiva. Demorou um pouco para que encontrasse a correta e a entregasse nas mãos do agente.

Carl colocou a chave no bolso e seguiu para o elevador, que estava no sexto andar. Apertou o botão para chamá-lo e o ouviu começar a se movimentar, mas ainda levou algum tempo para chegar. Ao olhar para trás, por cima do ombro, para garantir que Estevão não faria nenhuma bobagem, viu o pobre coitado secando o rosto suado com a manga da camisa. *O latino levou* un gran susto, pensou, se divertindo com a desgraça alheia.

O ressoar da campainha alertou que o elevador estava no primeiro andar. Dentro dele, num canto, servindo de enfeite, havia um vaso prateado com flores brancas que deixavam o ar perfumado. Carl o empurrou com o pé para longe. Aquele cheiro lembrava funerais. Apertou o número seis.

O corredor do sexto andar estava vazio e silencioso. Carl avançou devagar, olhando para os números no alto das portas, até chegar ao desejado 602. Antes de abrir, grudou o ouvido na porta, na esperança de ouvir algo revelador. Nada. Nenhuma única palavra. Apenas barulho de passos que logo cessaram e ruídos de algo metálico sendo jogado em cima de madeira. Ele se afastou um pouco ao perceber que sua sombra estava aparecendo na fresta abaixo.

Observando o corredor outra vez, sacou a arma do cinto e a segurou escondida embaixo do paletó. Com a outra mão, pegou a chave e a colocou com cuidado na fechadura.

— Por que demorou tanto? — uma mulher nua, que pendurava um vestido escuro num cabideiro, falou sem se virar.

Identificando o erro, Carl tentou dar meia-volta e sair, mas a demora na resposta fez com que a mulher se virasse.

— Acho que você errou de quarto, senhor — ela falou.

A tranquilidade com que ela lidava com a situação constrangedora deixou Carl perplexo. Ele colocou a arma de volta no cinto quando analisou que não havia perigo.

— Pensei que fosse o quarto de outra pessoa — explicou. — Sinto muito pelo inconveniente.

A mulher virou de costas, sem pressa, e pegou o vestido pendurado para se cobrir. Ficar nua na frente de um desconhecido não era problema para ela.

Carl estava ouriçado.

— Esse é o seu quarto? — indagou.

— Sim.

— Pode me dizer seu nome?

— Rita — ela respondeu.

Havia roupas masculinas penduradas no cabideiro e sapatos tamanho 43 ao lado da cama.

— Rita, eu trabalho para o governo. — Carl mostrou o distintivo. — Preciso saber se há mais alguém hospedado aqui.

Ela deu uma boa olhada na identificação.

— Meu marido está no banho. — Apontou para o banheiro, de onde saía vapor por baixo da porta. — Quer conversar com ele? Posso chamá-lo.

Carl colocou a mão no rosto.

— Não será necessário — ele voltou atrás. — Agradeço a colaboração e peço desculpas. Se souber de algo estranho acontecendo no hotel, me ligue. — Entregou um cartão e saiu com o pescoço vermelho de raiva por imaginar que tinha sido enganado pelo recepcionista.

Com o nervosismo estampado no rosto, Carl socou o botão do elevador quando este chegou ao sexto andar. Respirando devagar enquanto descia, nem esperou a porta abrir totalmente para caminhar pelo saguão, sorrindo de forma irônica e apontando para Estevão quando passou.

— Mexicano de merda! Vai se lembrar do meu rosto pelo resto da vida — prometeu. — Comunique a Imigração que temos um ilegal trabalhando no hotel Fort Hayes, em Columbus — usou o radioamador para informar à central quando voltou à camionete, onde Hawk e Böhr o esperavam.

17

**HOTEL FORT HAYES
COLUMBUS, OHIO
20 DE AGOSTO DE 1977 — 22H51**

Rita colocou o vestido e sentou na cama quando o federal saiu. Esperou um pouco antes de abrir a porta, para conferir se ele não estava no corredor. Viu apenas uma camareira aguardando o elevador ao lado do carrinho de limpeza.

— Boa noite, senhora — Rita cumprimentou. — Ouvi barulhos estranhos no corredor. Talvez você tenha visto alguém estranho por aqui?

A camareira a encarou por um momento e olhou para os lados, como se procurasse um intruso.

— Não vi ninguém, madame. — O sotaque entregava que ela não era norte-americana. — Me perdoe se importunei a senhora com o barulho da limpeza.

— Sem problemas. — Rita relaxou e deu duas voltas na chave quando retornou para dentro do quarto. — O federal se foi — falou e bateu na porta do banheiro.

O trinco abriu assim que os dois que estavam trancados no calor do vapor ouviram a confirmação. Kepler saiu primeiro, com as roupas úmidas e a testa pingando suor. Atrás dele, veio a chefe de investigação Emmy MacClintok.

— Era Carl Linné que estava aqui? — Kepler foi para perto da parede e abriu a janela, deixando o ar entrar.

— Talvez — Rita respondeu, olhando Emmy dos pés à cabeça. — Ele não disse o nome, mas tinha pinta de investigador.

Era visível que a presença de Emmy deixava Rita enciumada. Embora Kepler estivesse hospedado ali havia apenas alguns dias e tivesse deixado claro que Emmy era somente a mãe de sua filha, mentindo para fazer com que Rita continuasse a visitá-lo durante a noite, a amante fervorosa podia ver nos olhos dele que aquelas palavras não eram verdade.

— Porcaria! Os federais te seguiram, Emmy. Agora você vai ter que tomar mais cuidado — Kepler falou com voz tensa. — Eles estão na sua cola e não vão te deixar em paz até você fazer o que pediram.

— Você sabe que eu... — Emmy se interrompeu ao perceber que Rita estava atenta.

Kepler percebeu o embaraço.

— Preciso que nos deixe a sós. — Ele colocou a mão nas costas de Rita e foi abrindo a porta do quarto.

— Você está me pedindo para sair, depois do que eu fiz por vocês? — A fisionomia de Rita ficou séria.

— Por favor. Eu e ela precisamos conversar a sós um minuto — Kepler insistiu.

— Tudo bem! Eu volto mais tarde. No mesmo horário de ontem e de antes de ontem — ela falou antes de sair, disposta a reduzir a zero a moral de Kepler.

A porta bateu com tanta força quando ela saiu que a chave caiu do trinco.

— Não é o que você está pensando — Kepler quis explicar.

— Eu não estou pensando em nada além do que vamos fazer a respeito de Carl Linné. — Emmy tratou de encerrar o assunto, antes que virasse um melodrama.

— Não faremos nada com o federal. Apesar dessa merda, as coisas estão indo bem até agora. — Ele suspirou. — Você só vai ter que tomar mais cuidado quando fizer contato. Se os federais descobrirem para quem trabalha, isso não vai acabar bem.

Ela torceu o nariz.

— E quanto ao Jerry? — indagou, aproximando-se da janela. — Linné deixou claro que querem que eu o entregue quando capturá-lo. Disse que vão matá-lo.

— Você não precisa capturar ninguém. O importante é que o plano serviu para que te nomeassem responsável pelo caso — Kepler lembrou. — Deixe que com Jerry eu me preocupo.

— Tudo bem.

— E, quando isso acabar, eu mesmo vou meter uma bala na cabeça de Carl Linné pelo que ele fez com o seu noivo.

Emmy concordou, indo ao banheiro pegar seu casaco.

Kepler baixou os olhos, comemorando o fato de ela ter acreditado que os federais haviam matado Gregor Bequerel.

Passava pouco das onze da noite quando Emmy saiu do quarto e desceu para pedir que chamassem um táxi. No saguão, encontrou dois agentes da Imigração colhendo o depoimento de funcionários. Precisou esperar até que outro recepcionista, um velho tagarela, terminasse de falar com os agentes e voltasse ao balcão.

— Desculpe, mas está uma confusão aqui hoje — o velho comentou. — Alguém ligou para a Imigração denunciando um funcionário. Os agentes descobriram que o Estevão tinha entrado ilegalmente no país.

— Sinto pelo problema do seu colega, mas preciso de um táxi — Emmy falou.

— Tem um ao lado da garagem do hotel, senhora. — O velho indicou uma direção qualquer. — O taxista sabe que sempre há corridas para os hóspedes, então se adianta e já fica ali estacionado.

Emmy deu gorjeta ao velho e saiu à procura do táxi, que estava perto da garagem, com um homem negro vestido de terno, quepe e luvas brancas, escorado no porta-malas, fumando um charuto fedorento. Ao perceber que uma cliente se aproximava, ele jogou o charuto no chão e deu alguns tapas no terno para limpar as cinzas.

— Preciso que me leve para Athens. — Emmy olhou para os lados, garantindo que não havia ninguém espionando.

Os olhos do taxista brilharam no mesmo instante. *Athens? Viagem longa. Bastante dinheiro,* ele comemorou.

— Claro, senhora. Pode entrar. — Abriu a porta do táxi.

● ● ●

No quarto 602, Kepler pendurou o paletó no cabideiro e colocou na lixeira a camisa manchada com o sangue do mendigo. Com os músculos tensos pelo longo dia, entrou debaixo do chuveiro, imaginando que Rita logo voltaria para que terminassem a noite com sexo e champanhe. Ele até tinha ligado para o bar logo que Emmy saiu, pedindo que trouxessem três garrafas de Laurent-Perrier, que custavam os olhos da cara.

A lua estava alta e uma garrafa de champanhe vazia quando Kepler desistiu de esperar por Rita e resolveu descer ao bar. Não havia agentes da Imigração no saguão, e ele nem percebeu que não era Estevão quem estava atrás do balcão. Ao dobrar o corredor, entrando no bar, foi direto procurar por Rita. A Laurent-Perrier que bebera já fazia efeito, deixando-o um pouco tonto.

— Viu a Rita? — perguntou ao garçom que chegou para buscar o pedido de um cliente.

— Ela foi para casa faz uns vinte minutos. — O homem esticou o pescoço para ver o horário no relógio de parede sobre a porta de saída. — Disse que não estava se sentindo bem e que tinha assuntos para resolver.

Kepler tamborilou os dedos no balcão de madeira.

— Assuntos pra resolver de madrugada? — interrogou.

— Também achei estranho, mas o chefe a liberou — o garçom explicou, colocando dois copos de uísque na bandeja. — Desculpe, senhor, mas tenho que servir uma mesa.

— Tudo bem. — Kepler olhou para dentro da copa.

Seus pensamentos se agitaram. A desconfiança de que Rita poderia traí-lo abocanhou sua mente a ponto de deixá-lo amedrontado. Um sentimento que raramente tinha. Concluiu que precisava garantir que isso não acontecesse. O plano que a Irmandade colocara em prática não poderia, de forma alguma, ser interrompido por uma bartender apaixonada.

— Moça — ele chamou a atenção de uma jovem que preparava uma dose na outra ponta do balcão. — Conhece a Rita? — Antes que ela pudesse responder, emendou: — Por acaso sabe o endereço dela?

A moça olhou para trás, garantindo que aquele homem estava mesmo falando com ela.

— Sei, sim — disse, sem interromper o trabalho. — Ela mora aqui na quadra de trás, com a irmã e a mãe.

— Pode ser mais precisa? — A voz de Kepler soou repleta de dúvida. A moça fez um breve silêncio.

— Uma casa azul no meio da quadra — ela revelou. — É bem fácil de encontrar.

Kepler nem agradeceu pela informação, apenas levantou e saiu do hotel, contornando o quarteirão até encontrar o lugar: uma casa pequena com janelas brancas e jardim bem cuidado. Na varanda, com a luz apagada, havia vasos de flores em cima da cerca de madeira e uma cadeira de balanço, bem na frente da janela iluminada, com o cortinado aberto. Foi por ali que ele espiou e viu Rita sentada no sofá com uma xícara fumegante nas mãos.

— Cadela desgraçada. — Correu para os fundos quando ouviu um barulho de motor e olhou para a rua.

Uma camionete escura se aproximava.

Com a arma em punho, arrombou a porta da cozinha. Logo que entrou na casa, Rita apareceu, acendendo a luz da cozinha com a fisionomia assustada.

— Que merda pensa que está fazendo? — Kepler não estava feliz e tratou de apagar as luzes quando a camionete estacionou.

Rita olhou para ele, que colocou o dedo na frente da boca, mandando que ficasse calada, quando Carl Linné bateu na porta.

— Rita, você está aí? — O federal olhou pela janela para a casa escura. Bateu de novo, agora com mais força.

Kepler mantinha a arma apontada para a cabeça de Rita.

— Está sozinha em casa? — cochichou.

Ela fez sinal positivo.

Kepler manteve a calma quando Linné insistiu, batendo mais algumas vezes. Então observou o federal desistir e atravessar a rua, entrando na camionete.

Rita entrou em desespero quando Kepler a levou para o quarto e a jogou na cama.

— Eu não ia dizer nada — ela tentou explicar, mas desabou no choro. Seu corpo inteiro tremia.

Ele esfregou os olhos e subiu na cama, prendendo os braços dela com os joelhos. Sua cabeça começou a latejar, como no início da noite. Esforçando-se para manter a concentração, enrolou o travesseiro de penas na arma enquanto a mulher implorava.

— A Terra é uma fazenda — ele falou quando puxou o gatilho, fazendo com que penas voassem para todos os lados.

Olhando para o rio de sangue que manchou a cama, Louis Kepler fechou os olhos e beijou a testa ensanguentada de Rita, sentindo-se mais sozinho do que nunca. Ele ainda ficou um tempo observando, antes de sair pela porta dos fundos para vomitar.

18

COLÉGIO MUNICIPAL DE ATHENS
ATHENS, OHIO
21 DE AGOSTO DE 1977 – 11H04

O clima daquela manhã de domingo não estava mais agradável do que nos dois dias anteriores. O sol mantinha-se encoberto, impedido de aquecer a cidade pelas nuvens carregadas que pairavam sob o céu de todo o estado.

— Que horas são? — Aquela era a terceira vez em menos de quinze minutos que Isabela fazia a pergunta.

— Ele só está cinco minutos atrasado — Jerry respondeu, observando a familiar fachada do colégio. — Acha mesmo que conseguirá derreter a fechadura do Observatório usando ácido? — Ele estava descrente daquela ideia.

Já Isabela estava confiante.

— Se tem outro plano, ou prefere invadir a delegacia em busca do seu molho de chaves, te desejo boa sorte — ela retrucou, desviando os olhos para o portão fechado do colégio e torcendo para que Ed chegasse logo com a encomenda.

— Melhor tentar com o ácido. — Jerry calou-se.

Precisaram esperar mais dez minutos para que o carro de Ed surgisse na rua. Ele ainda deu uma boa olhada nos arredores antes de fazer sinal para que Isabela se aproximasse.

Ed estava tenso. Era regrado, tinha família e aquela era a primeira vez que infringia a lei.

— Pelo amor de Deus, ninguém pode saber de onde isso saiu. — Tirou uma sacola plástica do porta-luvas.

— Ninguém saberá — Isabela prometeu. — Obrigada pela ajuda.

Ed abriu um sorriso e deu partida no carro.

— Cuide-se, Isa. — Engatou a primeira marcha. — E fique longe de encrencas.

Ela sorriu em retribuição.

Quando o carro se distanciou, Isabela colocou a sacola plástica com os frascos de ácidos dentro de uma bolsa que carregava no ombro e fez sinal para que Jerry se aproximasse. Era domingo de manhã, e a última coisa que as crianças queriam era ficar perto do colégio, por isso ninguém a viu abrindo o portão e entrando no estabelecimento com a chave dos professores.

— Então é aqui que você trabalha? — Jerry indagou quando chegaram diante da sala de química. Pelo vidro na porta se podiam ver as bancadas e os inúmeros materiais espalhados em cima delas.

— É aqui que faço a mágica — ela falou, abrindo a porta. O cheiro de produtos químicos invadiu suas narinas.

— Dá pra acreditar que estudei nesse lugar quando criança? — Jerry divagou sobre o passado. — Caramba, uns quinze anos se passaram e tudo parece tão... igual.

— É uma escola. — Isabela enrugou a testa. — Geralmente, todas elas são bem parecidas. — Sorriu.

— Pois é. — Jerry varreu a sala de química com o olhar, se lembrando de um vulcão de argila que tinha feito quando estava na terceira série. Os colegas fizeram fila para ver as erupções de bicarbonato na Feira de Ciências. Ficou tão orgulhoso de si naquele dia, que nem se sentiu envergonhado quando chegou a hora de apresentar o trabalho aos pais. Imaginou que seu pai também ficaria orgulhoso se o visse daquele jeito, dando explicações sobre como o bicarbonato interagia com o vinagre.

Ter um pai foi tudo que sempre quisera quando criança.

Jerry baixou a cabeça.

Isabela deixou a porta aberta por alguns segundos, para que o ambiente ficasse mais arejado, antes de entrar e acomodar a sacola numa das bancadas. Sem dizer nada, foi até um armário, pegou um livro e sentou no banco estofado para folheá-lo, até encontrar o capítulo que procurava.

"O superácido, ácido fluorantimônico ($HSbF_6$): obtido da mistura de pentafluoreto de antimônio e ácido fluorídrico."

Concentrou-se nas informações daquela página e, quando se convenceu de que acertaria, pegou um par de luvas e a máscara cirúrgica e se dirigiu até a capela de vidro. Ligando o exaustor e colocando os óculos de proteção, pegou de outro armário uma embalagem especial e derramou com cuidado extremo a quantidade correta de cada um dos ácidos trazidos por Ed, a fim de criar o poderoso ácido fluorantimônico, que derreteria a fechadura de aço do Observatório.

19

ATHENS, OHIO
21 DE AGOSTO DE 1977 - 12H15

Jerry ficou de braços cruzados e com a cabeça apoiada na janela do carro enquanto Isabela dirigia por ruas menos movimentadas, na direção da universidade.

— Não vai me dizer o que pretende encontrar no Observatório? — ele perguntou, olhando para as casas daquela rua estreita, que pareciam todas iguais.

— Quer mesmo saber? — Isabela retrucou. — Pretendo encontrar um disquete de oito polegadas com o restante dos dados do sinal que você recebeu — ela revelou, sem tirar os olhos da via.

Jerry virou a cabeça e a encarou.

— O que te faz pensar que o disquete ainda está lá?

Isabela não respondeu.

— É claro que os federais o pegaram — ele emendou, angustiado com a ausência de respostas.

— O disquete ainda está lá — ela afirmou, cheia de certeza.

Não demorou muito mais para que a torre central da universidade fosse avistada no horizonte. Mais dois minutos mantendo a velocidade e eles estavam estacionados no mesmo local onde, na noite anterior, Gregor Bequerel tinha sido assassinado. Apesar de os policiais terem se esforçado para limpar a calçada, não era preciso ter bons olhos para ver com clareza as marcas de sangue no chão.

Jerry foi o primeiro a desembarcar, com uma mochila de couro em que estava acomodado o frasco de ácido. Isabela o seguiu, com olhos atentos na movimentação dos vigilantes.

— Durante a noite, eles fazem rondas a cada dez ou quinze minutos — Jerry revelou, ao vê-la com o olhar compenetrado no vigia de azul-marinho que passou diante do prédio da reitoria.

— Não podemos tomar isso como base. — Ela abriu a porta do carro e voltou para dentro. — Vamos esperar um pouco. Descobrir com exatidão quanto tempo temos antes do retorno do vigia. Se formos pegos, estamos fritos.

— Eu estou frito, foi o que quis dizer? — Jerry discordou.

Isabela franziu o cenho e fez sinal para que entrasse.

— *Nós* estamos fritos — ela corrigiu. — Ou pensa que não terei problemas por estar te ajudando?

Ficaram cerca de vinte minutos esperando no carro, até que outro vigilante aparecesse no prédio da reitoria. E aquele homem não era o mesmo de antes. Apesar de estar vestindo uniforme da mesma cor, esse era mais alto e forte. Ele avançava devagar pela frente do prédio e, quando chegou à porta principal, parou para conferir se estava trancada. Depois seguiu seu rumo até dobrar à esquerda e sumir.

— Dezenove minutos foi o tempo que levou para que voltassem. — Jerry olhou para o relógio de pulso e para a torre que se sobressaía atrás da reitoria. — O Observatório fica próximo da torre — apontou.

— Eu sei onde fica — Isabela falou como se aquilo fosse óbvio. — Vamos!

Jerry gostava demais do seriado *Starsky and Hutch* para saber que não deveriam confiar no primeiro cálculo de tempo que fizeram entre as rondas. Por isso, segurou Isabela pelo braço quando ela tentou sair do carro.

Mais vinte e três minutos foi o tempo de espera até que o primeiro vigia, de pele clara e cabelos ruivos, retornasse.

— Temos vinte minutos. — Agora ele estava seguro do tempo. — Assim que o vigia sumir, nós vamos.

Ainda dentro do carro, com olhos voltados para o branquelo de uniforme, Jerry percebeu outra pessoa se aproximando, pela lateral do prédio. Ao desviar o olhar, viu um homem de capa acinzentada e chapéu marrom aparecer, caminhando sorrateiramente com uma arma em punho.

— Veja — ele alertou Isabela.

O encapado parou por um momento e se recostou na parede. Ele nem precisou chegar perto do vigia para apontar a pistola e disparar duas vezes.

— Puta merda! — Jerry ficou no mais completo espanto.

— Eles estão aqui — Isabela murmurou.

— Eles quem?

— A Irmandade.

A resposta serviu apenas para embaralhá-lo ainda mais.

— O que diabos é isso? — Jerry fez um gesto depreciativo.

— Não há tempo para explicar agora — ela despistou.

Jerry saiu do carro atrás dela quando o assassino desapareceu no campus. Eles passaram ao lado do corpo do vigia e se apressaram para fazer a volta e chegar aos fundos, onde pararam por um instante ao avistar o segundo guarda, apontando a arma e dando passos para trás.

— Fique onde está! — o vigia gritava. — Pare ou eu vou atirar! — Ele engatilhou o revólver.

Jerry puxou Isabela para trás de uma construção e ficou espiando quando os disparos começaram.

Bang. Bang. Bang. Três tiros saíram da arma do homem de capa, que seguiu em frente enquanto o vigia forte caía e se arrastava para o lado. Quando ele ficou imóvel, sem forças para continuar lutando pela vida, o assassino chegou perto e garantiu o serviço completo.

Bang.

Os pelos no braço de Jerry se arrepiaram numa descarga de adrenalina. Em torno de seus olhos apareceram linhas expressivas de tensão, e seus dedos exibiam um tique nervoso.

— Vamos sair daqui — ele sussurrou, ao perceber que Isabela lhe tomou das mãos a mochila com o ácido.

— Não podemos. — Ela o impediu de fugir. Não parecia preocupada. — Precisamos do disquete.

— Esqueça isso. Nós estamos com a folha.

— Você não entende! — Isabela o repreendeu de forma rude. — A folha não vale nada sem o disquete. Um é a prova da autenticidade do outro.

— Então me faça entender. Eu confiei em você todo esse tempo, mas percebi que sabe muito mais do que diz. — Jerry não escondeu o que estava pensando. — Preciso que me conte tudo o que sabe sobre a folha, o Observatório e a Irmandade — disse e a encarou.

Isabela suspirou. Não tinha muito tempo.

— A Irmandade é um grupo criado por estudiosos da Idade Média que tentavam provar a existência de vida alienígena — ela murmurou com voz apressada. — Seus seguidores acreditam que os humanos foram criados por extraterrestres e que esses viajantes do espaço nos ajudaram a moldar a humanidade como ela é hoje. — Ela o encarou. — Você conhece aquela história de que os egípcios não teriam conseguido construir as pirâmides sozinhos? — Suas explicações fluíam sem hesitação. — Então, parece que agora a Irmandade conseguiu o que queria. A folha e o disquete são a prova de que existe vida fora da Terra.

Jerry assentiu com um gesto.

— Nos dias atuais, eles não contam com o mesmo número de membros que tinham. A maioria é de cientistas comuns — Isabela continuou. — O fato é que eles têm pequenos grupos em todos os continentes. Não são muitos, mas com o pouco que têm, tentam organizar buscas por pistas de suas crenças em diversos lugares do planeta. Em geral trabalham separados, cada grupo caçando as pistas que considera mais valiosas para a revelação em sua região.

— Então tudo se baseia em provar a existência de vida fora da Terra? — Jerry emendou.

— Não. O grupo envolvido nisso quer entregar a folha e o disquete para um contato na mídia nacional, a fim de que essa informação chegue aos olhos e ouvidos da população. Mas as reais intenções vão além — Isabela continuou. — Eles pretendem decodificar o sinal recebido pelo Observatório para entender a razão de os criadores terem feito contato.

— E os federais tentam impedir que essa informação se espalhe — Jerry comentou.

— Tirando de circulação qualquer um que saiba sobre o sinal — Isabela completou, espiando os movimentos no pátio. — A verdade é que os federais acham que o mundo não está preparado para receber a notícia de que não somos os únicos que habitam o universo. Você deve saber que a linha que separa religião e ciência é muito tênue — prosseguiu. —

A maioria da população é massa de manobra. Para ela, o mundo viraria um caos se aquela bela história sobre deuses e profetas fosse de repente atirada na lixeira.

Uma rajada de vento soprou.

— Então você acha que os federais são os responsáveis pela morte de todos que sabiam? — Jerry estava preocupado.

— Não tenho dúvida. — Ela se esquivou e continuou de olho no homem, que já estava bem próximo do Observatório.

Jerry a puxou para trás e apoiou a mão nos tijolos do canto para espiar. Houve um momento de silêncio e, em seguida, o barulho abafado de tiros. O membro da Irmandade usava as poucas balas que lhe restavam no pente para atirar contra as dobradiças da espessa porta de aço do Observatório. Sem sucesso, recuou um passo e deu um coice na porta, que se recusou a abrir. Percebendo que aquilo não bastaria, tirou a capa e acomodou no chão uma bolsa pequena que carregava a tiracolo, tirando dela uma ferramenta que enfiou na fechadura.

Ciente de que o homem só precisava de tempo para conseguir destrancar a porta, Jerry recuou, pensando no que fazer. Sem ter uma arma para ameaçá-lo, qualquer ideia parecia suicídio.

— Tem algo em mente? — ele indagou.

— Na verdade, não — disse Isabela em tom vago, ouvindo sirenes se aproximando. — Vamos dar o fora daqui.

20

UNIVERSIDADE DE OHIO
ATHENS, OHIO
21 DE AGOSTO DE 1977 - 12H34

Quando Emmy MacClintok subiu as escadarias para chegar à delegacia, naquele domingo nublado, uma pasta com fotos e informações sobre Jerry Laplace aguardava em sua sala, em cima da escrivaninha. Largando as chaves perto do telefone, sentou na cadeira estofada e começou a ler. *Que vida de merda,* pensou, ao ver o histórico familiar de Jerry. Sem irmãos ou parentes. Filho de mãe solteira, morta havia sete anos em decorrência de uma parada cardiorrespiratória enquanto cozinhava. O nome do pai nem sequer constava nos registros. Por um momento, sentiu pena do homem que estava procurando. Na página seguinte, informações sobre sua intacta ficha criminal, com fotos e impressões digitais.

— Onde está você, Jerry? — Tamborilou os dedos na mesa.

O som estridente do telefone ecoou pelo escritório.

— Sim — ela atendeu, sem formalidades.

— Emmy, ligação para você. — A plantonista da delegacia tinha voz anasalada.

— Pode passar — disse. A ligação ficou muda enquanto era transferida. — Agente Emmy MacClintok — apresentou-se.

— Emmy? — A voz da mulher do outro lado da linha era inconfundível.

— Eu já te disse para não ligar quando estou aqui na delegacia — Emmy repreendeu.

— Tentei telefonar para o seu apartamento, mas ninguém atendeu — a mulher explicou. — Agora há pouco, recebemos ligação anônima denunciando uma invasão ao campus da universidade — revelou, falando baixo. — Avise o Kepler para que ele saia de lá, pois uma viatura está a caminho.

Emmy largou o telefone e empurrou a cadeira para baixo da escrivaninha antes de correr depressa até a garagem. Seu BMW arrancou pela avenida principal, sem parar em nenhum cruzamento. Quando o velocímetro chegou a quase cem quilômetros, engatou a quinta marcha e acelerou mais, fazendo o poderoso motor roncar.

No cruzamento da rua seguinte, acelerando sem se importar com o tráfego, ouviu o som estridente de pneus deslizando no asfalto. Ao ver um caminhão-baú se aproximando na preferencial, sem conseguir parar, Emmy pisou no freio e segurou firme o volante. O BMW começou a girar em rota de colisão, envolto em uma nuvem de fumaça de borracha queimada. Com o caminhão ficando cada vez maior pelo espelho retrovisor, Emmy fechou os olhos e, numa última tentativa de evitar a batida, virou todo o volante para a esquerda esperando pelo impacto. Quando o BMW parou, ela abriu os olhos. O caminhão tinha cruzado a rua, deixando marcas no asfalto por onde passara.

Com o coração disparado, Emmy endireitou o carro, dando marcha a ré, e seguiu seu rumo na mesma velocidade, mas agora diminuindo em cada cruzamento. Chegando ao campus em tempo recorde, percebeu que não tinha sido rápida o bastante quando estacionou atrás da viatura que estava no local.

— Droga — sussurrou.

Ao chegar aos fundos do prédio da reitoria, avistou Kepler ajoelhado, com as mãos atrás da cabeça, rendido por dois policiais que lhe apontavam armas. Um deles estava prestes a algemá-lo quando ela colocou sua arma nas costas, embaixo da camisa de gola que vestia, e se aproximou com o distintivo nas mãos.

— Departamento de Homicídios — Emmy se apresentou com desenvoltura e olhou para o vigilante morto no pátio.

Inicialmente os dois policiais se assustaram com a presença inesperada, mas, ao perceberem que se tratava de uma companheira de profissão, relaxaram.

— Temos outra vítima na frente do prédio — o policial que mantinha Kepler na mira disse e virou para vê-la.

— Já vou para lá — Emmy falou e se aproximou de Kepler, ficando de costas para ele e permitindo que, sem ser visto, pegasse sua arma da cintura. — Esse prisioneiro é Jerry Laplace? — ela ainda perguntou, fazendo-se de desentendida.

— Não bate com a descrição — o policial disse, voltando a olhar para o rosto do assassino. — Largue a arma! — ele gritou, alarmado, ao perceber que o homem algemado agora estava com uma pistola nas mãos.

Ao ouvir o grito, Emmy virou depressa e viu Kepler apontando o revólver para a cabeça do segundo policial.

— Abaixe a arma você. Ou vai ter que recolher o cérebro do seu colega com uma pinça — Kepler falou. — Se afaste você também! — Ele fingiu não conhecer Emmy.

Obedecendo, ela recuou e se postou ao lado do policial que mantinha a arma apontada.

— Faça o que ele mandou ou teremos problemas. — Colocou a mão no braço do policial e o abaixou.

Dois tiros no peito fizeram o defensor da lei cair de costas, para o desespero de seu parceiro, que tentou se desvencilhar de Kepler, mas se enroscou no próprio pé e caiu.

— Por favor, não me mate! — ele implorou quando Kepler engatilhou. O policial tinha um rosto infeliz, com rugas bem acentuadas que entregavam sua idade.

Emmy meneou a cabeça, fazendo sinal negativo.

— Pelo amor de Deus! Eu tenho família! — O policial estava tremendo e com lágrimas nos olhos.

— Obrigado pela ajuda. Pensei que não viria. — Kepler olhou para ela. — A Terra é uma fazenda — falou e puxou o gatilho, fazendo sangue espirrar por todo o lado. Depois de matar o outro policial, largou o cabo da arma e a dependurou no dedo.

— Um dia você vai estar na mesma situação e vai ter que rezar para que o homem com a arma não seja igual a você — disse Emmy, irritada, e pegou a arma de forma brusca.

— Rezar para quem? Deus? — ele ironizou, arreganhando os dentes num sorriso.

Devolvendo o revólver ao coldre de perna, Emmy calou-se e virou as costas para sair do local.

— Termine o que começou — falou. — Vou à delegacia garantir que mais policiais não cheguem nos próximos minutos.

...

Eram nove horas da noite, e as nuvens que cobriram o céu durante todo o dia estavam menos aparentes, deixando o brilho do último dia de lua crescente escapar por entre elas. As rondas policiais tinham sido intensificadas nos arredores da universidade, e havia uma fita de duas cores isolando a área onde aconteceram os assassinatos. Jerry e Isabela estranharam a cena e relutaram em continuar, mas precisaram entrar sorrateiramente no campus, com uma lanterna, para poder voltar ao Observatório.

— O que foi que aconteceu aqui? — Jerry arregalou os olhos ao iluminar o chão e ver manchas escuras por todo o pátio. Na frente da porta do Observatório, que estava fechada com o trinco danificado, resquícios de sangue coagulado o fizeram desviar para chegar mais perto.

— Eles entraram — Isabela murmurou, empurrando a porta, que se abriu sem dificuldade. — Jerry, ilumine lá dentro — ela o chamou, fazendo com que voltasse a atenção para o que importava.

Jerry conduziu a claridade da lanterna para o interior da sala e entrou, procurando o disjuntor que ficava na parede.

— Mas que merda fizeram aqui? — indagou.

O Observatório estava vazio. Não havia mais nada sobre as escrivaninhas. Aliás, não havia mais nem escrivaninhas ou cadeiras. Tudo tinha sido removido. Restaram apenas o ventilador de teto e alguns cabos de energia rompidos, ainda pendurados nas tomadas.

— Aquele homem não pode ter feito isso sozinho. — Jerry analisou a sala de ponta a ponta.

— Não fez — Isabela retrucou. — Foi o governo que esvaziou tudo muito antes de alguém pensar em invasão.

21

ATHENS, OHIO
21 DE AGOSTO DE 1977 - 21H41

O motel em que Jerry e Isabela estavam hospedados ficava bem retirado da cidade, à margem da rodovia que separava Athens de Columbus. A falta de profissionalismo do proprietário era tamanha que Isabela nem precisou apresentar documentos para se hospedar. A verdade é que o dono não estava nem um pouco interessado em quem eram seus clientes, desde que pagassem adiantado. Este era o único aviso, numa placa atrás do balcão: "Pagamento no ato".

O quarto simples no fim do corredor tinha cheiro de perfume barato, com cortinas amareladas que fediam a fumaça de cigarro. No tapete cor de marfim estendido no chão, havia uma mancha estranha, e as figuras nos papéis de parede estavam quase apagadas pelo desgaste do tempo.

— Acha mesmo que os policiais estão de olho na minha casa? — Isabela sentou no canto da cama.

—Tenho certeza. — Jerry abriu uma fresta na cortina para ver o estacionamento. — Mas, você sabe, eles querem a mim. Então, se quiser ir, fique à vontade. Embora eu prefira que fique... — ele completou.

Isabela olhou para a cama grande, com dois travesseiros, onde tinha dormido na noite anterior. Os lençóis ainda estavam desarrumados. Claro que aquilo não chegava nem perto do conforto que tinha em casa, onde lençóis bordados e cheirosos a esperavam, mas a verdade é que não ligava para nada disso. Desabotoou a camisa e entrou no banheiro sem dizer nada.

Jerry respirou fundo. O som do chuveiro ligado e da água atingindo o piso de cerâmica fez com que saísse do quarto. Quando chegou à sacada, apoiou os cotovelos no longo parapeito de madeira e observou que a placa luminosa do motel tinha problemas em algumas lâmpadas, fazendo com que parte do nome ficasse apagado. Os ruídos amorosos que vinham dos quartos vizinhos indicavam que o local estava movimentado aquela noite, o que era perceptível apenas olhando para o estacionamento de terra que ficava em frente, repleto de automóveis.

Nunca havia estado em um motel antes. Lembrou que certa vez, poucos dias antes de fazer oito anos, ele e a mãe saíram de casa por causa de uma reforma imprevista, tendo dormido duas noites num hotel vagabundo no centro da cidade. A aventura pareceu divertida na época, muito mais do que agora.

Vários minutos se passaram enquanto ficou parado, vendo um ou outro hóspede chegar ou partir, esperando que Isabela terminasse o banho. Quando a porta atrás de si rangeu, ele olhou por sobre o ombro e a viu saindo do banheiro, de cabelos molhados enrolados numa toalha.

— O que você está fazendo aí? — ela perguntou. — Esqueceu que seu rosto está nos jornais?

Ao voltarem ao quarto, Isabela tirou a toalha da cabeça para começar a secar os cabelos.

— Acha mesmo que foram os federais que limparam o Observatório? — Jerry abriu o armário empoeirado e estendeu um cobertor grosso sobre o chão.

— Acredito que sim. Ninguém além do governo teria acesso à universidade para fazer o que foi feito — ela argumentou.

Ruídos altos do quarto vizinho foram ouvidos.

— Já pensou no que faremos agora? — Jerry perguntou.

— Bem, como eles devem estar com o disquete, agora só falta pegar a folha e nos matar, para que toda essa história de sinal extraterrestre não passe de rumor — ela prosseguiu. — Temos que achar um jeito de encontrar Isaac Rydberg no Mali. — Mirou a janela quando um casal passou fazendo sombra na cortina.

Jerry pegou um bilhete do bolso da calça.

— Passagens para o Mali? — Isabela ironizou.

— Bom se fosse.

Isabela torceu o nariz, pegando sua bolsa de cima da cama.

— Vou sair e comprar alguma coisa pra comer. Ver se encontro uma lanchonete longe da cidade. Meu estômago está gritando de fome — ela disse. — Quer que traga algo?

— Qualquer coisa — Jerry respondeu.

Ela saiu.

Jerry espiou pela janela enquanto Isabela entrava no carro e ligava a seta, a fim de acessar a rodovia em busca de uma lanchonete. Encarando o bilhete nas mãos, foi para a recepção. Encontrou o proprietário fazendo palavras cruzadas ao som de música country, que tocava num rádio velho e mal sintonizado.

— Tem telefone público por aqui? — Jerry perguntou, se aproximando do balcão.

— Público? Só na rodovia, cerca de um quilômetro e meio na direção da cidade. — O proprietário, de bigode comprido e regata branca, manteve a concentração nas palavras cruzadas.

— Eu estou a pé — Jerry explicou.

Visivelmente desgostoso com a interrupção, o proprietário soltou a caneta no balcão, abaixou o volume do rádio e apontou para uma cortina com desenhos floridos.

— Naquela sala tem um telefone para hóspedes — informou. — Vinte centavos por minuto. Pagamento adiantado. — Mostrou um aviso na parede.

— Desconte cinco minutos. — Jerry pegou uma nota de dez dólares, do dinheiro que tinha ganhado de Eliot.

O homem fez cara de poucos amigos quando abriu a gaveta e viu que não tinha nenhum troco.

— *Argh!* — resmungou. — Faça a droga da ligação e me pague quando tiver moedas.

Voltou às palavras cruzadas.

Jerry virou as costas e estendeu o braço, empurrando a cortina florida quando chegou à sala. Sentando, esfregou o rosto e pensou por um momento se deveria mesmo fazer aquilo. Quando tirou o fone do gancho e pôs na orelha, ouviu o descuidado proprietário cochichando no telefone da recepção, cuja linha era a mesma.

— *É ele! Não reconheci quando chegaram, mas tenho quase certeza que é o cara da TV.*

— *Tudo bem, senhor* — uma mulher com voz regrada concordou. — *Fique afastado do suspeito. Uma viatura está a caminho.*

O coração de Jerry disparou. Ele devolveu o fone ao gancho devagar, para que não percebessem que mais alguém ouvia a conversa. Levantando com cuidado, espiou o balcão através da cortina, querendo fugir, mas foi surpreendido pelo proprietário, que lhe apontou uma espingarda de dois canos.

— Mova um dedo e farei uma nova textura nas paredes com o seu sangue, seu merdinha. — O homem fingiu puxar o gatilho.

Jerry levantou os braços e olhou o chão. Estava perdido.

— Sente aí, filho da puta. — O homem fez sinal com a cabeça e abriu toda a cortina com o cano da arma. — Se fizer alguma gracinha, vou te peneirar. — Uma gota de suor brotou na testa do homem, mostrando que estava tão nervoso quanto seu prisioneiro.

Alguns minutos se passaram até que outro cliente entrou na recepção e recuou ao ver a arma.

— Ei, cara. Vá ao estacionamento e veja se a polícia chegou — o dono do lugar falou, desviando o olhar depressa. — Eu estou com um prisioneiro aqui.

— Tem uma viatura no pátio e mais duas vindo pela rodovia — o cliente revelou. — Eu vim de lá agora.

Jerry mantinha as mãos altas.

— Seus dias de farra terminam hoje — o proprietário falou, em tom arrogante. — Se dependesse de mim, enfiaria uma bala na sua bunda e te enterraria nos fundos.

Apesar da situação, Jerry não pôde deixar de perceber que o cliente que chegara por último o encarava. Em instantes, a entrada do motel foi sitiada e três policiais armados entraram, pedindo que todos se afastassem.

— Abaixe a arma! — O policial mais velho, que vinha na frente, apontou o revólver para o proprietário.

O homem apontou a espingarda para o chão.

— Fui eu que liguei para a emergência — explicou.

Um segundo guarda tomou a espingarda de suas mãos.

Jerry estava estático, com os olhos vidrados e as mãos levantadas. Mil pensamentos passavam por sua cabeça naquele instante.

— Levante-se devagar, garoto. — O mais velho, com estrela no peito, fez sinal para que Jerry fosse revistado.

O oficial que estava mais atrás entrou na sala e apalpou até os sapatos dele, para averiguar se não havia nada em sua posse.

— Ele está limpo, xerife — disse.

— Algeme e leve para a viatura — o xerife ordenou.

Jerry saiu algemado do motel.

Havia uma dúzia de curiosos próximo da recepção, e outro tanto que observava mais de longe, escorado no parapeito de madeira do corredor. Olhando para o amontoado de pessoas que o encaravam com olhos raivosos, Jerry viu Isabela chegar e sair do carro no estacionamento com uma sacola de fast-food. Sem ter o que fazer, ela olhou para os lados e tornou a entrar, dando partida.

Agora Jerry precisava se virar sozinho.

22

**DELEGACIA DE POLÍCIA
ATHENS, OHIO
21 DE AGOSTO DE 1977 - 22H36**

Um pequeno e barulhento grupo de repórteres estava reunido no recinto externo da Delegacia de Homicídios. Conforme os minutos se passavam, mais furgões com logos de canais de TV, rádios e jornais chegavam para veicular em primeira mão a captura do assassino que espantou a região.

Os policiais do departamento que trabalhavam naquela noite estavam empolgados com a prisão. A sensação de dever cumprido por terem tirado mais um criminoso das ruas os dominava. O mesmo não se podia dizer da agente responsável, Emmy MacClintok, cuja fisionomia fechada demonstrava preocupação e impaciência.

— A sala de interrogatório está pronta — um policial que surgiu no corredor informou.

— Obrigada — disse Emmy. — Agora, organize os repórteres para que isso não se transforme num circo. — Sua voz exalava autoridade.

O policial foi para a entrada do prédio.

— Viatura com o suspeito a três minutos daqui — outro agente informou, ao ouvir o aviso pelo radioamador.

Emmy olhou para o relógio duas vezes durante a curta caminhada até a janela da frente do prédio. Treinada para reprimir sentimentos, tentava não demonstrar o nervosismo por não ter conseguido capturar Jerry Laplace. Agora, com todo o departamento envolvido no caso e a mídia no seu pé, as coisas tinham se complicado.

— Emmy — a moça do telefone chamou, gritando e erguendo as mãos.
— Ligação pra você.

Emmy reagiu na mesma hora.

— Passe para minha sala — retribuiu o grito e se dirigiu ao escritório. Antes de atender, certificou-se de que não havia ninguém bisbilhotando na porta. Não havia. Todos os policiais estavam aglomerados perto da recepção, esperando a chegada do criminoso. — Emmy MacClintok — atendeu.

— Mas que merda. — Era a voz de Kepler. — Que tipo de superiora é você que deixa a droga dos subordinados agirem sem autorização?

— Vá à merda, Louis! — Emmy respondeu no mesmo tom. — Quando fiquei sabendo, as viaturas já tinham ido ao motel.

— O que vai fazer agora?

— Em dois minutos Jerry vai estar sentado na minha frente — ela explicou. — Aposto que aquele federal filho da mãe vai aparecer querendo que eu o entregue — Emmy continuou, vendo um policial se aproximar do escritório. — Vá até meu apartamento e leve nossa filha para um lugar seguro. Sabe-se lá o que Carl Linné vai fazer quando descobrir que não pretendo entregar ninguém. — E desligou quando o policial abriu a porta sem bater.

— Chegaram — ele anunciou.

Antes de sair da sala, Emmy passou as mãos pela cabeça e apertou o rabo de cavalo. Pelas divisórias de vidro, viu os homens da lei subindo as escadas com Jerry Laplace rendido. Imediatamente, todos os repórteres começaram a falar ao mesmo tempo, fazendo perguntas que nem mesmo eles conseguiam entender. Os operadores de câmera empurravam uns aos outros tentando se aproximar do acusado. Uma verdadeira algazarra. O tumulto não durou mais que vinte segundos, que foi o tempo necessário para que Jerry cruzasse o corredor e entrasse na delegacia, em absoluto silêncio.

— Levem ele para interrogatório. — Emmy deu um passo para o lado, abrindo caminho.

Os repórteres mantinham as câmeras apontadas para o interior da delegacia.

— Você precisa falar com eles, Emmy — disse um guarda que estava próximo. — Não vão sair daqui até ouvirem o que você tem a dizer sobre a prisão.

Emmy respirou e expirou. O aglomerado de repórteres abriu espaço quando ela saiu e fechou a porta, pedindo que fosse mantida a ordem.

— Qual a sensação de prender o assassino? — o repórter de uma rádio local falou alto, para ser ouvido, e estendeu o braço, colocando o gravador na frente do rosto de Emmy. Os outros fizeram o mesmo. A mídia sempre teve o costume de julgar e condenar os acusados antes de qualquer outra instância.

— A sensação é de puro alívio — ela respondeu, com falsa empolgação.

— O que acontece agora que Jerry Laplace está sob custódia? — o mesmo repórter se antecipou aos demais e emendou outra pergunta irrelevante.

Emmy não tinha paciência para aquilo.

— O que sempre acontece quando um suspeito é preso — ela falou, sabendo que aquelas indagações sem sentido não iriam parar tão cedo. — Vamos interrogá-lo e encaminhá-lo à justiça. Amanhã pedirei aos meus superiores que marquem uma entrevista coletiva para que todas as dúvidas sejam sanadas. Obrigada.

Uma algazarra de perguntas se criou quando ela virou as costas e voltou para o prédio da delegacia.

— Tirem esses repórteres daqui! — ordenou, apontando para fora. — Se quiserem ficar no estacionamento, que fiquem. Mas tire-os daqui de dentro!

Emmy manteve o olhar concentrado quando caminhou pelo corredor até o local onde Jerry tinha sido revistado antes de ser levado para a sala de interrogatório. Os pertences dele estavam numa bandeja plástica, que ela revirou em busca da folha.

— Tudo o que foi encontrado está aqui? — perguntou ao guarda armado na frente da porta quando não encontrou entre os itens o papel com o sinal.

O guarda assentiu.

— Solicite que uma viatura volte ao motel e que seja feita uma revista minuciosa no quarto em que ele estava — ordenou. — Traga para mim tudo o que encontrarem.

Quando Emmy entrou na sala de interrogatório, trancou a porta e passou atrás de Jerry, antes de pousar os punhos na mesa e olhar para a pasta escura com informações sobre a vida do acusado.

— Olhe para mim! — exclamou.

Jerry ergueu os olhos e a encarou. Havia linhas de tensão em sua face e um corte recente no lábio superior.

— Foi um dos policiais que fez isso? — ela perguntou.

— Os prisioneiros ainda têm direito a uma ligação? — Jerry respondeu com outra pergunta.

Emmy passou a língua pelos lábios.

— Têm, sim.

23

**HOTEL SENECA
COLUMBUS, OHIO
21 DE AGOSTO DE 1977 - 22H04**

Carl Linné entrou no Hotel Seneca com a chave do quarto na mão. O saguão estava tão silencioso que se podiam ouvir os estalos de madeira queimando na lareira da sala de descanso. Seguindo em direção à escadaria, sentiu um cheiro rançoso quando passou em frente ao salão do café.

Subiu as escadas devagar. A imagem de Rita deitada na própria cama, com a cabeça estourada e sangue pingando embaixo do colchão, não saía de sua cabeça. Na noite anterior, após encontrá-la morta e chamar a polícia, ele voltou ao hotel onde estava hospedado e não cochilou um minuto sequer. Aliás, a última vez que se lembrava de ter dormido bem tinha sido três dias atrás, ainda quando o sinal extraterrestre era apenas uma folha esperando para ser encontrada no Observatório.

No quarto, fechando a porta atrás de si, pegou a mala do chão e a colocou em cima da cama, ao lado de uma pilha de cobertas dobradas. Ele tinha afrouxado o nó da gravata quando o telefone vermelho em cima do criado-mudo tocou.

— Alô — atendeu. — Quem fala? — indagou após um instante de silêncio.

— Você é Carl Linné? — o homem do outro lado da linha queria saber, mas pronunciou de forma errada seu sobrenome.

— Quem quer saber?

— Jerry Laplace — o homem se identificou.

Carl fungou.

— Eu tenho uma coisa que sei que você quer — Jerry continuou. — Use sua influência como federal e venha até a delegacia de Athens, setor de homicídios.

— Delegacia? — Linné indagou.

— Ligue a televisão — Jerry falou.

Alguns ruídos foram ouvidos, e logo a ligação caiu.

Linné ficou imóvel por alguns segundos com o fone na orelha, mas logo o devolveu ao gancho, refez o nó da gravata e saiu em direção ao corredor. Pegando o caminho inverso ao da saída, bateu na porta dos dois quartos ao lado do seu e esperou até que Böhr e Hawking aparecessem.

— Jerry Laplace foi preso — ele anunciou.

— Já sabemos — o agente Hawk respondeu, escancarando a porta para mostrar o noticiário na televisão: "Jerry Laplace é preso em motel de Athens". — Fui até seu quarto há alguns minutos para te avisar, mas você não estava lá.

— Eu estava no saguão — Linné mentiu. — Estou indo para Athens. Fiquem aqui e esperem minha ligação.

Ansioso demais para esperar pelo elevador, Carl usou as escadas para chegar ao estacionamento. Ao dar partida na camionete e sair para a rua, uma mulher que andava na calçada precisou recuar para não ser atropelada.

O longo caminho entre as cidades vizinhas pareceu curto demais para que Carl pudesse entender como Jerry descobrira em qual hotel e quarto estava hospedado. Não ter a resposta para essa pergunta o deixou importunado, mas o que mais lhe causou dúvida, a ponto de cogitar que aquilo tudo fosse uma armadilha, era o motivo que tinha levado Jerry Laplace a contatá-lo.

Apesar da alta hora da noite, ainda havia movimentação de repórteres na frente da delegacia quando ele chegou. Ao perceberem que o homem que dirigia a camionete era do Departamento de Defesa, não demorou para que os operadores de câmera as desviassem para o rosto de Carl, que saiu resmungando e empurrando todo mundo, até alcançar a porta de acesso à delegacia.

— Departamento de Defesa — ele mostrou a identificação quando um segurança interceptou sua entrada.

•••

Jerry procurara manter a cabeça baixada, mas o instinto fez com que erguesse os olhos para observar o corpo de Emmy MacClintok, quando ela levantou da cadeira e foi até a porta conversar com um policial que estava de guarda. Quando ela se virou de costas, mirou para as algemas presas no pulso, tentando afrouxá-las, mas acabou apertando ainda mais. Como se não bastasse, a intensa claridade vinda das quatro lâmpadas fluorescentes no teto da sala de interrogatório o estava deixando com dor de cabeça.

— Os investigadores voltaram do motel. — Jerry se esforçou para ouvir o que falavam. — Não encontraram nada no quarto.

Emmy expirou.

— Obrigada. — E voltou para dentro.

O rosto de Jerry endureceu.

— Você tem família, Jerry? — Emmy perguntou.

Ele fez que não.

— Pai, mãe, irmãos, tios? — ela falou.

Jerry só negava.

— Você não vai falar? — ela disparou. Havia alguma coisa por trás daquela entonação neutra. — Sabia que tenho dúvidas sobre ter sido você mesmo quem cometeu aqueles crimes? — começou a jogar.

Jerry esboçou algum interesse, mas ficou calado e voltou a olhar para a mesa branca à qual estava algemado.

— Formado em astrofísica. Primeiro da turma. Sem passagens policiais — Emmy folheou a pasta que estava na mesa e falou em tom formal. — Não vejo nenhum perfil assassino aqui.

— Talvez porque eu não seja um assassino — Jerry ponderou.

— Isso é o que todos que estão sentados aí dizem. A maioria pegou perpétua. — Emmy o amedrontou. — Contudo, para sua sorte, eu acredito que seja inocente.

— O que quer de mim? — Jerry deu um pequeno suspiro impaciente, não sabendo como interpretar aquela revelação.

Emmy olhou para a porta, por cima do ombro, e se debruçou sobre a mesa para falar bem baixo.

— Eu quero que me diga onde está a folha, Jerry. Só ela poderá te tirar daqui.

Jerry estremeceu. Aquela descoberta foi tão avassaladora que ele ficou calado. Nem mesmo em seu pior pesadelo poderia imaginar que a policial responsável pela investigação do seu caso também estivesse envolvida na trama. Mantendo o rosto fechado e a posição defensiva, raciocinou rapidamente, para tentar descobrir para quem aquela mulher trabalhava. Imaginou que, pelo cargo que ocupava no departamento, a resposta só poderia ser uma: para o governo. *Estou ferrado*, pensou.

— E se eu te disser que vou entregar para outra pessoa que me prometeu a mesma coisa? — Jerry a encarou.

Emmy devolveu o olhar direto.

— Eu diria que você é mais estúpido do que parece. — Ela se recostou na cadeira. — E perguntaria se você acha que alguém poderia ter mais influência do que eu no seu caso.

Houve um instante de silêncio petrificado, e o nervosismo imperou na sala. Quando Emmy pensou em abrir a boca para falar, foi interrompida por alguém que bateu duas vezes e girou a maçaneta. Quando as dobradiças da porta rangeram, um guarda entrou pedindo desculpas pelo incômodo.

— Emmy — o guarda chamou —, tem um federal querendo falar com você na recepção.

Emmy arregalou os olhos, pasma.

24

O agradável cheiro de café que invadiu a sala de interrogatório deixou Emmy em alerta. Ela cerrou os punhos ao tentar ver quem era o federal que estava à sua procura. Rangeu os dentes ao ver Carl Linné em pé na recepção.

— Que inferno! — vociferou, nervosa. Seus lábios estavam apertados e o coração batia acelerado. — Diga que estou interrogando um suspeito e não posso atendê-lo.

— Foi o que dissemos, mas ele insiste. — O guarda que dera o recado queria resolver a situação.

— Então dê outro jeito de despachar o cara — ela ordenou. — Eu não vou atendê-lo agora.

Trancando a porta, Emmy se aproximou de Jerry, sabendo que não teria muito mais tempo para conversar.

— Acha que Carl Linné vai te ajudar? — Ela sentou na cadeira. — Quando pegar a folha, ele vai te dar um tiro na cabeça e depois encobrir tudo.

— Pensei que vocês dois jogassem no mesmo time. — Jerry ficara um tanto espantado ao descobrir o contrário.

Emmy passou os dedos nos cabelos, nervosa, e levantou para caminhar pela sala sem janelas.

— A questão não é para que time eu jogo — ela disse, incapaz de mascarar a pontada de acidez que se infiltrou em sua voz. — E sim em qual time você quer jogar.

Com os segundos passando depressa, embalados pelo tique-taque do relógio de parede, Emmy ficou inquieta. O excesso de nervosismo transparecia nas passadas sem rumo que dava ao redor da mesa.

— Você trabalha para a Irmandade? — Jerry retomou as palavras após um momento de silêncio.

Emmy se virou, atônita com a indagação.

— Conhece a Irmandade?

— Um pouco — Jerry retrucou, mas suas palavras foram interrompidas por batidas na porta.

Emmy estava a meio metro da entrada e não tardou em abrir, esperando que o federal tivesse ido embora.

— Telefonema — o mesmo guarda informou, com rosto mais sério que o normal. — Antes que diga que não quer atender, te aviso que é o superintendente.

Naqueles anos todos em que estivera na polícia, Emmy jamais precisou se reportar a nenhum superior além do capitão. Só conhecia o superintendente por fotos que apareciam nos jornais ou por entrevistas que ele dava em rede nacional, quando a polícia desmantelava um caso grande. Coisas de hierarquia. Os policiais levam os tiros enquanto os superiores ganham medalhas.

— Transfira — ela pediu e esperou que o guarda retornasse antes de sair pelo corredor, desviando de escrivaninhas para chegar a sua sala. — Senhor? — atendeu o telefone.

— Você quer ferrar comigo, agente? — A voz do superintendente soou sonolenta e raivosa. Certamente tinha sido acordado para fazer aquela ligação.

— Desculpe, senhor, não entendi. — Emmy tremia.

— Então vou explicar — ele prosseguiu, falando de modo ríspido. — Acabei de receber uma ligação do governador do estado. Você sabe o que isso significa? — O tom agudo e esganiçado fez Emmy ter que afastar o fone da orelha alguns centímetros.

— Posso imaginar, senhor.

— Que bom que pode imaginar! — O superintendente estava sendo irônico. — Tem um agente do Departamento de Defesa na porta da sua delegacia querendo interrogar o homem que está sob custódia — ele se exaltou. — Se não quiser ferrar com a sua vida e com a minha, deixe-o entrar e fazer o que tem que fazer. Estamos entendidos? — A última frase soou como ameaça.

— Sim, senhor.

Voltou para sala de interrogatório. Àquela altura, a indignação por não poder fazer seu trabalho era tamanha que Jerry virou alvo de sua irritação.

— Diga ao maldito federal que pode entrar — ela alertou o policial que estava de guarda, antes de se dirigir para perto da mesa. — Você está escolhendo o time errado — falou para Jerry, enquanto conferia se as algemas estavam bem presas. — Carl Linné vai estourar sua cabeça quando você entregar a folha — diminuiu o tom de voz e sussurrou a última parte.

A porta se abriu com vigor.

— Eu não vou entregar porcaria nenhuma — Jerry falou bem baixo, para que só ela pudesse ouvir.

• • •

Carl Linné ficou parado na da soleira da porta enquanto Emmy passava ao lado, com cara de poucos amigos.

— Esqueceu o nosso acordo? — ele indagou quando ela estava no meio do corredor.

Emmy nem olhou para trás.

Vendo que tinha sido ignorado, Linné entrou na sala.

— Que encanto de mulher — falou, entortando a boca. Então se recostou na cadeira e olhou para o alto, tamborilando os dedos sobre a mesa, numa batida suave. — Confesso que não costumo desconfiar das pessoas, sr. Laplace, mas, quando recebi sua ligação no hotel, juro que cogitei que tudo isso fosse uma armadilha. É um alívio saber que estava errado — Carl começou, em tom suave. — Eu vim matutando por todo o caminho numa opção razoável que explicasse o que te motivou a ligar para mim — revelou, coçando a lateral da cabeça. — Não consegui pensar em nada.

— Te liguei porque tenho algo que você quer. — Havia um pouco de tensão na voz de Jerry. — Na verdade é mais do que um simples querer. Tenho algo de que você precisa.

— Hum... — Linné murmurou, entrando no jogo. — E para isso você vai pedir algo em troca.

— Eu seria estúpido se não pedisse, não é? — Jerry continuou. — Quero que me tire daqui e me coloque num avião com destino a Bamako, no Mali.

Carl sacudiu a cabeça e sorriu de modo atrevido. Deduziu que Jerry só podia estar com um parafuso frouxo.

— O que te faz pensar que está em posição de negociar, sr. Laplace? — Linné estreitou os olhos e soltou uma risada curta e ácida. — O negócio é o seguinte: você me dá a folha que encontrou no Observatório e, em troca, eu mexo alguns pauzinhos para que você se safe das acusações. — Tomou na mão a ficha de Jerry, que estava aberta na mesa. — Ou posso pedir que adicionem laudos médicos atestando que você é neurótico, paranoico e tem tendências psicóticas. Dessa forma, não restará outra opção senão te jogarem num hospital psiquiátrico pelo resto da vida.

Jerry soltou um suspiro profundo e inconformado.

— Você não entendeu, agente Linné — Jerry o chamou de modo formal, para que a fala soasse mais séria. — Isso não é uma negociação.

— Você está preso e com uma pilha de crimes entulhando sua ficha... — Carl citou, mas foi interrompido.

— Eu fiz quatro cópias daquela folha e anexei a elas quatro cartas, explicando o significado — Jerry revelou, falando depressa. — Depois as coloquei em envelopes e postei numa agência da FedEx para que fossem enviadas a mim mesmo, num endereço inexistente em Bamako, no Mali. — As palavras saíam como se ele tivesse treinado aquela fala muitas vezes. — Você sabe o que a FedEx faz quando não encontra o destinatário? — indagou, encarando Carl de modo desafiador. — Carimbam e enviam de volta ao remetente.

— Então pegamos os envelopes no seu endereço quando devolverem. — Linné se levantou da cadeira.

Então foi a vez de Jerry rir.

— Pegariam se eu tivesse colocado o meu endereço como remetente — falou e fez uma pausa, sem mudar de tom. — O problema é que coloquei o de três emissoras de televisão e um jornal. Então, se eu não retirar os envelopes na agência de Bamako em... — Jerry fez uma pausa e calculou o tempo, mexendo os dedos — uns dez dias, a FedEx garantirá que elas sejam enviadas de volta para os remetentes. Aí você pode imaginar a farra que a mídia vai fazer com a informação.

Com ar estupefato, Carl Linné sibilou algo por entredentes e voltou para perto da mesa, querendo pegar Jerry pelo colarinho.

25

**DELEGACIA DE POLÍCIA
ATHENS, OHIO
22 DE AGOSTO DE 1977 - 00H20**

Irritado por conta da conversa que tivera com Jerry, Carl Linné saiu pelo corredor da delegacia, abrindo portas, até que encontrou um escritório reservado com um telefone. Quando entrou, viu que na escrivaninha havia fotos de crianças e que na parede de trás estavam pendurados diplomas e condecorações, ao lado de uma estante repleta de livros jurídicos. O relógio grande pendurado na parede mostrava que era início da madrugada, mas, em virtude das circunstâncias, não se importou em sentar na cadeira almofadada e discar com habilidade o número de telefone do diretor do Departamento de Defesa. O telefone tocou mais que o usual até que alguém atendeu.

— Alô. — A voz do homem aparentava cansaço.

— Boa noite, senhor — Linné o cumprimentou. — Estou na delegacia de Athens com Jerry Laplace e acabei de descobrir que temos outro problema.

— O que aconteceu? — O diretor suspirou.

Carl olhou para a porta da sala ao ouvir sons de passos no corredor. Começou a falar mais baixo quando alguém passou, fazendo sombra na fresta inferior.

— Jerry Laplace é mais esperto do que parece — continuou. — Ele usou o serviço de devolução de encomendas da FedEx para nos deixar de mãos atadas.

— Eu não quero saber que tipo de serviços a FedEx oferece — o diretor interrompeu. — O rapaz está ou não com a folha?

Uma gota de suor porejou na testa de Linné.

— Nesse instante, não — ele respondeu e depois tentou explicar de forma breve: — Jerry Laplace enviou quatro cópias da folha para endereços falsos no Mali, senhor. Preciso levá-lo até lá para que as retire das agências antes que os envelopes sejam devolvidos aos remetentes — fez uma pausa —, que são emissoras de televisão e um jornal espalhados pelo país.

A linha telefônica ficou silenciosa por um momento. Aqueles longos segundos de espera deixaram Carl angustiado.

— Já pensou em enviar agentes para recolher esses envelopes? — o diretor palpitou.

— Pensei nisso, senhor — Linné revelou —, mas acredito que Jerry escolheu enviar as folhas para o Mali por algum motivo. Se o levarmos para lá, há uma chance de também encontrarmos Isaac Rydberg.

O diretor resmungou algo indecifrável antes de ficar em silêncio por mais um momento.

— Poderemos eliminar os dois de uma vez. — Linné manteve um tom de voz apaziguador, tentando convencê-lo de que o plano era funcional.

— Tudo bem — o diretor concordou. — O que precisa para colocar esse plano em prática?

— De um documento oficial que me autorize a transferir o prisioneiro — pediu. — E de um piloto da agência para nos levar em sigilo e segurança para a África.

— Ok. Vou providenciar — o diretor falou. Ele era uma das poucas pessoas do país cuja influência poderia conseguir aquilo sem muito esforço. — E quanto aos agentes Hawking e Böhr? Vai levá-los com você? — perguntou, antes de desligar.

Carl não tinha parado para pensar nisso. Diante do questionamento, raciocinou e concluiu que viajar sozinho seria a melhor opção para dar prosseguimento na caçada ao sinal.

— Não vejo motivo — ele respondeu. — Vou deixá-los responsáveis por alguns assuntos que temos pendentes por aqui.

— Perfeito — o diretor prosseguiu. — Vou conseguir a papelada. Retorne a ligação em uma hora.

— Obrigado, senhor. — Linné secou o suor da testa com a manga da camisa quando desligou o telefone.

Respirando fundo por ter conseguido o que queria, saiu pelo corredor em direção à sala de interrogatório. No meio do caminho, quando percebeu que Emmy MacClintok o encarava, ele abriu um sorriso irônico de vitória que a deixou irritada.

4H28

Linné percorreu o caminho da sala de interrogatório até a recepção em menos de dez segundos. A autorização de transferência de que precisava estava nas mãos de um homem grande com covinha no queixo, que vestia terno de flanela preto e havia entrado na delegacia solicitando sua presença.

— Agente Carl Linné? — o homem perguntou. Sua voz era grossa e espelhava bem o seu tamanho.

— Sou eu — Carl respondeu e logo pegou a carteira de identificação no bolso.

"Urgente" era a palavra marcada em vermelho bem no meio do envelope. Quando abriu, correu os olhos pelas folhas impressas e se aproximou de Emmy, que estava apoiada numa escrivaninha.

— Me dê a chave das algemas — uivou a ordem e entregou as folhas que autorizavam a transferência de Jerry para a Penitenciária Estadual de Ohio.

— Você não pode fazer isso — Emmy desafiou.

Carl a encarou.

— Claro que posso! — respondeu, com o tom de voz repleto de arrogância. — Aliás, posso fazer qualquer coisa que eu queira.

26

HOTEL FORT HAYES
COLUMBUS, OHIO
22 DE AGOSTO DE 1977 - 4H45

Kepler estava no quarto do hotel, balançando uma pedra de gelo dentro de um copo de uísque quase vazio. Seus olhos arroxeados pela falta de sono se desviavam constantemente para o telefone próximo à cabeceira. Esperava que tocasse, pondo fim ao martírio que era esperar por informações. Quando o som estridente da chamada invadiu seus ouvidos, algum tempo depois de beber o último gole, ele tirou o fone do gancho.

— Hangar número 4 — o informante falou. — Você tem uma hora para fazer o serviço todo.

— Copiado — Kepler assentiu. — Conseguiu as carteiras de identificação para entrarmos no país?

— Estarão coladas debaixo do banco do piloto.

O informante desligou.

Kepler devolveu o fone ao gancho apenas para conseguir linha. Então o colocou na orelha de novo e discou para a recepção.

— Preciso de um táxi — falou, girando os olhos com impaciência quando o recepcionista atendeu.

Antes de sair para o elevador, pegou a arma na primeira gaveta da cômoda e a colocou na cintura. No corredor do hotel, havia uma jovem, de aproximadamente vinte anos, procurando a chave de seu quarto em uma bolsa vermelha. Ela o cumprimentou, mas Kepler estava tão concentrado no plano que tinha em mente que passou por ela de rosto fechado, sem responder.

Chegou à recepção.

— Um táxi está à sua espera, senhor — o recepcionista novato avisou, apontando para a saída.

Kepler apressou o passo, emitindo um som compassado quando o solado de madeira de seu sapato tocava o piso. Ao sair na calçada, um taxista negro, vestido de terno, quepe e luvas brancas, abriu a porta de trás para que entrasse.

— Para onde, senhor? — o taxista perguntou, colocando a chave na ignição e o encarando pelo retrovisor.

— Para o aeroporto. Estou atrasado.

O táxi acelerou pela rua.

Apesar da escassez de voos durante a madrugada, havia dezenas de pessoas sentadas nos bancos de espera, aguardando seus aviões. Também havia um número considerável de seguranças e policiais fazendo rondas pelo amplo saguão. E os responsáveis pela limpeza passavam panos, deixando o chão brilhante.

Kepler se aproximou de uma velha de uniforme e vassoura.

— Por favor, senhora. Pode dizer como faço para chegar aos hangares?

A velha o encarou com olhos azuis perspicazes.

— Por ali. — Ela apontou para uma porta metálica, protegida por um segurança. — É só se identificar e entregar a chave do seu hangar que o guarda te leva até lá.

Kepler roçou a barba rala com a palma da mão.

— E se eu não estiver com a chave? — Franziu a testa. — Tenho certeza de que a senhora pode me ajudar — disse, analisando o molho de chaves que ela carregava pendurado na cinta.

A velha sorriu e caminhou até uma porta com o aviso: "Entrada restrita para funcionários". Ficou evidente que ela queria dinheiro quando Kepler tentou abrir e percebeu que estava trancada. Sem desfazer o sorriso, ele abriu a carteira e, olhando para os lados, ofereceu a ela uma nota de vinte dólares. A velha colocou o dinheiro entre os seios e escolheu a chave, destrancando a porta.

— Só entre quando eu estiver longe — instruiu.

Kepler a encarou e entrou antes mesmo que a velha virasse as costas. Ouviu a porta sendo chaveada novamente quando estava no meio do corredor. Ao sair, viu bem a sua frente uma grande construção metálica, coberta por folhas de zinco onduladas, marcada com um número 7 no portão. À direita, outro hangar com o número 6, e assim sucessivamente até a pista de pouso e decolagem, mais distante.

Apesar do ambiente escuro, com a única claridade vinda de um poste a uns vinte metros, não foi necessário pensar para saber que deveria seguir à direita, na direção em que os números diminuíam. Calculando cada passada, sempre de olhos atentos a qualquer movimento de guardas, avançou e entrou no vão entre os hangares 6 e 7. Continuou em frente, cercado por paredes metálicas até sair nos fundos, onde dobrou outra vez para a direita e seguiu, contando até chegar ao hangar número 4.

— Deve ser este — sussurrou, olhando para trás.

Havia uma escada circular num canto que levava até uma porta acima. Kepler não demorou em segurar no corrimão gelado e iniciar a subida a passos largos, que deixavam para trás dois degraus de cada vez.

Chegou à porta no alto.

— Que merda! — Soltou o trinco quando não conseguiu abrir. Por sorte, antes que começasse a chutar, ouviu as turbinas de um avião se aproximando.

O inconfundível Boeing 747 apontou o bico para baixo e soltou o trem de pouso quando se aproximou do solo. Kepler aproveitou a barulheira ensurdecedora e recuou um pouco para poder chutar, abrindo a porta à força.

As luzes dentro do hangar estavam acesas. O segundo andar, que era bem pequeno e parecia muito uma sacada, estava vazio. Pisando com cuidado, continuou em frente até alcançar o parapeito de madeira, de onde pôde ver o restante da construção. Um jato estava parado ali, pronto para alçar voo assim que o piloto chegasse. Sabendo que não tinha muito tempo, olhou para o relógio de pulso e desceu pela escada íngreme até o andar de baixo.

— Vazio — comemorou, procurando um lugar para se esconder. Uma sala repleta de ferramentas que avistou pareceu perfeita para ficar esperando o piloto.

Vinte minutos tinham ficado para trás quando alguém empurrou o grande portão do hangar e depois o fechou de novo. Espiando pelo canto da porta, Kepler viu um homem de cabelos loiros bem penteados se aproximando da aeronave. Mantendo silêncio, esperou que o piloto virasse de costas para só então pegar uma chave inglesa da prateleira e jogá-la no chão.

— Tem alguém aí? — O piloto parecia engasgado.

Espremendo-se para não ser visto, Kepler o esperou entrar para averiguar a origem do barulho. Quando o homem estava bem perto, ele se mostrou e apontou a arma. O piloto levou a mão à cintura para se armar também, mas acabou caindo com as mãos no joelho esquerdo quando foi atingido por um tiro abafado pelo silenciador.

— Para onde iria viajar? — Kepler se aproximou e colocou na cintura o revólver que estava no chão. Um pedaço da rótula do homem tinha saltado para fora da pele, e muito sangue escorria pelo chão.

— Quem é você? — a voz do piloto saiu com um gemido de dor.

— Você é surdo? — Kepler insistiu, o ameaçando. — Eu perguntei qual o destino da viagem.

— Moscou.

Ao ouvir a resposta, Kepler pisou com toda a força em seu joelho baleado, quebrando-o de uma vez.

— Filho da puta! — o piloto gritou, apertando a coxa esquerda para tentar estancar o sangramento.

— Você ia voar para o Mali — Kepler falou em alto e bom som. — Se mentir para mim outra vez, os médicos vão ter que amputar as suas duas pernas quando virem o estrago — ameaçou, pisoteando o joelho. — A que horas os passageiros vão chegar?

— Seis da manhã — o piloto revelou. A dor lancinante o fazia sentir calafrios. — Eu juro! Seis da manhã.

Kepler tirou o pé do machucado e raspou o solado no chão para limpar o sangue. Mesmo assim, quando caminhou para perto de uma prateleira com inúmeras chaves de fenda, deixou marcas avermelhadas pelo caminho.

— A Terra é uma fazenda — falou. Seus batimentos cardíacos aumentaram quando se virou apontando a arma.

— O que está fazendo? — a voz do piloto soou quase chorosa. — Eu respondi o que... — A frase foi interrompida pela bala que o acertou no meio dos olhos.

27

ATHENS, OHIO
22 DE AGOSTO DE 1977 – 4H39

Assim que Jerry foi jogado no banco de trás da camionete federal, apurou os ouvidos para ouvir a discussão ferrenha entre Carl Linné e Emmy MacClintok.

— Você e sua equipe são uma fraude. — Emmy estava alterada por ver seu prisioneiro partir sem poder fazer nada. — Se Jerry Laplace não for entregue na Penitenciária Estadual até o nascer do sol, eu mesma vou garantir que essa informação chegue bem rápido até a mídia — ameaçou.

— Acho melhor começar a fazer ligações — Linné caçoou e a deixou falando sozinha. Quando embarcou na camionete, estava mais calmo, mas mesmo assim acelerou sem desviar do meio-fio que separava o estacionamento da rua.

A camionete deu um solavanco.

As mãos de Jerry estavam algemadas nas costas, impossibilitando-o de sentar confortavelmente no banco de trás. Como se não bastasse, as algemas estavam apertadas demais e raspavam no braço, machucando a pele, cada vez que o veículo balançava por algum defeito na pista.

— Dá para afrouxar um pouco as algemas? — ele pediu, se debruçando no espaço entre os bancos da frente.

— Fique quieto aí atrás! — Linné cuspiu as palavras.

Jerry franziu a testa e voltou a se recostar no banco. Por alguns minutos, permaneceu olhando o horizonte, que ficava para trás à medida que avançavam velozmente ao entrar na rodovia. Tendo em mente que Linné o mataria assim que conseguisse a folha, só lhe restava torcer para que Isabela tivesse ouvido o recado que deixara na secretária eletrônica da casa dela.

— Sabe, sr. Laplace — a voz de Carl Linné soou alta, quebrando o marasmo da viagem. — Estive pensando, mas não consegui entender como me encontrou. — Fez uma breve pausa. — Como sabia onde eu estava hospedado?

— Eu não sabia — Jerry revelou, se inclinando para a frente. — Apenas liguei para o número de telefone que encontrei na carteira do homem que acharam morto na minha casa.

— Na carteira de Joseph Currie? — Linné olhou pelo retrovisor, com as sobrancelhas arqueadas.

Jerry concordou.

— Joseph era uma boa pessoa, pena que escolheu o caminho errado — Linné prosseguiu.

Agora era Jerry quem se interessava.

— Caminho errado?

— Joseph procurou o governo americano horas antes de ser encontrado morto na sua casa.

— Em busca de proteção? — Jerry queria saber.

— Qual a resposta para acertar noventa e nove em cem perguntas? — Linné despistou e abriu um sorriso.

Silêncio. Jerry estava confuso.

— Dinheiro, sr. Laplace. Dinheiro é a resposta. Joseph Currie nos chantageou, queria vender algo que tinham encontrado.

— As provas da existência do sinal extraterrestre recebido pelo Observatório? — Jerry sussurrou.

Linné assentiu com a cabeça.

— Quando fechamos os termos da compra, então *bum*! — encenou. — Recebemos a notícia de que Joseph tinha sido assassinado. Que mistério!

Jerry se recostou no banco ao remoer na memória o dia do crime e a fisionomia do federal mal-encarado que havia matado os policiais que o conduziam até a delegacia aquela noite.

— Nós já nos encontramos antes, não é? — ele indagou.

— Duas vezes, sr. Laplace — Linné não hesitou em responder. — Na noite em que te tirei de uma viatura policial e te levei para a residência de Herschel Shapley — contou. — E na mata ao lado da mansão, quando escapou de meus homens.

Jerry ficou travado, com a mente embaralhada. De alguma forma, aquelas informações não se encaixavam.

— Por que me levou até a mansão de Shapley?

— Porque Shapley estava conosco. Era ele que iria nos ajudar a decodificar o sinal. — Linné sorriu outra vez. — Como acha que o governo ficou sabendo?

Os neurônios de Jerry só não entraram em colapso porque estavam acostumados com as complicadas matérias da faculdade de astrofísica. *Se Shapley trabalhava para o governo e Joseph Currie queria suborná-los, então os dois não eram tão amigos como Isabela contou*, raciocinou. *Ela quer que eu vá para Bamako encontrar Isaac para que eles possam prosseguir com o plano de subornar o governo. Só pode ser esse o motivo*. De repente tudo pareceu fazer sentido. Isabela era uma mentirosa. Contudo, a sensação de desprezo desapareceu quando se lembrou das últimas palavras de Herschel Shapley: "Entregue a folha ao dr. Isaac Rydberg, Isaac vai ajudar". Por algum motivo, sabendo que tinha pouco tempo de vida, o dr. Shapley preferira confiar no velho amigo Rydberg do que nos federais para quem trabalhava.

O tempo passava depressa enquanto a camionete escura cortava o asfalto em alta velocidade. Mesmo com pouco trânsito, foi preciso andar mais de uma hora para que as luzes da cidade de Columbus fossem avistadas. Em seguida, rodaram mais alguns quilômetros para chegar ao acesso secundário do aeroporto, onde apenas veículos credenciados tinham acesso. Jerry olhou pelo vidro de trás ao ouvir uma freada brusca e viu uma claridade intensa iluminar o interior da camionete. Havia um veículo dando ré para fazer o retorno. Voltando a olhar para a frente, baixou a cabeça logo que pararam ao lado de uma guarita protegida por dois seguranças.

•••

— Em que posso ajudar? — Um árabe de bigode se aproximou com a mão dentro da jaqueta.

— Boa noite. — Linné foi cordial. — Hangar número 4, por favor — falou e mostrou a identificação.

O segurança mirou a carteira estendida diante de seu nariz e olhou para o colega na guarita.

— Deixe-os passar — o colega pediu, movimentando as mãos. — Recebi autorização da administração para que liberássemos a entrada no hangar 4 — explicou.

Logo a cerca de arame com três metros de altura começou a abrir. Linné passou por ela devagar e seguiu o trajeto demarcado no chão, até chegar aos hangares. Olhando para as construções de zinco, viu que quase todas estavam fechadas e com as luzes apagadas. Acelerando mais um pouco, avistou ao longe um hangar iluminado. Logo percebeu o número 4 pintado na frente.

— É esse aqui — falou, abrindo a janela e analisando se não havia ninguém nos arredores.

Apesar de estarem num movimentado aeroporto, àquela hora tudo era bastante silencioso, sem nenhuma aeronave chegando ou partindo de Columbus. Estacionando na frente do hangar, Linné saiu do carro e caminhou até o portão, fazendo força para abrir. Embarcou novamente e deu partida, estacionando lá dentro, entre o jato e a parede.

— Sabe qual o maior problema do mundo, sr. Laplace? — Linné olhou pelo retrovisor.

Jerry franziu o cenho e meneou a cabeça.

— Incompetência — o federal respondeu, calculando quantos minutos o piloto estava atrasado.

— Incompetência é um dos problemas do mundo, mas não é o maior — alguém falou alto, se aproximando da janela lateral da camionete. — Saia com as mãos para o alto!

Linné levou um susto e virou depressa. Havia um homem em pé ao lado do veículo, com uma arma apontada para sua cabeça. Num impulso de defesa, tateou a cintura em busca da pistola, mas acabou levando uma coronhada tão forte que ficou zonzo. Vendo o mundo girar, foi pego pelo colarinho e arrastado para fora.

Deitado de costas com os braços abertos, sentiu uma porção de sangue quente escorrendo pela orelha. Abrindo e fechando os olhos, observou que o homem agora estava em pé a seu lado.

— Quem é você? — Linné murmurou, com voz grogue.

— Alguém que muita gente se arrependeu de ter encontrado. — O homem tinha voz firme e chutou a arma caída para longe.

A barba malfeita que enfeitava o rosto do desconhecido pareceu familiar quando Carl voltou a enxergar com nitidez. De imediato, lembrou que já o tinha visto em algum lugar.

— Você não parece nada bem. — O homem se abaixou para ficar mais perto. Até sua voz soava conhecida.

— Louis Kepler? — A imagem do amigo com o qual dividira um apartamento enquanto serviam juntos na Força Aérea ficou clara em sua mente.

O homem recuou e voltou a ficar em pé quando teve sua identidade revelada. No mesmo momento, o som característico de uma pistola sendo engatilhada entrou pelos ouvidos de Linné.

— A Terra é uma fazenda — Louis Kepler falou.

Tendo que agir depressa para não ser morto, Linné chutou as pernas de Kepler, fazendo-o perder o equilíbrio. Aproveitando a oportunidade, rolou para perto da camionete e pegou a arma jogada no chão.

— *Tsc, tsc, tsc* — Kepler emitiu um som de negação quando Linné lhe apontou a arma. — Agora temos um impasse — falou, também com a arma em riste.

Frente a frente, com as pistolas engatilhadas e apontadas uma para a outra, Linné e Kepler estavam nervosos com aquela cena de filme. Dois velhos amigos se reencontram depois de muito tempo e descobrem que estão lutando por ideais opostos. Uma história que não acabaria bem para um deles.

— O que pensa que está fazendo? — Linné foi o primeiro a falar. Ele ainda olhou para o banco de trás da camionete, onde Jerry permanecia, com os olhos vidrados voltados para a cena.

— Você sabe o que estou fazendo, Carl — Kepler o chamou pelo nome, como nos velhos tempos. Mesmo assim, em seus olhos se podia ver que ele não hesitaria em puxar o gatilho assim que tivesse oportunidade.

— Vamos ficar aqui até o próximo mês se ninguém abaixar a arma. — Linné deu um passo para o lado, chegando mais perto do portão, por onde poderia correr em caso de necessidade.

— Se você se render primeiro, vou fazer seu cérebro voar até as folhas de zinco — Kepler falou.

— Foi o que imaginei. — Linné relaxou os ombros e estalou o pescoço. — Ainda bem que tenho bastante tempo.

— Tem certeza? — Kepler perguntou. Então alguém entrou no hangar e encostou um revólver calibre .38 na nuca de Linné.

Quando uma mulher de cabelos cacheados estendeu o braço e lhe tomou a arma, Linné pôde ver quem era.

— Emmy MacClintok — disse, pronunciando cada sílaba. Não podia negar que ficara bastante surpreso com aquilo. — Como conseguiu entrar aqui? — indagou. — Usando o distintivo ou esses seus peitos enormes?

Ela jogou a arma para Kepler.

— Ele te reconheceu — Kepler falou. — Você precisa matá-lo.

Linné estreitou os olhos e sentiu um rubor subindo pelo pescoço quando descobriu que Emmy conhecia Louis Kepler.

— Mate-o, Emmy! — Kepler a encarava. — Puxe o gatilho!

Linné estava em maus lençóis.

— Estamos do mesmo lado — ele soltou, tentando desencorajá-la.

Emmy hesitou e afastou o revólver de sua nuca.

— Vocês não estão do mesmo lado, Carl. — Kepler tinha sangue no olhar e se aproximou, erguendo o braço para apontar a arma. — A Terra é uma fazenda — ele falou de novo.

Quando ouviu aquela frase que, momentos antes, prenunciara sua morte, Linné curvou os joelhos e abaixou, para se esquivar. Nesse mesmo instante, três balas saíram da pistola silenciosa de Louis Kepler. A primeira delas acertou o braço esquerdo de Linné, que, por ter se jogado no chão, conseguiu se esgueirar das outras duas, deixando Emmy na linha de fogo.

— Não! — Kepler gritou, desesperado ao perceber o que tinha acabado de fazer. Emmy estava caída, imóvel, com sangue escorrendo por um ferimento à bala no pescoço e outro que a tinha perfurado no meio do peito.

Desarmado, Linné correu para fora do hangar, se apoiando e manchando as paredes de vermelho. Ainda ouviu outros dois disparos, que acertaram as folhas de zinco a seu lado, enquanto se apressava para chegar a um lugar seguro. Quando os níveis de adrenalina em sua corrente sanguínea diminuíram, o ferimento à bala no braço começou a doer.

— Maldição — resmungou, sem parar de correr.

Ao alcançar a guarita de acesso com a respeitável identificação federal na mão, ordenou aos guardas que solicitassem à torre de comando o cancelamento de qualquer autorização de decolagem. Enquanto o segurança árabe fazia a ligação, o outro pedia pelo rádio a presença de reforços na pista.

Logo os primeiros policiais apareceram. Viaturas também se aproximavam depressa, mas nem aquilo serviu para acalmar os ânimos de Linné. Então ouviu ao longe as turbinas de uma aeronave pequena sendo ligadas.

— Ordene que interrompam o acesso à pista — pediu ao segurança que tinha o radioamador na mão.

Quando a primeira viatura passou a toda velocidade pela guarita, o jato já aparecia por completo no fim do corredor, acessando a área de decolagem. Mais dois veículos do próprio aeroporto tentaram deter o voo, mas foi difícil competir com os potentes propulsores da aeronave.

Linné olhou para o céu e bufou. O jato ganhou velocidade e decolou sem que ninguém pudesse impedir.

28

AEROPORTO INTERNACIONAL BAMAKO-SÉNOU
BAMAKO, MALI
22 DE AGOSTO DE 1977 - 22H04

Isabela estava exausta. Havia um menino de uns quatro anos, absurdamente insuportável, sentado com a mãe duas fileiras atrás de seu assento. Controlando a irritação, olhou pela janela do avião quando uma simpática aeromoça parou ao lado para avisar que estavam chegando ao aeroporto.

— Antes tarde do que nunca — comemorou. O fato é que não havia pregado os olhos desde a última escala em Paris, quando a família do menino barulhento embarcou.

Vista do alto, Bamako não era diferente de qualquer cidade norte-americana. Alguns meses antes, quando Isaac Rydberg aparecera com a conversa de que precisava mudar de cidade, Isabela imaginou que ele escolheria viver no lugar mais calmo dos Estados Unidos. Porém, quando revelou que iria morar numa casa às margens do rio Níger, na capital do Mali, ela logo imaginou qual tinha sido o principal critério para levá-lo àquela escolha. Os dogons, a tribo das estrelas, viviam numa região remota a leste do rio, nas falésias de Bandiagara, a cerca de setecentos quilômetros de Bamako.

O avião tremeu após o piloto anunciar que iriam pousar. O som alto de sua voz rouca acordou os passageiros que ainda dormiam. Isabela apertou o cinto quando outra turbulência foi sentida e firmou a cabeça no encosto do assento conforme o avião começou a descer. Até a criança barulhenta se calou naquela hora.

Quando o avião tocou o solo e taxiou até a área de desembarque, Isabela desceu as escadas e entrou no pequeno aeroporto. Mesmo de noite, fazia calor em toda aquela região da África. No acesso ao saguão, havia um homem negro de uns quarenta anos, um pouco maltratado, mas muito educado, distribuindo as bagagens de cada passageiro. Apesar de imaginar que não ficaria naquele país por mais de uma semana, na mala adesivada com o número de sua passagem caberiam roupas para duas pessoas passarem um mês na Patagônia.

— Obrigada — falou quando o homem colocou a mala sobre um carrinho.

Quando saiu pela porta de vidro da sala de desembarque, encarou um aglomerado de relógios, distribuídos numa das paredes do aeroporto. Cada um deles marcava horário diferente. Embaixo de cada um havia pequenas placas metálicas gravadas com o nome das principais cidades do mundo. O segundo marcava o horário de Nova York, e o último, de Bamako. Eram 22h16, e ela calculou que, se o plano tivesse funcionado, Jerry já deveria estar na cidade.

Havia bastante movimento de pessoas no saguão, mas muito pouco em comparação ao que se via nos movimentados aeroportos americanos. Também não havia nenhum glamour, embora aquilo fosse totalmente desnecessário ali. Em Bamako, tudo era mais simples, mas não menos bonito. Apressada, mas sem demonstrar agitação, Isabela atravessou todo o saguão, desviando o carrinho com rodas das pessoas que caminhavam na direção oposta. Ao avistar uma cabine telefônica perto da saída, parou e entrou nela com um bilhete nas mãos. Olhou para os lados antes de dobrar o papel e colocar atrás do telefone, onde ninguém poderia encontrá-lo. *Não me decepcione,* pensou. Lançou um olhar rápido através dos vidros da cabine e tirou o fone do gancho, discando um número gravado mentalmente. Às vezes, Isabela sabia, por experiência, que era preciso esperar o telefone tocar seis ou sete vezes antes que alguém atendesse. Desta vez foi diferente.

— Alô — um homem atendeu logo no primeiro toque, como se estivesse esperando a ligação.

— Isaac? — Ficou um tanto preocupada com a forma afobada com que Rydberg atendeu.

— Isabela, onde você está?

— Em Bamako. Numa cabine telefônica no aeroporto — ela respondeu, se inclinando para a frente. Sua voz tornou-se confidencial. — O que há de errado?

— Vou enviar um carro para te buscar — a voz de Rydberg ficou mais agitada. — Tivemos novidades. Venha para cá — ele explicou.

29

HOSPITAL REGIONAL DE COLUMBUS
COLUMBUS, OHIO
22 DE AGOSTO DE 1977 - 7H39

O braço esquerdo de Carl Linné estava envolto numa toalha de rosto manchada de vermelho, e havia um pedaço de pano rasgado da camisa servindo de torniquete. Apesar de todo o cuidado, isso não impediu que gotas de sangue pingassem no chão pelo caminho que percorreu até a emergência do hospital.

— Por favor, senhora — chegou à recepção e falou com uma mulher de roupa branca que estava mexendo numa pilha de papéis. — Preciso de ajuda aqui.

A atendente girou a cadeira e deixou de lado o que estava fazendo ao perceber a urgência. Ela fez cara feia quando olhou para aquela toalha toda ensanguentada, que gotejava, deixando marcas vermelhas nas lajotas.

— Ferimento à bala no braço esquerdo — Linné explicou antes que ela perguntasse.

Ao perceber que a mulher o fitara com olhar desconfiado, ele tratou de se explicar, sabendo que o protocolo daquele hospital era de que a polícia deveria ser sempre avisada em casos de pacientes baleados ou com ferimentos causados por armas brancas.

— Eu trabalho para o Departamento de Defesa. — Ele se esforçou para tirar do bolso a identificação. Naquele momento, qualquer movimento era doloroso.

— Aguarde só um instante. — A atendente ficara até mais simpática quando viu a carteira com brasão federal. — Vou pedir que levem o senhor para o ambulatório.

Nem um minuto tinha se passado após a mulher ligar para outro ramal interno e um auxiliar de enfermagem surgiu no corredor, trazendo uma cadeira de rodas. Atrás dele também vinha uma senhora, com um balde para limpar o chão.

— Só levei um tiro no braço. — Linné foi irônico quando pediram que sentasse. — Tenho certeza de que ainda posso andar sem ajuda.

— São normas do hospital, senhor — o auxiliar disse. — E não adianta ficar nervoso comigo, pois não fui eu que as criei. — E abriu um sorriso forçado.

Linné soltou todo o ar dos pulmões numa espécie de bufo, mas acabou cedendo. As rodas emborrachadas da cadeira faziam barulho enquanto era empurrado para um dos ambulatórios. O cheiro de pessoas doentes, misturado ao desagradável aroma de medicamentos que se espalhava pelos corredores, era nauseante.

Um médico de meia-idade estava esperando em pé ao lado de uma maca, com um estetoscópio pendurado no pescoço, quando o auxiliar abriu a porta do ambulatório e empurrou a cadeira de rodas para dentro.

— Obrigado, Cláudio — o médico agradeceu antes que o homem saísse e fechasse a porta.

Dentro do ambulatório, o cheiro hospitalar era ainda mais intenso, e todos aqueles instrumentos cirúrgicos dispostos sobre uma bancada metálica faziam Linné sentir ainda mais dor ao imaginar como eles seriam usados no procedimento em seu braço.

— Tire a camisa e sente — disse o médico e apontou para a maca. — Isso não é permitido aqui, senhor — emendou ao ver uma arma no coldre quando Linné tirou a camisa.

— No meu caso, terão que abrir uma exceção.

O médico se calou.

Uma mulher entrou na sala. "Darli Frontczak – Enfermeira" era o que estava escrito no crachá no bolso do jaleco. Ela desenrolou com cuidado a toalha ensanguentada e depois desamarrou o nó do torniquete improvisado. Aquilo fez com que mais sangue começasse a escorrer.

Logo o médico entrou em ação. Calçou as luvas, colocou óculos de proteção e se aproximou, olhando para o ferimento. Depois torceu o pescoço de Linné para ver se a bala tinha atravessado.

— O projétil está alojado. Vamos ter que retirar. Prepare uma ampola de lidocaína — falou à enfermeira. — Preciso que o senhor se deite.

Houve um instante de silêncio enquanto os profissionais se preparavam. Quando a enfermeira se aproximou, segurando uma seringa e injetando a solução bem perto do ferimento, a dor sumiu de imediato. Curtindo a anestesia, que deixou tudo amortecido desde o ombro até parte da mão esquerda, Linné ergueu a cabeça quando mais alguém entrou na sala.

— Tem alguém na recepção — uma auxiliar de enfermagem informou. — Chama-se Stephen Böhr e disse que é seu colega de trabalho. — Olhou para Linné.

Ele assentiu num movimento de cabeça.

— Diga ao sr. Böhr que poderá ver o paciente quando ele for levado ao quarto — o médico interrompeu. Ele estava pronto para retirar a bala com uma pinça metálica.

— Meu Deus! Tenha cuidado com isso. — Carl fez cara feia quando o médico enfiou a pinça no ferimento. Antes que pudesse reclamar de novo, o procedimento já tinha terminado, e a bala foi colocada em uma bandeja.

— O tiro parece não ter atingido o osso, mas causou danos na pele e no músculo — o médico diagnosticou. — Vou lhe receitar analgésico e antibiótico, mas preciso que fique no hospital, em observação, por algumas horas.

— Infelizmente meu trabalho não permite que eu tenha tempo para isso, doutor — Linné despachou a possibilidade.

— Compreendo. — O médico começou a suturar a ferida aberta. — De qualquer forma, vamos levar o senhor para um quarto. Precisamos fazer um raio X para verificar se o osso não foi atingido. — Desviou o olhar. — Prometo que não ficará aqui mais que trinta ou quarenta minutos.

Linné ainda não estava contente. O que ele queria mesmo era providenciar o mais rápido possível sua ida para Bamako.

Depois que o ferimento foi suturado, a mesma auxiliar de antes apareceu com a cadeira de rodas. Sabendo que discutir seria perda de tempo, Carl sentou e foi levado até a sala de raio X. Durante o trajeto, viu Böhr no corredor.

O exame foi tão rápido quanto o médico disse que seria, e logo Linné estava deitado na confortável cama de um quarto luxuoso, esperando os resultados que não demorariam a chegar. Ao lado, pendurada mais acima, uma bolsa de soro gotejava, deixando a solução isotônica escorrer até um cateter enfiado em sua veia.

— Volto para dar alta assim que o exame estiver pronto — o médico disse. — Tome os analgésicos que estão ao lado da cama. O efeito da anestesia deve estar passando — finalizou e saiu.

Dois minutos depois a porta se abriu mais uma vez.

— Finalmente alguém conseguiu te acertar um tiro — Böhr disse, fazendo graça com a situação.

— Por que você não vai buscar um café na cafeteria da esquina? — Linné respondeu, pegando a embalagem de analgésicos e tomando dois comprimidos. O efeito da anestesia estava mesmo passando. — Como isso dói — reclamou.

— Posso imaginar — Böhr estendeu a mão para o parceiro em cumprimento e sentou na poltrona estofada ao lado da cama.

Uma rajada de vento entrou pela janela aberta do quarto.

— Onde está o Hawk? — Linné perguntou, se ajeitando na cama. O movimento lhe causou dor e desconforto.

— Ficou no hotel — Böhr respondeu. — Precisa de ajuda? — emendou depressa e levantou ao ver a dificuldade com que o parceiro se movimentava.

— Não — Linné negou, mas Böhr insistiu em se aproximar.

Quando parou ao lado da cama e tirou a mão do bolso, Carl viu que ele escondia uma seringa.

— O que é isso? — Linné foi incisivo.

— A Terra é uma fazenda — Böhr nem sequer olhou para o lado.

Linné se desesperou e procurou uma forma de se defender. O som de um disparo ecoou por todo o hospital. Quando o primeiro funcionário entrou no quarto para ver o que se passava, Böhr estava caído numa poça de sangue, com o rosto no chão.

127

— O filho da puta tentou me matar! — Linné explicou para a mulher, aterrorizada.

Logo alguns pacientes se juntaram aos funcionários que se aglomeravam na porta. Quando o médico chegou ao quarto, Linné tinha arrancado o cateter de soro do braço e estava analisando a seringa que Böhr usaria para matá-lo.

— Acalme-se! Os policiais estão a caminho. — O médico se aproximou e estendeu a mão, pegando a seringa. — Isso aqui é brometo de pancurônio — revelou, depois de olhar e cheirar a solução. — Em doses elevadas, causa paralisia pulmonar. Trabalhei algum tempo numa penitenciária na Louisiana, e essa é uma das drogas utilizadas em execuções por injeção letal.

O sangue de Böhr tomava conta de boa parte do chão, mas não era isso que causava nervosismo em Linné. Terem atentado contra sua vida duas vezes num mesmo dia era o motivo.

— Preciso usar um telefone — ele pediu.

— Na recepção — o médico disse, olhando atônito para o corpo estirado no chão.

Linné vestiu a camisa rasgada e jogou o paletó sobre o ombro antes de sair caminhando. Puxou o telefone da recepção, fazendo o fio quase estourar, e discou aquele número que sempre o deixava desconfortável.

— Departamento de Defesa — uma mulher com voz suave e aveludada atendeu.

— Agente Carl Linné. Código: XF58 659820 — identificou-se antes de qualquer coisa. — Preciso falar com o diretor.

O telefone ficou mudo por algum tempo.

— Carl? — foi outro homem que atendeu e, embora aquela não fosse a voz do diretor, era familiar.

— Freeman? — Linné estranhou aquilo.

Dyson Freeman era membro do alto escalão da NSA, a Agência de Segurança Nacional, divisão do Departamento de Defesa dos Estados Unidos.

— Preciso falar com o diretor — Linné emendou.

— Ele está a caminho de Columbus — Freeman revelou com voz estressada. — Enviamos alguns agentes para limpar a sujeira que você fez no aeroporto.

— Vá para o inferno! — Linné se exaltou. — O filho da puta do Böhr era um infiltrado — ele cuspiu as palavras. — O traidor vazava informações confidenciais e tentou me matar.

Houve um momento silencioso.

— Böhr também matou o agente Hawking no hotel hoje cedo — Freeman começou a contar. — Encontraram o corpo dentro do guarda-roupa há cerca de meia hora.

Por um instante parecia que todo o trabalho que tinha feito estava indo por água abaixo.

— Freeman, eu preciso da sua ajuda. — Linné acalmou a voz. — Faça contato com o governo do Mali e solicite que enviem homens para capturar Jerry Laplace e Louis Kepler no aeroporto Bamako-Sénou — pediu. — Também preciso de outro jato para Bamako o mais breve possível. Vou terminar o que começamos.

Dyson Freeman bufou no outro lado da linha.

— Tudo bem — acabou concordando. — Farei contato com o governo e enviarei um jato ao aeroporto de Columbus.

30

AEROPORTO INTERNACIONAL BAMAKO-SÉNOU
BAMAKO, MALI
22 DE AGOSTO DE 1977 - 20H51

Jerry mantinha a cabeça baixa e as mãos nos bolsos enquanto um dos agentes de segurança do Aeroporto Internacional Bamako-Sénou conferia os dados de passageiros e do piloto do jato que tinha pousado havia alguns minutos na pista secundária. Como de praxe, sempre que uma aeronave não comercial recebia autorização de pouso, alguém se dirigia até ela antes que liberassem a entrada dos passageiros no país.

— Pode dizer o que vão fazer no Mali, sr... Christiaan Huyges? — O agente quase gaguejou ao falar o nome na carteira de identificação. Seu sotaque soou tão estranho que ficou claro que não tinha domínio sobre a língua que tentava falar.

— Eu sou o piloto — Kepler respondeu. — Mas esse doutor aqui representa um grupo farmacêutico que está investindo em Bamako — complementou.

O agente encarou Jerry. Com a testa franzida, desviou o olhar para a outra carteira de identificação que tinha nas mãos.

— Bem-vindos à Bamako — o homem foi cordial.

— *Merci* — Kepler mostrou um sorriso e agradeceu em francês, a língua oficial do Mali.

Ao entrarem no aeroporto, Kepler segurou o braço de Jerry e apontou para dois homens de pele escura e terno preto sentados na cafeteria, de olho no movimento. Logo que passaram por uma fileira de relógios na parede, perto da sala de desembarque, dobraram à esquerda, em direção a um bebedouro.

— Estão aqui — Kepler soltou ar por entre os lábios.

— Achou que roubaria o jato e que tudo ficaria por isso mesmo? — Jerry estava tenso. — Você até baleou um federal.

Ao se lembrar de Carl Linné, Kepler iniciou uma gargalhada de desdém e cerrou o punho, voltando a ficar sério de repente. Com expressão odiosa, molhou as mãos no bebedouro e esfregou o rosto.

— Eu vou arrancar os olhos e a língua daquele filho da puta pelo que aconteceu com a Emmy. — Kepler estava tão estranho que começou a rir novamente.

Enquanto se acalmava, espiou os homens de terno sentados na cafeteria. Analisando as opções, percebeu que não havia como sair sem atravessar o saguão e passar na frente deles. Voltar para fora e pular a cerca que contornava toda a área de pouso era uma alternativa, mas é claro que dois estrangeiros em atitude suspeita deixariam os seguranças desconfiados.

— Vamos sair um de cada vez — Jerry deu a ideia. — Eles estão procurando dois homens juntos.

— Acho melhor irmos por trás. — Kepler secou o rosto e apontou para o caminho por onde tinham vindo.

Ao chegarem à porta de vidro dos fundos, viram o mesmo segurança que os recepcionara, conversando com outros dois homens de terno. Um deles tirou do bolso do paletó um radioamador e falou algo antes de começar a correr, ao avistar os suspeitos espiando pelo vidro.

— Puta merda!

Correram na direção oposta.

Quando se aproximaram dos relógios, foram surpreendidos pelos agentes da cafeteria. Um deles remexeu no paletó em busca do revólver, mas acabou erguendo as mãos assim que Kepler se adiantou e apontou a arma.

— Vão querer levar um tiro pelos Estados Unidos? — Engatilhou a pistola, fazendo sinal para que se afastassem, ao deduzir que não eram americanos.

Recolhendo as duas armas do chão, correram para a saída. Havia quatro táxis estacionados em fila no asfalto, bem na frente da porta. Eram carros velhos, que não pareciam ter potência suficiente para correr mais que os veículos federais em caso de perseguição. *Agora complicou*, Kepler pensou, quando olhou para trás e viu mais quatro federais correndo pelo saguão.

131

— Entre logo! — Chegou perto do primeiro táxi da fila, um Renault 8 amarelo com faixa verde na lateral, e abriu a porta, mantendo Jerry na mira para que não escapasse.

A uns vinte metros de distância, um jovem se despedia da namorada ao lado de uma scooter alaranjada, com o motor ligado. Kepler logo percebeu que Jerry estava receoso em embarcar, mas não imaginou que ele fosse correr e montar na moto após empurrar o casal, que rolou pela calçada.

•••

Jerry acelerou ao máximo a scooter de poucas cilindradas quando acessou a estrada, logo após uma placa que indicava Bamako a quinze quilômetros. Era noite e não havia tráfego nenhum. Olhando pelo retrovisor, viu uma luz brilhante de faróis se aproximando, a uns trezentos metros. Percebendo que a cada segundo ela ficava mais próxima, curvou-se e forçou o acelerador, fazendo o velocímetro marcar sessenta e dois quilômetros por hora. Era só uma questão de tempo para que fosse pego.

Naquela velocidade, não demorou para que o táxi se aproximasse a uma distância de dez metros. O som abafado de um disparo foi ouvido, mas a bala ricocheteou no asfalto. Ficou claro que Kepler estava tentando acertar o pneu traseiro. *Não vou conseguir*, Jerry pensou, olhando para a estrada que seguia em linha reta, cercada de areia de ambos os lados. Apesar da lentidão, o acelerador estava no limite, e não demorou para que outros focos de luz aparecessem no retrovisor. Eram os federais, em dois carros luxuosos.

Mais tiros foram disparados, sem que ele pudesse saber se tinham vindo do táxi ou dos federais. Se não quisesse ser pego, ou morto, era hora de tomar uma decisão, por isso manteve a velocidade e inclinou o corpo para sair do asfalto, ao perceber que estava se aproximando de uma encosta íngreme. A nuvem de areia que deixou para trás denunciou sua direção, mas também serviu para dificultar a visão do motorista do táxi, que, sendo alvo de diversos disparos, parou de perseguir a scooter e seguiu em frente pela estrada, acelerando ao máximo, com um dos carros luxuosos em seu encalço. Jerry suspirou por tê-los despistado, mas sentiu um frio na barriga quando o outro veículo federal freou, fazendo os pneus cantarem, e saiu da estrada, seguindo pela trilha deixada na areia.

Jerry olhou para o lado quando a scooter chegou à base da encosta, subindo pela montanha com os pneus traseiros patinando e girando em falso no terreno acidentado. Foi difícil manter o equilíbrio enquanto desviava das pedras e arbustos secos pelo caminho. O farol da moto não iluminava bem, por isso foi preciso reduzir a velocidade. Faltando poucos metros para alcançar o topo, freou e colocou os pés no chão, olhando para trás. Lá embaixo, na base do morro, dois agentes saíam do carro com as armas apontadas para cima. Quando um deles jogou o paletó no chão e começou a subir a pé, usando as pedras maiores como apoio, Jerry roncou o motor e seguiu em frente, despistando-os na escuridão desértica.

— Ufa! — ele murmurou e desligou os faróis quando parou, a cerca de um quilômetro e meio da estrada.

Por quinze minutos, ficou na total escuridão, apenas ouvindo o barulho do vento e esperando que os agentes desistissem de procurá-lo. A claridade dos faróis do carro federal chegou a ser vista uma vez, dando voltas na areia, mas logo desapareceu com o ronco do motor. Mais alguns minutos se passaram até que ele se convenceu de que estava a salvo.

Com a estrada vazia e sem conhecer ninguém em Bamako, imaginou que deveria voltar ao aeroporto e torcer para que Isabela aparecesse. Havia uma ponta de dúvida em sua mente a respeito dela, mas era isso ou se entregar aos agentes, que o devolveriam à custódia de Carl Linné.

Sem demora, pegou a estrada de volta ao aeroporto.

Seguindo a menos da metade da velocidade máxima da scooter, avistou ao longe as luzes dos postes na frente do aeroporto. Olhando o relógio de pulso, sem tirar as mãos do guidão, viu que os ponteiros marcavam 17h32. O relógio não tinha sido corrigido e continuava marcando o horário de Ohio.

Em frente ao aeroporto, atrás da fila de táxis, o jovem que tivera a scooter roubada conversava com um policial fardado, que por sua vez anotava informações num bloquinho. Jerry estacionou mais adiante ao presenciar a cena. Abandonou a moto atrás de um veículo sedã e se afastou, observando a movimentação.

Não havia agentes nos arredores. Pelo menos nenhum que estivesse vestido como tal. Sabendo que precisava entrar no saguão, subiu na calçada de cabeça baixa e caminhou próximo à parede até a porta. Deu mais uma olhada rápida e, aproveitando a oportunidade, entrou depressa e foi para a cabine telefônica. Sentindo-se seguro, olhou disfarçadamente para trás. Tudo aparentava estar calmo. Começou a procurar atrás do aparelho telefônico.

— Vamos lá, Isabela — sussurrou quando não encontrou nada. — Não vá me deixar na mão agora. — Deu mais uma remexida e saiu procurando pela parede com os relógios. *O avião ainda não deve ter chegado.* Verificou o horário de Bamako: 21h37.

Ciente de que precisaria esperar mais tempo, procurou pela placa que indicava os banheiros e começou a caminhar, olhando para os lados a cada meia dúzia de passos. Quando estava bem próximo da porta branca, desviou os olhos para o saguão pela última vez antes de entrar. *Eu devo mesmo estar tendo um pesadelo*, pensou ao ver Louis Kepler ali perto, acompanhado de outros dois homens. Um deles era grande e anguloso, com pele escura como carvão e cabelos crespos. O outro era um jovem esguio, de fisionomia irlandesa e insolente.

Foi o jovem irlandês que caminhou na direção dos banheiros quando os três se separaram. Pelo comprimento das passadas, Jerry calculou que teria apenas alguns segundos para se esconder, por isso abriu a porta branca e entrou. Um corredor de quase um metro separava a porta da área dos mictórios. No lado direito, havia vasos escondidos atrás de portas de madeira, com frestas de um palmo em relação ao chão. Tentar se esconder naquele lugar pareceu tão clichê que ele resolveu seguir outro plano e se espremeu no canto da parede.

A porta rangeu e alguém entrou com passos sorrateiros.

Espere um pouco, Jerry disse a si mesmo. *Só mais um pouco...* Precisou conter o nervosismo para não errar a investida. O irlandês estava tão próximo que o cheiro de seu perfume tomou conta do ambiente.

Seu coração disparou quando o rapaz deu o último passo para sair do corredor e acessar os mictórios. Levando o braço para trás em busca de impulso, Jerry acertou um soco tão bem dado no rosto do irlandês que o rapazinho caiu desacordado, sem nem saber o que tinha acontecido.

A mão de Jerry ficou dolorida. *Acho que quebrei algum osso*, pensou e a balançou no ar, olhando para o rosto ensanguentado do homem antes de procurar sua carteira no bolso do paletó. Viu o nome irlandês e nem pensou antes de pegar uma nota de quinhentos francos que encontrou.

Abriu a porta para observar lá fora. Kepler estava procurando na cafeteria, e o homem de cabelos crespos estava fora de vista.

Escondendo o rosto, saiu sem demonstrar agitação. As conversas de alguns passageiros que esperavam seus voos nos bancos do saguão o deixavam tenso. Com o olhar fixo no chão, percorreu o caminho até a saída, então continuou pela calçada e se aproximou de um taxista gordo, com uma garrafa de água na mão.

— Pode me levar para a cidade? — Jerry estava tão afobado para sair logo dali que nem percebeu um homem de óculos e charuto observando tudo do outro lado da rua.

31

Havia um vento morno que soprava, arrastando para longe as folhas de jornais que um morador de rua usava para se cobrir no estacionamento. Após passar quase duas horas andando pelo centro de Bamako, Jerry concluiu que a escolha mais inteligente seria voltar ao aeroporto. E ali estava, ansioso, observando tudo de dentro de um táxi e roendo a unha do dedão enquanto aguardava o retorno do taxista que tinha concordado em ir até a cabine telefônica no saguão, para procurar o bilhete com as informações que Isabela deixaria quando chegasse.

Cada segundo que se passava parecia uma eternidade.

Fazia mais de três minutos que o taxista tinha entrado. Aquilo era tempo suficiente para que encontrasse o bilhete e saísse. *Acho que consegui ferrar com a vida do cara,* Jerry pensou, imaginando que o coitado tinha sido pego.

Mais um minuto se passou até que o taxista de cabelos longos e enrolados apareceu com a mão no bolso. Foi como se cinquenta quilos fossem tirados das costas de Jerry, que suspirou, secando o suor que lhe molhava a testa.

— Encontrou? — perguntou, falando devagar.

— *Oui* — o homem respondeu, tirando o papel do bolso. — Vamos para onde? — indagou ao dar partida.

Jerry não respondeu de imediato. Estava extasiado por ter o bilhete nas mãos e o desdobrou para ler o que estava escrito.

— Avenue L'Artpos, 1.333 — falou.

O taxista apertou o cinto e acelerou pela estrada.

Jerry olhou para fora e abriu uma fresta na janela, deixando uma corrente de vento arejar o carro, que tinha cheiro de cigarro. Seu coração doente estava palpitando num ritmo descompassado desde aquela manhã, quando deixara de tomar seus comprimidos por não ter percebido que os poucos que carregava haviam terminado. Aquilo era um problema.

Enquanto o táxi avançava, sem andar acima da velocidade indicada nas placas, ele olhou para a nota de quinhentos francos, se perguntando se seria o bastante para pagar a corrida.

Tudo vai ficar bem quando eu me encontrar com Isabela, pensou, e era com isso que estava contando.

Havia um misto de tranquilidade e dúvida em sua cabeça.

Durante o curto tempo que passara com Isabela, ficou claro que ela não havia sido honesta e escondera parte da verdade sobre a trama que envolvia a folha e o disquete com o sinal recebido no Observatório. Tudo aquilo veio a se confirmar quando descobriu que Joseph Currie havia subornado o governo antes de ser morto pela Irmandade. Desconfiou de que, como Joseph e Isaac Rydberg eram amantes, o plano de suborno talvez não tivesse partido de apenas um deles, mas dos dois.

Logo as luzes da cidade foram avistadas, e o taxista reduziu a marcha quando acessou uma rua sem asfalto. A pobreza daquela região era evidente. Não havia prédios, apenas um labirinto de vielas estreitas, cercadas por construções mal-acabadas. Esticando o pescoço enquanto avançavam dobrando esquinas, conseguiu contar nos dedos de uma mão as casas das quais emanava algum tipo de claridade que não fosse produzida por velas ou lampiões.

Após uma longa série de curvas, as construções com aparência humilde foram ficando menos numerosas, até que o táxi parou num cruzamento de três vias, próximo a uma área bem desenvolvida. Os prédios altos daquele bairro se pareciam muito com os de Columbus. Dobrando para a esquerda, acessaram uma ponte que levava ao outro lado da cidade. Pela janela, Jerry pôde observar a beleza e a magnitude do rio Níger, o terceiro mais longo do continente.

A vista da ponte ficou para trás bem depressa, e agora o táxi avançava por uma movimentada avenida, repleta de pedestres nas calçadas. Algum tempo depois, quando pararam num cruzamento, Jerry forçou a visão, mirando uma placa indicativa fixada na esquina: Avenue de L'Artpos. Desviou o olhar para o lado: 682 era o número do prédio de três andares que ficava na esquina.

— Estamos perto — sussurrou.

Conforme o taxista continuava acelerando, as numerações marcadas nas construções iam ficando maiores.

— Mil trezentos e trinta e três... — Jerry observou o portão da casa de dois andares, com um belo jardim na frente e soltou um longo assovio de espanto.

Era uma casa enorme e majestosa, que, com dois altos pilares de sustentação ao lado da porta, lembrava muito as antigas construções romanas. Tinha um tom creme e quatro janelas brancas na frente, que mal podiam ser vistas, pois as árvores com folhagens cordiformes no jardim as escondiam.

Entregou a nota de quinhentos francos ao taxista e nem esperou para saber se haveria troco. Caminhou até o portão com símbolo estranho marcado, mas logo percebeu que estava fechado. Havia uma campainha na parede ao lado, que pôde ser ouvida ali fora quando ele a apertou.

Por um momento esperou, mas não pareceu que alguém viria atendê-lo. A demora foi tamanha que chegou a recuar um passo para conferir se o número batia mesmo com o que estava no bilhete. Foi então que o portão começou a abrir e a sombra de alguém se aproximou pelo jardim.

— Jerry? — a voz de Isabela soou empolgada, e ela o abraçou. — Achei que você não conseguiria chegar aqui.

— Também achei — Jerry retribuiu. Era bom ver um rosto familiar. — Os federais e a Irmandade estão me caçando desde que desembarquei — comentou, percebendo a aproximação de um carro esportivo com faróis acesos.

Isabela o soltou e sorriu, mas Jerry não teve tempo de sorrir de volta ao ver que o motorista do carro que estacionara atrás do táxi era Louis Kepler. Seu coração disparou no mesmo instante, e a agitação fez com que Isabela também olhasse para o homem de cabelos escuros e barba rala que se aproximava.

Aquela foi uma aparição tão inesperada que uma descarga de adrenalina invadiu a corrente sanguínea de Jerry. Estarrecido, pegou Isabela pelo braço e recuou, puxando-a para trás do portão. A presença de Louis Kepler, que mantinha o rosto sério enquanto avançava pela calçada, o fez desconfiar de que tivesse sido seguido desde o aeroporto, caindo numa embosca-da e ainda revelando o endereço de Isaac Rydberg para a Irmandade.

Kepler deu mais alguns passos.

— Não tenha medo, Jerry — ele falou com voz séria. — Eu já te disse que não somos o verdadeiro inimigo.

Os olhos de Jerry se fixaram em Kepler, cheios de surpresa, quando ele passou ao lado e entrou na mansão. Ao fitar Isabela, viu que ela não demons-trava preocupação.

— Vamos entrar. — Ela pôs a mão em seu ombro. — Isaac esperou muito por esse momento.

32

Jerry nunca tinha estado num jardim tão bem cuidado. Embaixo de cada árvore havia lâmpadas incandescentes que iluminavam as copas com luzes esverdeadas. O gramado era perfeitamente cortado e até mesmo os arbustos que contornavam os muros estavam aparados.

Contemplando as flores, continuou seguindo Isabela pelos ladrilhos que cortavam o jardim. Quando chegaram aos fundos da mansão, avistou pela vidraça um homem de meia-idade, segurando uma xícara e conversando com Kepler.

Deve ser Rydberg, imaginou. Cogitou perguntar, mas desistiu ao ver Isabela com a mão na fechadura. Nem o barulho seco da porta batendo contra a parede fez com que os olhos grandes do homem se desviassem de Jerry quando entraram.

— Jerry, esse é o Isaac — Isabela apresentou.

Houve um momento de silêncio.

Jerry ficou estático, respirando devagar. Não conseguia desviar o olhar daquela mancha escura que o homem tinha em cima de uma das sobrancelhas. De repente tudo pareceu fazer sentido, e as marcas no rosto de Isaac Rydberg o remeteram ao passado. A súbita recordação da infância lhe causou um sentimento de espanto. Cabelos lisos, olhos grandes sob óculos de alto grau, nariz pequeno e uma mancha escura logo acima da sobrancelha. *Tio John?* Era assim que sua falecida mãe chamava aquele homem que os visitava pelo menos três vezes por ano. Aparecia de surpresa, passava dois dias na cidade e depois ia embora. Essa era sua rotina antes de nunca mais aparecer, quando Jerry completou onze anos. "Ele é mesmo meu tio?", Jerry sempre perguntava. "Na verdade é só um amigo da mamãe", Judith respondia.

O dr. Rydberg ficou um tempo sem se mover. Seus olhos tornaram-se vagos e enevoados. A tensão criada fez com que virasse as costas e saísse para o terraço, na lateral da mansão.

Isabela o seguiu.

Manteve-se o silêncio na cozinha.

Os pensamentos de Jerry quase transpareciam em seus olhos. Por muito tempo, a figura daquele homem fora o mais perto que chegara de realizar a fantasia infantil de ter um pai. Foi o tio John quem lhe ensinou a jogar xadrez. E também foi ele quem o parabenizou quando ganhou a Feira de Ciências com seu vulcão de bicarbonato.

Uma rajada de vento balançou o cortinado da janela.

— O Isaac que falar com você. — A voz de Isabela, que retornava à cozinha, o fez desviar os olhos. Ela indicava o terraço. — Dê uma chance pra ele explicar.

Jerry franziu o cenho e passou a língua nos lábios ressecados. Ele estava disposto a ouvir, por isso caminhou na direção que Isabela apontava. Ao passar pelo batente da porta, viu-se dentro de uma confortável sala de estar, decorada em estilo medieval. Tapetes de cor marrom, paredes pintadas em tons suaves e um comprido espelho com moldura de madeira. Na parede lateral, próximo de uma poltrona acinzentada, havia um quadro que era a cópia fiel da obra *Madonna col bambino e san Giovannino*, do artista italiano Sebastiano Mainardi, que apresentava a pintura de Maria e o menino Jesus. Jerry não pôde deixar de se aproximar quando analisou bem o desenho e percebeu algo estranho sobre o ombro esquerdo da mãe de Jesus. Ao fundo do quadro, a figura de um homem olhava para o céu, acompanhado de um cachorro. Ambos observavam um objeto voador, do qual emanava uma radiante luz dourada.

— Incrível, não é mesmo? — Rydberg falou ao entrar na sala. Ele tinha um tom de voz monótono. — Sebastiano Mainardi pintou esse quadro no século XV. Bem, não esse — corrigiu. — Esse é uma cópia. O original está exposto em Florença.

Jerry ficou olhando para o quadro. Pelo vidro que recobria a pintura, conseguia ver os movimentos de Isaac, que caminhou para perto da janela e sentou no sofá.

141

Um silêncio pasmo e consternado imperou.

— Imagino que tenha muitas perguntas. — Isaac tirou os óculos e limpou as lentes com um lenço.

Jerry se virou.

— Algumas — disse.

Isaac se acomodou no sofá, estendendo o braço no encosto.

— Sabia que você é parecido com seu pai? Esses olhos miúdos embaixo dos óculos... Muito parecido, na verdade.

— Conheceu ele? — A atenção de Jerry foi atraída. Era difícil acreditar que estava frente a frente com o "tio John", e que ele conhecera seu pai.

— Nós éramos amigos na época da faculdade. Talvez os melhores — Isaac assentiu. — Sendo sincero, foi por causa de uma promessa que fiz para ele que nos metemos nessa confusão toda.

— Você prometeu algo a ele?

— Prometi. No dia em que faleceu, ele me fez jurar que cuidaria de você e da sua mãe.

Jerry se sentiu estranho ao perceber que a notícia da morte não lhe causou a comoção esperada. Quando pequeno, sempre sonhara em ter um pai. Alguém que o amparasse quando o chamavam de "esmilinguido" na escola, ou que o ensinasse a jogar basquete. Tarde demais. Depois de tantos anos andando sozinho, tal desejo diminuiu até se tornar algo vago e distante.

Lançou um olhar desafiador para o velho Rydberg.

— Então por que não cumpriu a promessa?

— Eu cumpri. Ajudei na sua criação, paguei parte da sua faculdade e todas as despesas médicas da sua mãe quando ela precisou. — Isaac manteve a voz serena. — E estou te ajudando agora.

Jerry suspirou, soltando o ar dos pulmões de uma vez. Andou em direção à saída para o terraço e olhou o horizonte escuro. Havia uma enorme quantidade de estrelas no céu, e o som do silêncio naquele bairro era algo que jamais conseguiria ouvir em Ohio. Então, ainda que por um breve instante, esqueceu o perigo que estava correndo e se sentiu seguro naquela mansão de muros altos e portão de ferro.

— Fale mais sobre o meu pai — pediu, sem desviar o olhar do céu. — Eu raramente ouvia falar dele quando criança.

— Stephen era um homem bom.

— Stephen era o nome dele?

Isaac assentiu.

— Nós estudamos juntos em Indiana — contou. — Sua mãe também estudou conosco na universidade. Bons tempos.

— Foi lá que eles se conheceram?

— Sim. Stephen e Judith. — Isaac sorriu. — Amor à primeira vista, pelo menos era o que diziam. Foram felizes no curto tempo em que ficaram juntos. Isso é o que importa.

Engolindo uma porção de saliva, Jerry se aproximou do sofá.

— Ele era membro da Irmandade?

— Era.

— E como morreu?

Isaac hesitou um instante antes de responder.

— Não sabemos ao certo, mas a versão oficial diz que ele foi morto numa briga de bar — revelou. — Stephen odiava bares, dizia que era lugar de perdedores, por isso achamos que o governo teve algo a ver com a morte do seu pai. Essa era uma das razões de sua mãe não falar muito dele.

— Minha mãe... — Jerry começou.

— Sua mãe era uma pessoa maravilhosa — Isaac interrompeu. — Trabalhando com o que eu e seu pai trabalhávamos e tendo os ideais que tínhamos, não havia como garantir que vocês ficariam seguros. Ele morreu. E eu me afastei.

— Não acabou bem, de qualquer forma — Jerry murmurou.

— Infelizmente, não — o doutor respondeu com voz descontente. — O importante é que você está seguro agora.

Várias recordações passaram, céleres, pela mente de Jerry, enquanto Isabela e Kepler entravam na sala. Ele se apoiou na parede perto do quadro, com os braços cruzados. Ela cruzou as pernas assim que sentou no sofá ao lado do pai.

— Eu te disse que não éramos inimigos. — Kepler lhe lançou um olhar. — Acredita agora?

— Antes de acreditar, quero saber se essa história tem algo a ver com o corpo de Joseph Currie na minha casa — retrucou.

— Indiretamente, sim. Mas não fomos nós quem o matamos, se é o que quer saber — Kepler revelou, com a voz carregada de rancor. — Joseph nos traiu. Confiamos nele e ele nos traiu. Tentou subornar o governo, prometendo a folha com o sinal, mas os federais o pegaram.

Jerry trocou olhares com Isabela antes de escutar com atenção a mesma história que Carl Linné havia lhe contado, só que numa versão diferente.

— Quando Linné conseguiu fazer o Joseph revelar que era você quem estava no Observatório naquela noite, então algumas coisas mudaram — Kepler começou a contar. — Os federais o mataram, colocaram o corpo dentro da sua casa, forjaram evidências de que você era o assassino e então só precisaram esperar que Isaac agisse para tentar te salvar.

Jerry fez uma careta, tomado de ingênua surpresa.

— Então os federais também querem pegá-lo?

— Quando o sinal foi descoberto, me tornei inimigo público do governo americano — Isaac prosseguiu com a explicação. — Atualmente sou líder da Irmandade, ou do que restou dela. E a Irmandade se tornou uma ameaça aos interesses do governo.

Um instante de silêncio.

Apoiando-se na parede, Kepler estava agitado.

— E foi assim que voltamos à estaca zero. — Kepler chamou atenção, começando a dar voltas pelo cômodo. — Com a prisão de Jerry, perdemos a porcaria da folha. Agora os federais estão com três dos quatro sinais.

Aquela informação era uma novidade inesperada.

— Quatro sinais? — Jerry enrugou a testa.

— Sim — Isaac confirmou. — A maioria dos cientistas teria desistido, mas você insistiu e passou centenas de noites no Observatório encarando repetidos números impressos, à procura de algo que faria toda a diferença — disse. — No início pode soar estranho, mas o sinal que você encontrou não foi o primeiro.

Jerry pôs a mão na testa e se recostou no sofá.

— Você já ouviu alguma história sobre os dogons, o povo do céu? — Isaac perguntou.

— Shapley mencionou algo quando estive com ele — Jerry revelou. — Falou sobre como a tribo era evoluída e como eles sabiam de coisas improváveis para a época.

— Improváveis não é a palavra. Eu diria que sabiam de coisas impossíveis. — Isaac empurrou os óculos mais para cima. — O ponto a que quero chegar é uma antiga lenda, contada pelos sacerdotes, que fala sobre uma mensagem que seria enviada para a Terra em quatro partes, ao longo dos tempos, pelos deuses Nommo. — O doutor se reclinou na poltrona. Quem convivia com ele sabia que contar aquela história era sempre algo que o agradava. — Os Nommo são os deuses da estrela Sirius que teriam visitado a tribo e lhes passado tais conhecimentos — completou.

— Conheço a história — Jerry murmurou. — Então, segundo essa lenda, o sinal que encontrei seria o último dos quatro enviados pelos "deuses"? — gesticulou, desenhando aspas no ar com os dedos.

Isaac pigarreou, limpando a garganta.

— A verdade é que a tribo conhece apenas um dos sinais, o primeiro, que dizem ter sido deixado pelos "deuses" em sua última visita ao planeta, em 3200 a.C. Nem mesmo o governo sabe disso. — Ele repetiu o gesto. — Depois de muitos estudos, recentemente descobri que esse primeiro sinal está gravado nas paredes de uma caverna que fica nos arredores da aldeia da tribo. O problema é que essa caverna é considerada sagrada, e apenas sacerdotes podem entrar nela.

— E por que isso é um problema? — Jerry indagou.

— Por que queremos os quatro sinais, Jerry — Isabela entrou na conversa. — O mundo precisa saber que não estamos sozinhos. E será a Irmandade que abrirá os olhos das pessoas, revelando a mensagem que encontrarmos depois de juntar tudo. Precisamos de algo sólido para que o governo não consiga acobertar.

Houve um momento de silêncio na sala. Jerry estava desordenado e precisou de alguns segundos para digerir o amontoado de informações. *Quatro sinais?*, perguntou-se. *Encontrei apenas um e os federais ferraram com a minha vida.* Não tinha certeza se queria saber mais sobre aquilo, mas a curiosidade científica venceu.

— E os outros três sinais? — voltou a falar.

— Bem, o segundo foi recebido pelos maias no ano de 700 a.C., em Kaminaljuyu, na Guatemala. Eles o gravaram numa das paredes de suas construções. — O doutor sabia cada detalhe sobre o assunto. — Esse sinal é um dos que está em posse do governo. Quando as primeiras escavações começaram, e Kaminaljuyu se tornou um sítio arqueológico, os federais encontraram, fotografaram a parede repleta de desenhos e depois a demoliram, para que ninguém nunca encontrasse.

— Então o segundo sinal já era — Jerry palpitou.

— Talvez não. — Isaac olhou para o quadro na parede. — O agente que designaram para nos caçar, Carl Linné, carrega com ele a cópia de uma das fotografias tiradas na Guatemala.

Kepler ficou ouriçado.

— Deixe o filho da mãe comigo — ele se adiantou. — Eu mesmo vou atrás dessa fotografia.

Isaac o encarou com viva malevolência. Ficou claro que o doutor não gostava da forma violenta como Kepler cumpria suas missões.

— E quanto ao terceiro sinal? — Jerry emendou.

— O terceiro é um grande mistério para todos. Não temos informações de onde foi recebido. Só sabemos que data de 1275 e que o governo o encontrou — Isaac continuou. — O que mais me intriga é que, alguns dias antes de começar a trabalhar com os federais, Herschel Shapley me contatou numa madrugada dizendo que também tinha conseguido encontrá-lo.
— Ele pareceu entristecido com a forma como tudo terminara para o velho amigo. — Depois daquela noite, nunca mais voltamos a conversar. Por acaso Shapley comentou sobre isso quando esteve com ele na mansão?

Jerry negou com um gesto de cabeça.

— Tudo bem. Daremos outro jeito de encontrá-lo.

Mais um instante de silêncio.

Jerry desviou os olhos cansados para Kepler quando ele caminhou até o aparador de vidro no canto da sala e se serviu um copo de conhaque.

— E agora chegamos ao último sinal, recebido pelo Observatório da Universidade de Ohio. Um disquete com dados que os federais pegaram antes que eu conseguisse invadir e uma folha impressa que estava com você até o dia da prisão — Kepler acrescentou, se intrometendo. — O problema é que agora essas duas coisas estão com a merda do governo.

Jerry fez uma careta.

— Não estão, não — interpôs, com voz clara. — Aliás, nunca estiveram. Fui eu quem tirou o disquete do servidor, na mesma noite em que encontrei o sinal — revelou.

Isabela franziu o cenho.

— Por que não disse que estava com ele? — indagou.

Jerry a olhou no fundo dos olhos.

— Porque Gregor Becquerel, antes de morrer, me disse que eu não deveria confiar em ninguém — contou, sem desviar o olhar. — Em ninguém.

Isabela balançou a cabeça, mirando o chão.

— Mas o disquete e a folha estão seguros. Eu os coloquei no tampo de um quadro, num bar onze quadras distante da minha casa em Athens — contou. — Um quadro do Jack Daniel's.

— Acha que ainda está lá?

— Acho! É só pedir para alguém buscar.

Uma cigarra cantou alto no jardim da mansão. Não demorou para que o relógio cuco da cozinha batesse uma única vez, trinta minutos depois de ter batido onze vezes.

— Temos alguém de confiança na América para fazer isso? — Isaac perguntou, olhando para Kepler.

— Temos — Kepler assentiu.

— Perfeito. Então sabe o que fazer.

33

EMBAIXADA DOS ESTADOS UNIDOS
BAMAKO, MALI
23 DE AGOSTO DE 1977 - 8H02

Era manhã quando um luxuoso Mercedes entrou no estacionamento da embaixada dos Estados Unidos em Bamako. Havia dois guardas armados e uniformizados na guarita de acesso ao lado de um portão. Eles liberaram a entrada do veículo quando o motorista, um homem negro e careca, abaixou o vidro com película espelhada e mostrou a identificação.

— Estacione nos fundos, por favor — Carl Linné, que estava sentado no banco de trás, pediu.

Outros dois guardas que faziam a segurança nas laterais do prédio acompanharam com os olhos quando o Mercedes percorreu o curto caminho até as vagas nos fundos.

Linné estava usando óculos escuros e tinha o braço imobilizado por uma tipoia que, segundo o médico que o atendera na emergência, deveria ser usada por duas semanas. Quando desembarcou, empurrando a porta com o pé, caminhou com olhar atento até a entrada. Fazia um calor infernal naquele lugar, e o terno que vestia só serviu para aquecer ainda mais seu corpo.

Foi o próprio embaixador que o recebeu na recepção.

— Agente Carl Linné? — O embaixador, vestido de forma elegante, se aproximou com a mão estendida. — Eu esperava que chegasse um pouco mais cedo.

— Tive problemas no aeroporto. — Linné retribuiu o aperto de mão. — Nada que demande atenção.

— Menos mal — o embaixador prosseguiu. — Venha! Vamos conversar na minha sala.

Os corredores da embaixada eram decorados com bandeirolas dos Estados Unidos e quadros com imagens de batalhas vencidas por eles no decorrer da história. Quando Linné entrou no escritório principal, a temperatura ambiente pareceu cair uns cinco graus. O frescor o aliviou, então se sentou na cadeira de couro diante da escrivaninha e esperou que o embaixador fechasse a porta para começar a falar.

— Acredito que alguém tenha explicado que estou no Mali para tratar de assuntos confidenciais. — Linné inclinou o corpo para a frente ao falar.

— Recebi ordens do governo para auxiliá-lo com os recursos que temos disponíveis por aqui, sr. Linné — o embaixador disse. — Não farei nenhuma outra pergunta além de querer saber o que precisa de mim.

Linné voltou a se recostar na cadeira.

— Preciso de uma sala grande e da ajuda de alguns de seus funcionários — pediu. — Também quero que tragam os registros de entrada e saída de americanos neste país, nos últimos vinte anos. O senhor pode fazer isso?

O embaixador alçou as sobrancelhas.

— Vou providenciar — concordou.

23 DE AGOSTO DE 1977 - 8H18

Linné estava pensativo quando girou a maçaneta da porta da sala que tinha sido disponibilizada. Ao entrar, viu meia dúzia de funcionários sentados ao redor de uma mesa redonda. Quatro homens e duas mulheres. Todos com olhar desconfiado.

— Bom dia — ele os cumprimentou.

Nem todos responderam.

— Sou o agente Carl Linné — se apresentou. — Não sei se o embaixador explicou o que está acontecendo aqui, mas o que preciso é que revisem todos os arquivos de entrada e saída de cidadãos americanos no Mali, nos últimos vinte anos — falou, apontando para uma pilha de papéis colocados sobre a mesa. — Quero que analisem os registros e me informem sobre qualquer coisa que envolva o sobrenome "Rydberg". — Ele escreveu aquilo numa folha de papel A4, em letras garrafais. — Alguma dúvida?

Todos ficaram calados e começaram a trabalhar. Alguns registros eram livros tão velhos e mal conservados que estavam escritos à mão e tinham a tinta quase apagada. Foi preciso procurar por mais ou menos quarenta minutos para que concluíssem que ninguém com o sobrenome Rydberg havia entrado no país nos últimos vinte anos. Contudo, um dos funcionários alertou sobre uma falha nos registros.

— Veja! — Ele chegou perto de Linné com um dos livros. — Todas as entradas no mês de agosto de 1969 sumiram. — Mostrou que duas páginas tinham sido removidas.

Linné respirou fundo e coçou a testa.

— Agosto de 1969 — sussurrou. — Verifiquem novamente a partir do ano de 69. Só que desta vez procurem pelo sobrenome "Kepler".

Não demorou muito para que um dos funcionários apresentasse o primeiro registro. *Fevereiro de 1970*. E depois surgiram outros mais. Havia registros de visitas anuais de Louis Kepler ao Mali. A última delas, dois meses antes.

Linné fechou os olhos e cobriu o rosto com as mãos. *Rydberg entrou no país em agosto de 1969*, concluiu. Descobrir que o líder da Irmandade morava no Mali foi um bom começo, mas a amplitude de ter que procurá-lo por toda a extensão do país tornava a missão tão difícil como encontrar agulha no palheiro. *Como foi que Jerry descobriu que Isaac Rydberg vive no Mali?*, pensou. Os cochichos dos funcionários sobre seu silêncio o fizeram voltar a atenção para a mesa.

— Obrigado pela ajuda, senhoras e senhores. Já podem voltar a seus serviços de rotina — ele os dispensou.

Com dezenas de possibilidades passando pela mente, Carl esperou que todos saíssem para pegar o telefone e discar o número do Departamento de Defesa. Teve uma ideia que parecia um tiro no escuro, mas que talvez desse algum resultado. Ainda era cedo nos Estados Unidos, mas ele sabia que a pessoa com a qual queria falar estaria trabalhando naquele horário.

— Agente Carl Linné. Código: XF58 659820. — O procedimento inicial da ligação era sempre o mesmo. — Preciso que consulte um nome, por favor — pediu devagar, para que a mulher que atendeu compreendesse. — Judith Laplace.

— Aguarde um instante. — A mulher de voz suave demorou um pouco para passar a informação. — Filha de imigrantes franceses. Nunca teve problemas com a Justiça — começou a ler os dados. — Faleceu num hospital de Ohio em fevereiro de 1970.

Carl anotou tudo num bloco de notas, embora nada daquilo parecesse relevante.

— Pode consultar se Judith Laplace tinha algum imóvel fora do país? — Seu faro de investigador começou a agir.

— Nenhum — a mulher respondeu depois de alguns instantes. — Apenas uma casa em Ohio, que agora está no nome do filho.

Carl apertou o fone como se quisesse enfiá-lo na orelha. Aquilo não o estava levando a lugar nenhum, mas ele se recusava a desistir. *Isaac Rydberg não pode viver num país por quase uma década sem que seu nome fique registrado em algum lugar, a não ser que tenha cúmplices*, imaginou.

— O diretor ainda está em Ohio? — ele perguntou.

— Sim — a resposta veio de imediato.

— Então passe a ligação para Dyson Freeman. — Um estalo lhe viera à mente.

Houve silêncio enquanto a ligação era transferida.

— Puta merda, Carl — foi a primeira coisa que Freeman falou quando atendeu. — Me diga que conseguiu alguma coisa, pois o diretor não ficou nada contente quando descobriu que te ajudei.

— Estou muito perto de pegá-los — Linné mentiu, para garantir que conseguiria cumprir a missão sem que o governo enviasse outros agentes. — Porém não há recursos suficientes aqui na embaixada para que eu consiga dar o próximo passo.

— Qual o problema? Do que precisa? — A voz de Freeman saiu acompanhada de um suspiro.

— Preciso que revisem as declarações de renda de Judith Laplace, do início de 1969 até o mês de sua morte. — Linné imaginara que ela poderia ter sido uma das cúmplices de Isaac. — Procurem transferências bancárias para o exterior, compra e venda de imóveis. Qualquer coisa que seja suspeito para uma mãe solteira.

— Tudo bem — Freeman respondeu.

— Peça que alguém faça isso agora, Freeman. — Linné fez uma pausa. — Estarei na embaixada esperando sua ligação.

O telefone foi desligado.

Carl ficou sentado no canto da escrivaninha, observando a movimentação pela janela da sala, pensando se tinha deixado escapar alguma informação importante. Nada lhe ocorreu. Então alguém girou a maçaneta da porta e entrou sem bater. Era o embaixador.

— Conseguiu algo? — Embora o embaixador fosse cidadão americano, o longo tempo que vivera no Mali o deixara com sotaque.

— Acredito que sim. — Linné o encarou para responder, mas se privou de dar mais detalhes.

O embaixador caminhou em direção à porta.

— Vou precisar de um carro e de um agente para me acompanhar, caso tenha que sair pela cidade — Carl pediu, tentando transparecer simpatia na voz.

— Pode usar o Mercedes. — O embaixador nem olhou para trás. — O motorista que te trouxe para cá é o melhor agente que temos. Ele conhece cada canto deste lugar. Vou solicitar que fique à sua disposição.

O ponteiro do relógio de parede pareceu andar mais devagar que o normal enquanto Carl ficou ali, olhando para fora e esperando o retorno da ligação. Durante aqueles minutos de espera, caminhou em círculos pela sala e até abriu as gavetas vazias da escrivaninha, só para ter algo para fazer.

Cerca de meia hora depois, aguçou os ouvidos e se aproximou da porta quando ouviu o telefone da recepção tocando. Era um toque estridente, que podia ser ouvido em todas as salas. Voltou para perto da escrivaninha segundos depois, quando o telefone em cima dela tocou.

— Dyson Freeman está na linha — a recepcionista da embaixada avisou. A ligação foi transferida.

— Conseguiram alguma coisa? — Linné logo perguntou.

— Temos informações que levariam Judith Laplace para a prisão por fraude fiscal se estivesse viva — Freeman falou com voz animada. — Consta nos registros que, mesmo não tendo renda, ela fez transferências financeiras de valores consideráveis para uma conta fantasma no Mali. Também conseguimos a informação de que adquiriu um imóvel em Bamako em dezembro de 1969, dois meses antes de morrer. E que, alguns dias depois, o vendeu sem que nenhum dinheiro passasse pela conta.

Linné vibrou, apertando a mão, mas sentiu uma fisgada dolorida no braço imobilizado.

— Diga que o endereço desse imóvel consta nos registros.

— Tem uma caneta?

— Pode falar.

— Avenue de L'Artpos — Freeman enrolou a língua para pronunciar em francês. — Número 1.333.

34

RESIDÊNCIA DE ISAAC RYDBERG
BAMAKO, MALI
23 DE AGOSTO DE 1977 - 9H07

Jerry tinha o hábito de acordar cedo, mas aquele dia foi diferente. Quando abriu os olhos, se erguendo sobre o cotovelo, percebeu os raios do sol invadindo o quarto pelas frestas na cortina. No jardim, pássaros cantavam, embalados pelo som do vento que soprava. Desviou o olhar para o relógio na cabeceira, que mostrava que faltava pouco para as nove horas. Sabendo que deveria estar em pé, deslizou até a beirada da cama e levantou.

— Minha nossa! — murmurou, ao ver no espelho do banheiro seu rosto inchado e os cabelos eriçados.

Colocou um comprimido na boca e bebeu um gole de água, usando a concha da mão como copo. Lavou o rosto, escovou os dentes com uma escova embalada, que parecia estar lhe esperando, e vestiu a roupa. Não esperou nenhum segundo mais para sair, passando pelo corredor e pela sala até chegar à cozinha, onde uma mulher, vestida com uniforme de renda, colocava uma xícara na mesa. Pela janela, avistou Kepler no jardim, conversando com outros dois homens. Um negro anguloso de cabelos crespos e um branquelo esguio com curativo no nariz. *O irlandês do aeroporto*, avaliou.

— Sabe onde está o dr. Rydberg? — Jerry perguntou para a simpática governanta.

A mulher o encarou com o rosto alegre.

— Deve estar regando o jardim.

— Obrigado — disse, virando o pescoço quando ouviu barulhos no corredor. Não viu ninguém.

O portão de ferro estava fechado e a rua, pouco movimentada. Havia murmúrios de vizinhos conversando na calçada, mas nada que o deixasse preocupado com uma possível intervenção federal. Avançou meia dúzia de passos e ouviu o som de água saindo de uma mangueira. Isaac estava de costas, regando um canteiro de violetas africanas.

— Então é isso que você faz pra deixar o jardim bonito desse jeito — Jerry iniciou a conversa.

Isaac se virou.

— Isso e mais algumas coisas — falou. — Estou longe de ser um jardineiro, mas tento fazer o melhor que posso.

Jerry olhou para os demais canteiros floridos.

— Parece promissor — murmurou. — A mulher que enviaram ontem achou o disquete e a folha lá no bar? — emendou.

Isaac girou a ponta da mangueira, interrompendo o fluxo.

— Sim. Estão seguros agora.

O doutor desviou a atenção para os fundos quando avistou Isabela. Ela se aproximou sorrindo e parou ao lado deles.

— Kepler disse que o bimotor está quase pronto no aeroporto — anunciou.

— Vão viajar? — Jerry estranhou.

— Mais ou menos isso — Isaac revelou. — Vamos às falésias de Bandiagara tentar entrar na caverna sagrada dos dogons para conseguir o primeiro sinal.

De súbito, um ronco de motor foi ouvido no jardim. Logo um Cadillac Seville apareceu, andando de ré pelo trilho ladrilhado. Era Kepler que estava saindo.

— Vou ao aeroporto — ele anunciou, parando ao lado. Isaac abanou e fez sinal para que continuasse. Quando o portão terminou de abrir, Kepler acelerou.

Jerry acompanhou o veículo com os olhos até que sumiu atrás dos muros. Quando voltou a atenção ao jardim, percebeu que Isabela estava na metade do caminho entre o portão e a garagem. Ele precisou acelerar o passo para alcançá-la. Havia um Chevrolet Bel Air 1961 vermelho estacionado nos fundos.

— Vai para algum lugar?

— Nós dois vamos. — Ela fez sinal para que ele embarcasse. — Tenho que buscar uma coisa importante no centro. E você precisa dos seus comprimidos.

23 DE AGOSTO DE 1977 - 9H32

O Mercedes da embaixada avançava devagar.

— Este é o lugar — o motorista careca anunciou quando se aproximaram do endereço marcado no bilhete. — Avenue de L'Artpos, 1.333.

Carl Linné virou o pescoço para olhar a mansão.

— Continue em frente mais alguns metros — pediu, sabendo que, se quisesse pegar Isaac e Jerry, deveria entrar no terreno usando o fator surpresa a seu favor.

Tendo como ajudante apenas o motorista, Linné precisou queimar os neurônios para encontrar uma forma segura e certeira de invasão. Ordenando que o Mercedes fosse estacionado no fim da rua, permaneceu dentro do carro por mais cinco minutos, olhando para fora, pelos vidros espelhados. Logo o portão de ferro da frente começou a se abrir para que um Cadillac saísse acelerando pela rua.

— Você tem binóculos? — apressou-se em pedir.

O motorista abriu o porta-luvas, mas não foi rápido o bastante para encontrá-lo antes que o Cadillac estivesse longe demais para que alguém pudesse ser identificado.

— Merda — Linné reclamou quando pegou o objeto e o pôs diante dos olhos, sem conseguir ver o rosto do motorista.

Pensou em sair para a calçada e chegar mais perto. Quando abriu a porta e pôs o primeiro pé no asfalto, outro carro apareceu, um Chevrolet Bel Air modelo antigo. Seu braço machucado latejou quando voltou a olhar pelos binóculos e pôde ver uma mulher que não lhe era estranha dirigindo.

— Encontrei — comemorou ao constatar que Jerry Laplace estava no banco ao lado.

Sem pressa, esperou que o Bel Air sumisse na avenida e caminhou até o meio da quadra pouco movimentada, a fim de analisar a altura dos muros. *Alto demais*, avaliou.

Avançando mais alguns passos pela calçada do lado oposto, pôde ver pelas grades do portão um homem de meia-idade caminhando pelo jardim, com uma tesoura de poda nas mãos. Não demorou para que dois homens engravatados se aproximassem quando o portão foi fechado. Carl bem que tentou disfarçar a curiosidade, mas percebeu que os dois seguranças demonstraram agitação com sua presença nos arredores. Voltou para perto do carro, estacionado fora do campo de visão. Seu cérebro estava mais ativo do que nunca, pensando num plano. Carl sempre se orgulhara da própria capacidade de resolver problemas de forma ágil.

— Encontrou quem estava procurando? — o motorista perguntou quando ele sentou no banco do carona.

— Acho que sim — Carl revelou.

— Se pretende invadir, sei como devemos fazer isso.

Linné se recostou no banco e olhou para o motorista com as sobrancelhas arqueadas, como quem diz: "Prossiga".

35

O agente da embaixada americana, Cyril Du Toit, era negro, alto e tinha ombros largos. Com pouco mais de quarenta anos e sendo ex-militar do exército do Mali, carregava a notoriedade de ter sido um dos principais responsáveis pelo fim da rebelião tuaregue, ocorrida no norte daquele país entre os anos de 1962 e 1964. Com quase dois metros de altura, não foi difícil saltar e se agarrar ao muro dos fundos da mansão. Usando a força dos braços, flexionou os cotovelos e se ergueu até conseguir observar a movimentação no lado de dentro. Tudo aparentava estar calmo. Não havia ninguém no jardim dos fundos, e as abas compridas do telhado da casa, somadas às copas fechadas das árvores, lhe davam cobertura perfeita para que os seguranças do portão não o vissem invadindo.

É hora de saltar, pensou.

Empregando mais um pouco de força, conseguiu apoiar os cotovelos no topo do muro. A partir daí, foi só impulsionar a perna direita para o alto e atravessar para o outro lado, caindo de forma sutil no gramado.

Du Toit alisou o paletó e a lapela antes de seguir em frente, usando a parede lateral da garagem como refúgio. Sem se importar por estar pisando num canteiro de flores, observou de longe o interior da casa, olhando pelas vidraças. Havia movimentação na cozinha, e isso o fez sacar sua arma. Ao averiguar que era apenas uma mulher com uniforme de doméstica, relaxou os ombros e correu, se abaixando quando cruzou por uma janela aberta e dando a volta, para poder se aproximar dos seguranças sem ser visto.

A passagem entre a parede da mansão e o muro, por onde ele avançava, era bem estreita. Ali, o gramado não era bem cortado e a ausência de sol o tornava menos esverdeado. Ao longo dos últimos metros para o fim do corredor apertado, diminuiu o passo e começou a pisar mais levemente ao ouvir a voz dos dois seguranças, que conversavam sobre um Mercedes estacionado no fim da rua.

Atento, grudou o corpo na parede para espiar. Os seguranças estavam de costas, a poucos metros do portão, e o tal jardineiro, que Carl Linné havia ordenado que não fosse morto, não estava em lugar nenhum. Com arma em punho, voltou meio metro e tirou do bolso um silenciador, encaixando-o com cuidado na ponta da pistola.

Havia uma árvore baixa, mas de caule grosso, impedindo que tivesse visão clara de um dos seguranças. Embora fosse um exímio atirador, sabia que haveria chance de erro se efetuasse os disparos de onde estava. Por isso, mantendo a concentração no que iria fazer, saiu detrás da parede com a arma apontada e, ao desviar da árvore e ficar com os inimigos na mira, disparou quatro vezes, acertando dois tiros no peito de cada segurança. O maior deles, um negro anguloso de cabelos crespos, até tentou correr pelo caminho ladrilhado na direção dos fundos, mas caiu com o rosto no chão antes de dar três passos.

Cyril soltou o ar e estalou o pescoço com movimentos circulares depois de matá-los. Seus olhos escuros agora se atentaram a procurar o jardineiro.

— Cadê você? — sussurrou, movendo os olhos para os lados.

Não foi de primeira que ele percebeu um objeto refletivo pendurado no alto do muro, ao lado do portão. Só quando chegou perto dos corpos foi que viu uma câmera de videomonitoramento, com um sinal luminoso vermelho piscando.

— Era só o que me faltava — resmungou.

Prevendo a possibilidade de que alguém pudesse estar assistindo, mirou e atirou, fazendo faíscas saltarem quando alguns fios ficaram expostos. Apressado, correu até o corpo do segurança negro e revirou os bolsos do defunto em busca do controle, para abrir o portão. Encontrou-o no bolso da calça, com um molho de chaves, e não pensou duas vezes antes de apertar o botão.

●●●

Carl Linné estava no Mercedes, com os olhos fixos na fachada da mansão. Quando o portão começou a se abrir, ele saltou para a calçada e atravessou a rua depressa, só reduzindo a velocidade das passadas ao chegar perto, para confirmar que o agente Cyril Du Toit tinha conseguido.

— Vamos, entre — Du Toit falou quando o viu se aproximando. — Não encontrei o jardineiro.

— Eu o quero vivo. — A ordem foi clara.

Quando Linné entrou, o portão foi fechado.

Enquanto Cyril arrastava os corpos para que não fossem vistos da rua, Linné avançou pelo jardim. Ao chegar aos fundos, recostou-se na parede e se esforçou para engatilhar a arma. Aquela tipoia que lhe inutilizava o braço esquerdo também o deixava mais lento. Mesmo sentindo dolorosas fisgadas no ferimento, ele as suportou quando começou a desenrolar as ataduras, deixando intactas apenas as que protegiam o curativo.

— Bem melhor — sussurrou.

Prosseguiu, analisando a movimentação. Não havia ninguém no jardim, apenas outra câmera posicionada perto do telhado da garagem, num local que permitia visão completa dos fundos. Um disparo bastou para que a luz vermelha parasse de piscar.

Ouviu um barulho dentro da mansão. Voltou-se rapidamente e se aproximou da janela com a arma apontada. Sua respiração ficou ofegante. Girou a maçaneta da porta ao lado e entrou. Havia xícaras limpas e potes de geleias dispostos sobre a mesa da cozinha. No fogão, uma chaleira fumegava vapor pelo bico.

Antes de seguir para o próximo cômodo, olhou para trás por sobre o ombro, esperando que Cyril se apressasse para lhe dar cobertura. Nem sinal. A demora do agente da embaixada o fez continuar sozinho.

— Vazia — averiguou a sala.

Quando movimentou o corpo em posição de alerta, outro barulho desviou sua atenção. Era o som baixo de uma porta sendo fechada por alguém que tentou ser cuidadoso, mas não o suficiente.

Linné colocou o primeiro pé na sala com a pistola apontada. O lado direito do cômodo estava seguro, mas, quando endireitou o corpo e olhou para a esquerda, só conseguiu ver um vulto lhe atacando antes de sentir uma forte pancada na altura da orelha e cair sobre um tapete marrom.

36

O dr. Isaac Rydberg ficou confuso sobre o que deveria fazer após derrubar o invasor com um taco de beisebol.

— Ligo para a polícia? — A governanta abriu a porta do quarto em que estava escondida.

— Faça isso — o doutor respondeu, sem desviar os olhos.

Quando ela voltou ao quarto, Isaac acomodou o taco em cima do sofá e se apressou para pegar a pistola que estava entre os dedos do homem. Ele não precisou olhar para aquele rosto duas vezes para descobrir quem era.

— Carl Linné, o fantoche da NSA —· sussurrou.

Sabendo que havia outro invasor no terreno, Isaac se curvou para olhar a porta da cozinha. Não viu ninguém. Então voltou a atenção para Linné, que tinha gotas de sangue escorrendo pelo rosto. Com a arma na mão, pegou-o pelo colarinho e deitou-o de costas no chão, procurando a fotografia da construção maia no bolso do paletó. Encontrou apenas uma carteira e, antes de revirá-la, deu outra olhada para a cozinha.

— Vamos lá, Linné — Isaac resmungou, enquanto retirava papéis e documentos da carteira de couro. — Onde está escondendo aquela foto do seu avô em Kaminaljuyu?

Com a carteira quase vazia, a esperança de encontrar a imagem diminuiu. Foi então que tocou um papel mais grosso, dobrado em quatro e enfiado atrás da identificação do agente. Ali estava a reveladora fotografia de um homem postado ao lado de uma parede de pedra, com inúmeras gravuras maias.

Os olhos de Rydberg brilharam. Tendo estudado tudo o que dizia respeito aos sinais, não precisou se esforçar muito para descobrir qual daqueles entalhes realmente interessava. Ao lado do desenho que representava Gucumatz, o deus supremo na mitologia maia, estavam diversos entalhes com pontos sobrepostos a traços. *São numerais maias*, concluiu, aproximando a foto do rosto para enxergar.

De início, não pareceu muito evidente, mas, observando melhor, foi possível ver que havia desenhos esculpidos no fim de cada sequência numérica. Eram duas fileiras com três numerais, seguidos por um desenho. Algo bem familiar.

— Isso é genial — sussurrou, tendo entendido o que aqueles símbolos queriam dizer.

Um som baixo veio do corredor. Era a governanta abrindo uma fresta na porta.

— A polícia está a caminho, senhor — ela anunciou.

Isaac fez sinal com a cabeça e olhou de novo para a cozinha. Ninguém. Por um momento, imaginou que não havia outro invasor, embora o tivesse visto pela janela da frente, enquanto atacava os seguranças.

— Tranque a cozinha — pediu para a governanta, que não gostou da ideia, mas acabou obedecendo.

Enquanto a mulher se dirigia para a porta, com passos lentos e calculados, Isaac esticou o braço para alcançar uma caneta azul que estava em cima do aparador de vidro. Dobrou a manga da camisa e desenhou no antebraço o que tinha visto na fotografia. Quando terminou, ajeitou a manga e devolveu a imagem à carteira, no mesmo lugar de onde tinha tirado. Agora, estavam prontos para fugir.

— A cozinha está fechada, senhor — a mulher falou. Sua voz soou ansiosa e preocupada.

— Ótimo. — O doutor quis acalmá-la. — Vamos sair pela frente. — Pegou a arma e ficou em pé.

Não havia movimentação no jardim quando ele olhou pela janela. Apenas os corpos dos seguranças escondidos atrás da árvore de caule grosso.

— Venha — ele chamou a governanta.

Nesse momento, Carl Linné soltou um grunhido de dor, piscando os olhos e franzindo a testa. Ele estava recobrando a consciência. Sabendo que uma única bala resolveria boa parte dos problemas, Isaac se aproximou para matá-lo.

— A Terra é uma fazenda. — O doutor apertou o gatilho.

Cléc. A arma fez um barulho falho.

— Precisa engatilhar — um homem negro e alto falou, chegando pelo corredor.

Isaac recuou, querendo engatilhá-la. Era tarde demais. Só houve tempo para ouvir o estampido de um disparo e sentir uma bala penetrando em seu peito. Baleado, o doutor gemeu e pôs a mão no ferimento enquanto caía de costas no tapete.

•••

A cabeça de Carl Linné estava dolorida e havia sangue escorrendo pela lateral de seu rosto. Tudo estava embaralhado. Ao recobrar a consciência, piscou algumas vezes para que a turbidez da visão desaparecesse. Isaac Rydberg estava caído bem na sua frente, e o agente Cyril Du Toit mantinha a arma apontada para uma mulher velha com uniforme de doméstica.

— Não atire — ele ordenou, pegando a arma do chão. Forçando as pernas, levantou, usando a parede como apoio. — Sabe para onde foram Jerry Laplace e Louis Kepler? — perguntou para a mulher.

A coitada tremia de medo.

— Saíram há algum tempo, mas não sei aonde foram.

Linné deu uma olhada rápida na sala e recolheu a carteira de couro deixada perto da parede. Antes de continuar a conversa, abriu e conferiu se a fotografia estava no lugar. Suspirou ao vê-la dobrada na repartição de sempre.

— Você já ouviu falar dos sinais? — fez outra pergunta.

A mulher engoliu em seco, sem imaginar que aquela resposta poderia salvar sua vida.

— Escutei o doutor falando algumas vezes, mas não acredito. Na Bíblia está escrito que Deus não...

Linné ergueu o braço e atirou nela, bem no meio dos olhos.

O agente Du Toit o encarou, arqueando as sobrancelhas.

— Encontre o lugar onde estão as fitas com as gravações das câmeras de segurança e destrua tudo. — Linné se aproximou da janela. — Não vamos deixar rastros.

Disposto a esperar até que Kepler e Jerry retornassem, ele sentou na poltrona, observando os dois caídos no chão. A governanta estava imóvel, e o doutor ainda respirava devagar e com dificuldade. Linné ficou sentado cerca de trinta segundos e levantou apressado quando começou a ouvir o som de sirenes, mais altas a cada instante.

— Os desgraçados ligaram para a polícia! — ele gritou, colocando metade do corpo para dentro do corredor por onde Cyril tinha entrado.

Cyril saltou de um dos quartos.

— Não encontrei — falou.

— Que merda! — Linné praguejou, indo até a janela. As luzes giratórias podiam ser vistas chegando pela avenida.

— Precisamos eliminar as gravações. — Era a primeira vez em todo o processo que Cyril demonstrava nervosismo.

— Não vai dar tempo. — Linné apontou para a porta da cozinha. — Se os policiais descobrirem as fitas, darei um jeito depois. Agora vamos sumir daqui.

Quando saíram pelos fundos, uma viatura tinha estacionado perto do portão. Sem tempo a perder, o agente Du Toit saltou para o alto do muro, da mesma forma de quando invadira a casa, e estendeu o braço, puxando Carl, que rolou pelo terreno baldio do outro lado.

Descontente com a necessidade de fugir para não causar um desconforto diplomático entre países, Linné não saiu da mansão completamente insatisfeito. Isaac Rydberg estava morto. Agora ele só precisava recuperar o sinal e dar fim nos demais envolvidos.

37

23 DE AGOSTO DE 1977 - 10H26

Jerry se inclinou, colocando as mãos no painel do antigo Chevrolet Bel Air ao ver quatro carros de polícia e duas ambulâncias estacionados na frente da mansão. Um nervosismo extremo tomou conta de seu corpo. Quando Isabela estacionou, do outro lado da rua, ambos saltaram e correram para o portão, onde policiais faziam o isolamento do local.

— O que aconteceu? — Jerry perguntou, segurando as grades. À direita, atrás da árvore, um perito criminal tirava fotos, apontando a câmera para o chão.

— Não estou autorizado a fornecer informações — o policial falou, sacudindo as mãos e impedindo que entrassem.

— Somos da família — Isabela exclamou.

O policial então olhou para o jardim, onde estava outro homem fardado, fazendo anotações num bloco de papel.

— Ei, chefe! — ele se virou e chamou alto. — Esses dois aqui dizem que são da família.

O homem robusto, mas de baixa estatura, fez mais alguns rabiscos no papel e se aproximou devagar.

— Deixe que entrem — ordenou.

O primeiro a entrar no jardim foi Jerry. De pronto, olhou atrás da árvore e viu o corpo do segurança irlandês encostado ao caule, com as roupas manchadas de sangue. Caído ao lado, morto e com o rosto contra o chão, estava o negro de cabelos crespos.

— Nunca vimos um crime assim nessa região da cidade — o homem se pronunciou ao ver o rosto pasmo dos familiares. — É um bairro seguro.

Isso parece coisa de profissional — continuou e se apresentou: — Sou o chefe de polícia.

Jerry estendeu a mão para cumprimentá-lo e virou o pescoço observando Isabela, que olhava para a câmera danificada, instalada no alto do muro.

— Vamos precisar das gravações — o policial pediu.

— Os aparelhos ficam escondidos no último quarto do corredor. — Isabela voltou para perto deles. — Vou providenciar as fitas para lhe entregar.

O policial agradeceu.

Atento aos movimentos, Jerry estava curioso para seguir em frente e entrar na casa. Sabia que Isaac também tinha sido uma das vítimas do invasor, mas mesmo assim olhou para o jardim dos fundos à sua procura. Seu coração acelerou. Lá atrás, um paramédico empurrava a maca pelo caminho ladrilhado, conduzindo um corpo até a ambulância estacionada próxima da garagem.

— São quantas vítimas? — ele perguntou, exibindo uma expressão ansiosa.

Isabela colocou a mão no rosto, segurando o choro.

— Quatro — o chefe de polícia respondeu.

Jerry soltou uma porção de ar por entre os lábios, numa espécie de suspiro desolado.

— A senhora está bem? — o policial perguntou, ao ver que Isabela tinha lágrimas nos olhos.

— Estou — ela respondeu, contraindo os lábios. — Podemos entrar na mansão? — indagou após um momento.

O chefe de polícia virou o corpo e olhou para trás.

— Tudo bem. Vamos lá.

UMA HORA E MEIA DEPOIS

A casa tinha sido revistada. Os investigadores começaram pela cozinha e seguiram por todos os cômodos, observando possíveis marcas e tirando medidas com fitas métricas em busca de qualquer evidência.

O corpo de Isaac Rydberg foi o último a ser removido da cena do crime. Jerry estava dentro da mansão, apoiado na mesa da cozinha, com os braços cruzados, quando a maca com o corpo de "tio John" foi levada para fora. Com olhar distante, fixado nas lajotas do chão, ele inclinou a cabeça para ouvir a conversa de Isabela e Kepler com o chefe de polícia, na sala de estar.

— Se lembrarem de algum detalhe, façam contato — o policial dizia. — Inimigos, credores, intrigas. Não deixem de avisar.

— Faremos isso — a voz de Kepler soou, raivosa.

Quando o chefe de polícia terminou com as perguntas e apareceu no vão da porta colocando o bloco de notas no bolso, os olhos de Jerry se ergueram. O policial segurava na mão uma fita VHS, com as gravações das câmeras de segurança.

— Sinto muito pela perda — prestou condolências. — Faremos o possível para pegar o responsável.

Isabela limpou os olhos.

Quando o policial saiu pelos fundos, sumindo com a última viatura, Jerry caminhou para a sala, se aproximando de Isabela, que estava em pé ao lado da janela.

— De alguma forma Carl Linné nos encontrou. — Kepler encheu um copo de conhaque, bebendo tudo de uma vez. Seu rosto se ruborizou, e ele engasgou um pouco.

— Temos de pegar as fitas de gravação originais e sair daqui antes que Linné volte ou que o chefe da polícia descubra que foi enganado — Isabela propôs.

Jerry franziu a testa e a encarou.

— Não entreguei as fitas verdadeiras. — Ela lhe devolveu um olhar oblíquo. — Há gravações em áudio e vídeo de várias semanas nessas fitas. Se elas parassem nas mãos da polícia local, Carl Linné não demoraria em usar seu poder como federal para conseguir cópias, descobrindo tudo o que planejamos.

Houve um momento de silêncio.

— A mulher nos Estados Unidos descobriu um jeito de enviar a folha e o disquete? — Kepler perguntou.

Isabela assentiu com a cabeça.

— Está a caminho — confirmou. — Antes disso, nos enviou uma cópia por fax. Peguei agora mesmo no centro.

— Certo. Então vamos seguir com o plano — Kepler continuou. — O avião bimotor está no aeroporto. Quando terminarmos aqui, vamos para Bandiagara, para a caverna dos dogons.

Isabela concordou.

Respirando longa e profundamente, Jerry sentou no sofá. Kepler bebeu mais um gole de conhaque antes de largar o copo e entrar na última porta do corredor. Barulhos de portas e gavetas sendo abertas e fechadas foram ouvidos na sala. Não demorou muito para que ele voltasse trazendo consigo uma fita VHS, que foi colocada dentro do videocassete embaixo da televisão.

Jerry se manteve calado, com expressão angustiada, quando as imagens apareceram na TV, divididas em seis quadrantes. Quatro deles mostravam as câmeras da mansão, e os outros, as do jardim. No alto da tela também havia um cronômetro, com números brancos que marcavam a hora da gravação. O horário mostrava que as primeiras filmagens ainda eram da madrugada, quando apenas as fracas lâmpadas esverdeadas sob as árvores iluminavam o jardim.

— Avance para de manhã — Isabela gesticulou.

Kepler obedeceu.

O cronômetro no alto da tela agora marcava 9h26. O exato momento em que a câmera instalada da cozinha filmara a entrada de Linné na mansão.

— Desgraçado. — Kepler apertou os punhos com tanta força que seus dedos estalaram.

Os minutos seguintes foram silenciosos enquanto assistiam às imagens do que se passara. Kepler quase colou o rosto na tela ao ver o instante em que Isaac tirara algo da carteira de Linné e anotara no braço o que estava ali.

— É a fotografia? — Jerry também se aproximou.

Kepler rebobinou e pausou.

Até Isabela levantou e se ajoelhou diante da TV, forçando os olhos para identificar o que era aquilo. A imagem estava um tanto desfocada, mas não era necessário mais qualidade para que entendessem o que o doutor estava fazendo.

— Ele desenhou o segundo sinal no braço — Kepler confirmou, soltando a imagem.

A reação de Jerry foi um silêncio de gelar o sangue.

— Você acha que Linné sabe disso? — Isabela perguntou.

Jerry deu de ombros e apontou o dedo para a tela, que mostrava o que acontecera nos minutos seguintes.

— Conhece esse homem? — Isabela voltou a perguntar quando observou o homem negro atirando no doutor.

Kepler fez que não.

— Talvez seja um agente da embaixada — Jerry palpitou, sem tirar os olhos da televisão. Naquele momento, Linné fugia pelos fundos depois de atirar na governanta.

Havia uma nuvem de dúvidas pairando no ar. Pelo que viram na gravação, ficou evidente que Linné não havia percebido a ação de Isaac. Contudo, seria necessário chegar ao corpo antes que as marcas fossem descobertas pelos legistas.

— Mudança de planos — Kepler falou. — A caverna dogon vai ter que esperar. Nossa prioridade agora é outra.

38

**EMBAIXADA DOS ESTADOS UNIDOS
BAMAKO, MALI
23 DE AGOSTO DE 1977 - 12H18**

A temperatura daquela tarde em Bamako estava acima de qualquer outra registrada naquele mês. Havia um ventilador de teto, com hélices de madeira, girando a toda a velocidade bem no centro da sala de reuniões. Não era o suficiente. Carl Linné estava sentado, com os cotovelos sobre a mesa e as mãos no rosto. Sua cabeça continuava dolorida pela pancada que tinha levado na mansão, e o curativo que envolvia o braço baleado tinha passado do ponto de ser trocado. Envolto em pensamentos, nem percebeu alguém entrar.

— A polícia conseguiu as fitas — o agente Cyril Du Toit revelou. — Não há nenhuma imagem gravada. Parece que as câmeras não estavam funcionando.

Sua expressão corporal não demonstrou, mas aquela notícia havia retirado um peso dos ombros de Linné. Não ter que se infiltrar nos arquivos policiais para eliminar provas de sua participação no crime era algo a menos com que se preocupar.

— Pode me contar onde conseguiu essa informação? — Ele se apoiou na cadeira estofada.

— Tenho amigos em algumas repartições públicas da cidade — Cyril gabou-se.

— Hum... — Carl murmurou. — E sua fonte comentou se os policiais continuam na mansão?

— O chefe de polícia deixou o local há cerca de trinta minutos — Cyril revelou.

Linné ficou calado, com olhar fixo num ponto aleatório da parede. Depois levantou e empurrou o assento da cadeira para baixo da mesa.

— Pegue o carro e me espere nos fundos — ordenou.

Cyril não se conteve.

— Acha que as pessoas que procura vão estar lá?

— Não — Linné respondeu. — Mas Isaac Rydberg era cuidadoso demais para deixar que as câmeras de sua fortaleza parassem de funcionar. Vamos dar mais uma olhada.

Em poucos minutos, o Mercedes estava parado no estacionamento dos fundos, bem próximo da porta. Linné deixou a sala de reuniões para trás e caminhou pelo corredor até passar pela recepção, cumprimentando a jovem mulher que atendia os telefonemas e os visitantes que a embaixada recebia diariamente. Quando embarcou no veículo, fez sinal para que Cyril acelerasse.

O prédio da embaixada não ficava muito distante do endereço da mansão, e, contando com o trânsito pouco movimentado, eles não demoraram a chegar. Seguindo as ordens, Cyril reduziu a velocidade quando passaram em frente ao terreno.

— Estacione no final da rua — Linné falou, olhando para o jardim.

Foi ele quem desceu do carro e atravessou a rua para olhar o jardim mais de perto. Espiando pelo portão fechado, isolado com uma fita plástica de duas cores, viu apenas marcas de pneus no trilho ladrilhado e algumas pegadas no gramado.

— Vamos entrar? — o agente Du Toit perguntou ao se aproximar.

Carl concordou.

Após a confirmação, contornaram pelo terreno vizinho e se dirigiram aos fundos, saltando o muro. No jardim, Linné não deu sequer um passo antes de pegar a arma e conferir os arredores. Cyril também estava atento, esquadrinhando o lugar, fazendo uma avaliação. Tudo estava vazio, apenas o cantar dos pássaros nas copas das árvores podia ser ouvido.

— Confira a porta — Linné ordenou.

Cyril avançou, atravessando o jardim dos fundos. Carl veio atras, dando cobertura para o agente, que girou a maçaneta e percebeu que a porta estava trancada.

O som de um estilhaço de vidros se espalhou pelo jardim quando Carl bateu com a coronha da pistola no vidro retangular próximo à fechadura. Depois disso, ambos recuaram e apontaram as armas, esperando que alguém estivesse lá dentro. Ficaram parados, em silêncio, por meio minuto.

— Vou na frente — Linné se ofereceu.

A cozinha estava intacta. Os itens dispostos sobre a mesa não tinham sido mexidos pelos investigadores. Sem interesse naquele cômodo, avançaram para a sala de estar, com passos lentos e calculados. Lá havia marcas brancas no chão, desenhando os locais onde os corpos tinham sido encontrados.

— Verifique os quartos — Linné deu outra ordem, ao averiguar que a sala estava segura. Respirou fundo, olhando para as manchas de sangue no tapete.

Cyril seguiu, sorrateiro, abrindo todas as portas. Foi no último quarto do corredor que encontrou o que procuravam.

— Venha dar uma olhada nisso — chamou.

Linné se voltou.

Aquele era o quarto de Isaac Rydberg, o que ficou claro pela quantidade de livros científicos acomodados numa prateleira de madeira perto da cama. Porém o que interessava eram os aparatos de gravação sobre a escrivaninha. O estranho é que não havia nenhuma fita à vista, nem mesmo dentro do aparelho de gravação.

— Quantas fitas os policiais levaram? — Linné quis saber.

— Apenas uma — Cyril respondeu, se lembrando do que sua fonte na polícia havia dito.

— Tudo bem. — Linné percorreu com o olhar o resto do quarto. — Deve haver mais, escondidas em algum lugar.

Cyril nem esperou receber outra ordem e começou a procurar nas gavetas da escrivaninha e dos criados-mudos. Não encontrou nada relevante. Apenas objetos de uso cotidiano e ainda mais livros. Abriu a porta do enorme guarda-roupa e esticou os braços, passando-os atrás das camisas e calças penduradas em cabides.

— Tem alguma coisa aqui — ele falou, tirando as roupas e colocando na cama. Havia uma fresta de quase um centímetro na lateral das tábuas de fundo. — Veja.

Carl deixou para trás as gavetas que remexia e se aproximou, empurrando as tábuas. Aquilo era um fundo falso que dava acesso a uma sala secreta, de mais ou menos quatro metros quadrados. Abaixando a cabeça, precisou dar um passo para o lado para que a luz que vinha de fora iluminasse o ambiente escuro. Enfim havia encontrado as fitas de vídeo que estava procurando. Havia dezenas jogadas no chão, na frente de uma prateleira de metal. Todas estraçalhadas e picotadas. Alguém tinha garantido que elas jamais fossem vistas. Pensativo, deu um chute no emaranhado de fitas magnéticas antes de se virar e caminhar de volta para a sala.

— Vamos embora daqui — disse a Cyril quando estavam na metade do corredor, furioso por não ter encontrado nada de útil naquela visita arriscada.

Cyril estava entrando na cozinha quando Carl passou diante da televisão. Algo tremeluziu em seus olhos insondáveis, e ele interrompeu as passadas ao perceber um aparelho de videocassete sob a TV. *Não seriam tão estúpidos*, imaginou.

Evitando suposições, plugou os cabos de energia na tomada, e duas luzes esverdeadas se acenderam nos aparelhos. Apertou um botão, que expeliu uma fita, revelando que havia algo lá dentro. Agora com mais pressa, empurrou-a de volta e apertou play. Suas sobrancelhas franziram logo que a primeira gravação surgiu na tela.

39

NECROTÉRIO MUNICIPAL DE BAMAKO
BAMAKO, MALI
23 DE AGOSTO DE 1977 - 13H02

A placa pendurada na porta do necrotério trazia a informação de que o local só abria para atendimento ao público à uma hora da tarde. Passavam apenas dois minutos do horário estipulado e Kepler estava impaciente, tamborilando com os dedos no volante do Cadillac. Ao lado, Isabela olhava para fora com expressão entristecida. Jerry estava atrás, com olhos atentos nos pedestres.

Estacionados a uma distância segura, Kepler comemorou quando uma mulher de meia-idade abriu a porta do lugar e a calçou com uma pedra, para que o vento não fechasse.

— Assuma a direção e deixe o motor ligado — ele falou para Isabela.

A rua onde ficava o necrotério não era tão movimentada quanto as principais avenidas de Bamako, mas naquela tarde de terça-feira havia muitas pessoas caminhando pelas calçadas, a maioria seguindo para o trabalho. Kepler e Jerry precisaram apressar o passo para conseguir atravessar no intervalo de cruzamento entre os carros que trafegavam. Ao chegar ao outro lado, adentraram o necrotério.

— *Bonjour* — Jerry tentou ser simpático ao cumprimentar a mulher que estava na recepção.

— *Bonjour* — o tom de voz dela não soou agradável.

Kepler pensou em assumir a conversa, mas Jerry foi mais rápido, mudando a forma de abordagem.

— Quais as chances de vermos um dos corpos que deram entrada hoje de manhã, vítimas de assassinato? — perguntou.

A mulher ergueu o rosto e o fitou com desconfiança.

— Nenhum dos corpos foi liberado ainda — respondeu. — Ninguém poderá vê-los antes da chegada do legista.

— Mesmo que um deles seja meu parente?

— Querido, você poderia dizer que é a alma do próprio finado e mesmo assim não poderia entrar — a mulher bufou.

Jerry não tinha convencido, mas isso era uma coisa que Kepler esperava. Controlando-se para não precisar colocar seu instinto psicótico em prática, ele se debruçou sobre o balcão e encarou a mulher, olhando-a com atenção. O rosto dela refletia um tom rosado de maquiagem num rosto muito pálido, bem diferente do que se costumava ver naquele país. O uso exagerado de sombra fazia os olhos parecerem maiores do que eram, e o batom, de cor chamativa, mostrava que ela gostava de ser percebida, mesmo naquele lugar pouco propício para tanto enfeite.

— Há quanto tempo trabalha aqui? — Kepler indagou.

— Pouco mais de um ano. — A mulher jogou o corpo para trás, fazendo a cadeira reclinável ranger.

Kepler sorriu discretamente e colocou a mão no bolso, pegando uma nota de dez dólares da carteira.

— Dinheiro americano — ele falou, pondo a nota no balcão. — Só queremos ver o corpo. Cinco minutos.

Os olhos da mulher cresceram.

— O legista chega em alguns minutos. — Ela colocou os dedos, com unhas pintadas de vermelho, sobre o dinheiro e o guardou na bolsa. — É melhor se apressarem.

Kepler olhou para Jerry e os dois foram até a porta lateral, que tinha um adesivo anunciando: "Exclusivo para funcionários". Antes de entrar, ainda ouviram outra instrução da recepcionista:

— A porta dos fundos abre por dentro. Saiam por lá.

O cheiro penetrante de produtos químicos adentrou as narinas dos dois logo que puseram os pés para dentro da porta. Jerry até colocou a mão no nariz, prendendo a respiração, mas, ao perceber que ficaria sem ar antes que o cheiro melhorasse, soltou.

Havia meia dúzia de jalecos brancos em ganchos na parede do corredor. Mais ao lado, uma caixa de luvas descartáveis, máscaras e óculos cirúrgicos colocados numa bancada. Sendo itens desnecessários para o que iriam fazer, passaram reto, mirando a porta grande em frente. Kepler ainda deu uma olhada por sobre o ombro antes de entrar naquela sala ampla e muito limpa, onde o cheiro desagradável ficou mais evidente.

Quatro bancadas metálicas estavam espalhadas pela sala. Em cima de uma, com os pés aparecendo, estava um corpo coberto por um lençol azulado. Embora o ambiente fosse um tanto aterrador, Kepler não se sentiu nem um pouco desconfortável em caminhar até lá a fim de descobrir a identidade do defunto. Ergueu o lençol. Era o segurança irlandês, nu e com dois buracos no peito. Cobriu-o de novo.

— Fique na porta e me avise se o legista chegar — falou, percebendo o desconforto de Jerry com a situação.

Nos fundos, próximas da outra porta de saída, ficavam inúmeras gavetas onde os corpos eram mantidos refrigerados. Sem que estivessem identificadas, ele precisou abri-las para poder encontrar o doutor. A primeira estava vazia.

— Kepler! — Jerry chamou, afoito. — Estou ouvindo conversas na recepção.

Kepler fechou a gaveta com sutileza e se virou.

Sabendo que o tempo estava se esgotando, abriu a segunda gaveta. Ao identificar Isaac, o puxou para fora até a metade e ergueu a manga da camisa para ver o que estava escrito no antebraço.

— Mas o que é isso? — sussurrou, vendo o desenho de pontos sobrepostos a traços, uma sequência muito difícil de ser decorada. — Que merda — resmungou, recuando, à procura de uma caneta.

Não havia canetas por perto, apenas materiais cirúrgicos.

— Só pode ser brincadeira. — Meneou a cabeça, olhando para os lados. Ouviu um barulho alto de porta sendo fechada.

Jerry a trancava por dentro.

— Linné está no corredor — Jerry alertou, segurando a porta, como se aquilo fosse atrasar o federal. — Acho que ele me viu.

Kepler sacou a arma e se aproximou. A fechadura estava sendo forçada por fora, e não demorou para que as pancadas começassem. Ele chegou a disparar uma vez, abrindo um buraco pequeno na porta, mas isso não impediu que voltassem a chutar depois de poucos segundos.

— Pegue o bisturi e corte a pele onde está o sinal. — Kepler apontou para a bancada e para o corpo. — Pegue logo! — gritou, ao perceber a inércia de Jerry.

...

Jerry estava com o estômago embrulhado. *Não vou fazer isso*, foi a primeira coisa que pensou.

O braço de Isaac estava tão gelado que ele mal conseguiu encostar a lâmina do bisturi antes de começar a sentir náuseas. Fechando os olhos, respirou fundo, tentando ficar mais tranquilo. Antes não tivesse feito aquilo. O cheiro desagradável encheu seus pulmões, piorando ainda mais a situação. Gotas de suor lhe escorriam pela testa. Suas mãos estavam tão pegajosas que ficou difícil segurar o bisturi com firmeza. *Vamos lá*, encorajou a si próprio. Virou o rosto e olhou para Kepler, que escorava a porta com o pé.

A ponta da lâmina furou a pele morta de Isaac, fazendo com que um pouco de sangue saísse. Ao perceber que pressionava com muita força, aliviou a pressão e continuou cortando a área da epiderme desenhada a caneta, com uns seis centímetros de comprimento por dois de largura. Estava quase no fim quando sua concentração foi interrompida pelo ruído alto de mais pancadas.

— Vamos logo! — Kepler gritou. — Não vou aguentar!

Jerry voltou ao trabalho. Quando terminou de contornar a forma de um retângulo, puxou a pele para cima com o dedo, passando o bisturi embaixo para que desgrudasse da carne. Aquela era uma cena desagradável de ver. O embrulho no estômago ficou ainda pior quando terminou.

— Consegui — falou, muito pálido.

Correu para a porta dos fundos, abriu-a e ficou parado, esperando por Kepler. Quando estavam prestes a sair, *Bum*, a porta grande da entrada se abriu e bateu na parede com um estrondo. Jerry olhou para trás e viu Linné com a arma apontada. Atônito, acelerou o passo e só sentiu uma bala passar raspando por sua orelha e acertar o muro de tijolos do lado de fora.

40

EMBAIXADA DOS ESTADOS UNIDOS
BAMAKO, MALI
23 DE AGOSTO DE 1977 - 15H28

Nem o ventilador de teto na sala de reuniões da embaixada amenizava o calor de quarenta e dois graus. Gotas de suor escorriam pela testa de Linné enquanto conversava ao telefone com Dyson Freeman, seu último amigo no alto escalão da NSA.

— Carl, você não está entendendo. — Freeman baixou a voz. — Não importa se pegou Rydberg. Você está sozinho nessa.

As coisas estavam ficando complicadas.

— O governo quer que eu termine o serviço e não envia agentes quando solicito? — Ele estava nervoso. — Querem que eu resolva o problema ou não?

Dyson respirou fundo do outro lado da linha.

— Carl, o diretor está cogitando enviar outra pessoa a Bamako para terminar o que você começou — contou. — Parece que até entrou em contato com um dos tiranossauros.*

Recostando-se na cadeira, Linné olhou para o ventilador, que girava na velocidade máxima.

— Me consiga mais dois dias e todos estarão mortos.

— Estou fazendo o melhor que posso — Freeman disse. — Alguma novidade sobre os sinais?

---

* Funcionários mais antigos da NSA.

Carl engoliu a seco, sabendo que, se alguém da NSA descobrisse que tinha entregue de bandeja o segundo sinal, seus dias em Bamako estariam contados. E esse seria só o começo das punições administrativas.

— Descobri que o primeiro sinal recebido está numa caverna na aldeia dos dogons. Isso explica porque não encontramos nada naquele mausoléu chinês em que procuramos dois anos atrás — contou. — O local onde essa tribo vive não fica longe da capital. — Esperava que Dyson Freeman aliviasse as coisas para seu lado, depois de revelar a novidade.

— Isso é bom — Freeman murmurou. — Para o seu próprio bem, é melhor que apareça logo com mais novidades. As coisas não estão nada boas aqui na agência. Você está sem tempo — disse e fez uma pausa. — Tenho que desligar.

23 DE AGOSTO DE 1977 - 19H23

Era noite, e as águas trêmulas do rio Níger brilhavam, iluminadas pelas luzes das construções próximas a seu leito. Carl Linné e Cyril Du Toit estavam jantando num restaurante, sentados próximos do parapeito, em um deque de madeira que tinha uma bela vista para o rio. No ambiente interno, ao lado do balcão de pedras, um músico tocava uma kora, instrumento típico de países africanos.

Punindo-se por ter entregue o segundo sinal para a Irmandade, Linné, que não tirava os olhos do rio, mastigava devagar uma panqueca com recheio estranho, que no cardápio aparecia com o nome *injera*. Ao lado do prato, uma garrafa de vinho ajudava a comida a descer.

— Ainda pensando no necrotério? — Cyril perguntou, notando seu olhar distante.

Linné assentiu com a cabeça e abriu o primeiro botão da camisa quando sentiu soprar um vento morno.

— Você é americano, Cyril? — perguntou.

— Não. Sou nascido no Mali — Cyril respondeu. Apesar de falar muito bem a língua inglesa, no final de cada palavra que dizia se podia perceber um resquício de sotaque francês.

— Como conseguiu se tornar agente da embaixada americana? — Linné emendou.

Cyril tomou um gole de vinho.

— Sou um ex-militar do exército do Mali que serviu bem o país durante a rebelião que tivemos em 1962 — explicou. — Quando fui dispensado, recebi o convite da embaixada e não pude deixar de aceitar.

Linné não ficou surpreso ao saber que o agente era ex-militar. Tinha cogitado essa hipótese depois de vê-lo em ação na mansão e no necrotério.

Houve um momento de silêncio.

— Conseguiu convencer seus superiores a enviarem mais agentes? — Cyril indagou pouco depois.

— Acha que precisamos de mais homens?

— Depende do plano que pretende colocar em prática para capturar aquelas pessoas.

— Aquelas pessoas são Louis Kepler, Jerry Laplace e Isabela Rydberg — Linné revelou.

Cyril escutou com atenção.

— Hum — ele murmurou. — E toda essa caçada se resume a impedir que encontrem os sinais?

— Que sinais? — Linné tentou despistar.

— Esqueceu que eu também assisti à fita com as gravações da mansão? — Cyril pegou a garrafa e encheu as taças. — E, além disso, muitos moradores do Mali conhecem as lendas dogons.

— Podem conhecer a lenda — Linné bebeu um gole de vinho, imaginando que Cyril seria mais útil se soubesse o que estavam ali para fazer —, mas duvido que acreditem que os sinais são reais.

Então contou tudo o que achou que Cyril deveria saber.

O agente Du Toit chegou a levantar as sobrancelhas quando foram revelados os detalhes dos planos da Irmandade.

— Quer dizer que governo e Irmandade estão com dois sinais cada — Cyril começou a raciocinar quando terminou de ouvir. — Mas o governo tem um sinal que eles não têm, e eles têm outro que o governo não tem. Parece confuso.

Linné concordou com um gesto.

— E ainda há outro que nunca foi encontrado? — Cyril fez uma careta.

— Aquele que Isaac Rydberg descobriu estar numa caverna em Bandiagara?

Linné concordou de novo.

O artista no palco começou a tocar outra música.

— Antes, você me perguntou se precisamos de mais agentes. — Cyril não parou de falar nem quando pôs o garfo na boca. — Sim. Vamos precisar.

Outra rajada de vento morno soprou com força, levantando a toalha rendada da mesa.

— Não teremos mais ajuda do governo — disse Linné. — Para falar a verdade, vão me tirar do caso se eu não enviar nada convincente antes de encontrarem um substituto.

Cyril olhou para o rio.

— Se chegarmos a entrar na caverna, você conseguiria identificar qual das pinturas é o sinal?

— Eu poderia tentar — Carl respondeu. — Havia alguém que identificava e decifrava os sinais para o governo, mas foi morto alguns dias atrás.

— Então desta vez vamos fazer do meu jeito. — O agente Du Toit o encarou.

— Prossiga. — Carl queria ouvir o que ele tinha a dizer.

— Se eu tivesse que apostar, diria que aqueles três vão levar os sinais para onde forem — Cyril palpitou. — Como ficou claro na gravação que o próximo passo deles é a caverna em Bandiagara, acho que devemos deixar que façam isso.

— E? — Linné estava com as sobrancelhas erguidas.

— E, quando estiverem com todos os sinais, nós os pegamos. — Cyril sorriu. Seus dentes estavam roxos de vinho.

Linné coçou o queixo e se inclinou sobre a mesa.

— Posso saber como pensa que vamos pegá-los quando estiverem com todos os sinais? — perguntou.

Cyril engoliu o restante de comida que tinha na boca.

— Infiltramos alguém no grupo deles — respondeu.

Aquela pareceu uma ótima ideia.

— Conheço alguém perfeito para isso. — Linné pousou o garfo sobre a mesa e empurrou o prato.

41

COMUNA RURAL DE TIÈNFALA, MALI
23 DE AGOSTO DE 1977 — 22H40

Louis Kepler estava na varanda, olhando o interior da cabana enquanto Isabela e Jerry quebravam a cabeça para tentar entender o significado dos dois sinais que tinham conseguido. Um deles, aquele recebido pelos maias, que Rydberg tinha encontrado na carteira de Carl Linné, era tão estranho que por um momento chegaram a cogitar a hipótese de que o doutor houvesse cometido um engano quando marcara no próprio braço aquelas sequências de pontos e traços seguidos por desenhos malfeitos.

A cabana de madeira em que estavam ficava a alguns quilômetros do centro de Bamako, numa região pantanosa às margens do rio Níger. A construção lembrava muito as cabanas de caça das regiões montanhosas dos Estados Unidos. Naquela propriedade, que também pertencia a Isaac Rydberg, o canto dos grilos e das cigarras predominava sobre qualquer outro som natural que eventualmente fosse ouvido. Foi ali que decidiram se esconder após o endereço da mansão ser descoberto pelos federais.

— Precisamos ir a uma biblioteca se quisermos decifrar esses desenhos. — Isabela esfregou os olhos cansados e empurrou a cadeira para trás, fazendo a madeira do chão ranger.

— Será difícil encontrar informações sobre os maias aqui em Bamako. — Jerry ajeitava os óculos, como se quisesse ajustar o foco da visão. — Talvez num daqueles livros na mansão...

Isabela baixou os olhos.

— Não acho boa ideia voltarmos lá.

Kepler só observava. Tinha sido ele que transcrevera numa folha de papel o que estava escrito no pedaço de pele, que depois enterrara. Acomodado na cadeira almofadada, alongou o pescoço antes de levantar e se apoiar na grade da sacada, olhando para as árvores raquíticas que se sobressaíam da vegetação rasteira que margeava o leito d'água.

— É melhor pararem por hoje — ele falou. — Partiremos para Bandiagara logo que o sol nascer — completou e caminhou para uma prateleira com diversas garrafas de bebida que ficava próxima à geladeira.

Não foi preciso escolher muito; tirou a tampa de uma garrafa de uísque Bell's e o serviu num copo.

— Vai pilotar o bimotor amanhã? — Isabela indagou, ao vê-lo encher o copo.

Kepler assentiu com um gesto.

— Não acha que também deveria parar por hoje?

Ele a ignorou.

Voltando para a varanda, esticou as pernas e fechou os olhos, apreciando o agradável aroma da natureza. Nem o estridente som das cigarras o incomodava.

Outro som estridente veio de dentro da cabana.

Kepler aguçou os ouvidos.

— Jamais imaginei que esse telefone funcionasse. — Isabela parou ao lado do aparelho antigo.

Kepler se aproximou.

— Essa é a mesma linha da mansão — falou.

— Mas isso é possível? — Jerry duvidou.

— Tudo é possível com dinheiro — Kepler disse. — Fiquem em silêncio. — Tirou o fone do gancho e o levou à orelha.

Alguém respirou no outro lado da linha.

— Alô — a pessoa falou.

— Quem fala? — Kepler perguntou.

— Sou o professor Thomas Gill — o homem se apresentou. — Acabei de receber a notícia de que Isaac foi morto.

Kepler enrugou a testa ao ouvir aquele nome. Thomas Gill era um antigo membro africano da Irmandade, que fora declarado morto por afogamento em junho de 1968, durante uma pescaria num lago da Tanzânia. Seu corpo nunca foi encontrado.

— Você não é quem está dizendo ser. Thomas Gill foi assassinado em outubro de 1968 — Kepler blefou.

O homem fez um barulho estranho no telefone, semelhante ao de alguém tentando limpar os dentes, puxando ar entre eles.

— Errado, meu caro. Fui declarado morto por afogamento em junho de 1968 — ele corrigiu. — Contudo, apesar das buscas, nunca encontraram meu corpo. — Fez uma pausa. — Agora você sabe por quê.

Kepler se calou diante da afirmação.

— Diga-me que a notícia de que Isaac foi assassinado é apenas um boato — Thomas continuou.

Pensativo, Kepler voltou a se concentrar na conversa.

— Não são boatos. Isaac está morto.

— Que Deus tenha misericórdia — a voz do professor soou aborrecida. — É com o jovem americano que estou falando?

Kepler desviou o olhar para Jerry, que estava em pé ao lado.

— Quem está falando é Louis Kepler, mas o americano está a salvo comigo.

— Graças a Deus! — Thomas exclamou. — Preciso encontrá-los para falar sobre os sinais. Onde estão? Posso chegar à mansão em trinta minutos.

— A mansão não é mais segura. Os federais estão na nossa cola — Kepler explicou. — Estamos escondidos na comuna rural de Safo, cerca de vinte quilômetros ao norte de Bamako. Venha nos encontrar. Estarei te esperando na igreja da comunidade às onze e meia — ele mentiu e olhou para o relógio.

— Ok, estarei lá — disse o professor antes de desligar.

Kepler devolveu o telefone ao gancho.

— Thomas Gill está vivo? — Isabela indagou em seguida.

Ele a encarou, mas não respondeu de imediato.

— É uma possibilidade.

42

23 DE AGOSTO DE 1977 - 23H34

A estrada de terra que separava a comuna de Tiènfala, onde ficava a cabana em que estavam escondidos, da comuna de Safo, local do encontro com o professor Thomas Gill, tinha buracos e desníveis tão grandes que era preciso reduzir a velocidade do Cadillac a cada centena de metros. Sem ter aceitado que ninguém viajasse com ele, Kepler mantinha os olhos atentos na pista, já que não havia nenhuma outra fonte de iluminação além dos faróis do carro.

Continuou por cerca de quinze minutos até que, do alto de uma elevação, percebeu que tinha chegado a um pequeno vilarejo com uns vinte casebres. Aproximando-se mais, viu que alguns deles eram feitos de barro e tinham lamparinas penduradas na entrada. Erguendo um pouco o volume do rádio, que tocava uma música agitada, seguiu em frente até que os casebres ficaram para trás. Não demorou muito para avistar uma igreja abandonada, a uns duzentos metros da estrada. Mais adiante, dobrou para a direita, acessando uma estrada secundária estreita e repleta de capim, que o conduziu até o ponto de encontro.

Respirou fundo quando desceu do carro e caminhou pelo chão arenoso.

— Devia ter escolhido outro lugar — sussurrou, vendo uma cruz entalhada na porta de madeira. — Odeio igrejas.

Havia um vento constante balançando a vegetação rasteira que tomava conta dos arredores da construção. Atento a qualquer movimento, Kepler interrompeu os passos quando avistou uma camionete branca, com faróis acesos, estacionada sob algumas árvores nos fundos. Conferindo a arma na cintura, avançou naquela direção até que encontrou um homem de cabelos grisalhos, encostado no capô da camionete. Pensou em chamá-lo, mas antes olhou os arredores para averiguar se estava seguro.

— Professor Gill? — Kepler chamou.

O homem virou depressa quando ouviu a voz, parecendo ter levado um susto. Iluminado pelos faróis, sua fisionomia ficou evidente. Ele era negro, tinha cabelos grisalhos bem curtos e barriga saliente, ombros largos e rosto arredondado.

— Pelo amor de Deus! — Levou a mão ao peito. — Você quase me mata de susto, rapaz.

Kepler teve uma súbita sensação vertiginosa. O professor gostava mesmo de citar o "Criador" em suas falas.

— Perdoe-me. — Kepler deu outra boa olhada antes de se aproximar. — Pensei que fosse menos distraído. — Estendeu a mão para cumprimentá-lo. A silhueta do homem era totalmente desconhecida, mas isso não lhe causou estranheza. Ele nunca tinha visto o rosto de Thomas Gill.

— Veio sozinho? — Thomas retribuiu o aperto de mão e sorriu ao perceber que o outro não soltava.

— Isso é importante? — Kepler indagou.

O professor ergueu as sobrancelhas e caminhou para perto do tronco de uma acácia, pegando um maço de cigarros do bolso.

— Estão precisando de algum tipo de ajuda? — ele perguntou e colocou um cigarro na boca, oferecendo outro à Kepler, que recusou. — Dinheiro? Proteção? Embora estejamos rastejando, ainda conheço pessoas dispostas a contribuir.

— Não imaginou que talvez precisássemos de ajuda antes? — Kepler foi incisivo.

— Isaac impediu que qualquer um interferisse no que estavam fazendo — Thomas explicou, fazendo uma proteção com a mão para riscar o fósforo. — Foi por isso que só dei as caras agora.

Kepler se afastou da claridade dos faróis, descendo por um declive no terreno que terminava numa cerca de arame farpado.

— O senhor sabe onde estão os sinais? — indagou.

— Isaac me contou que vocês descobriram isso. — O professor afagou o queixo e murmurou, numa voz irônica, soprando fumaça pelo nariz: — O plano agora é procurar o primeiro contato em Bandiagara, na caverna dogon, certo?

Com rosto sério, Kepler se manteve calado. Sua desconfiança ficou tão aparente que o professor entendeu o motivo daquelas perguntas.

— Eu sei o que está pensando, Louis — a voz do professor soou surpresa. — Que eu não sou Thomas Gill, não é mesmo?

Kepler continuou calado, mirando o horizonte escuro até que o pio de uma coruja no alto da torre da igreja fez seus olhos desconfiados mudarem de foco.

— Acho bom que desconfie das pessoas. Esse é o seu trabalho — Thomas falou, descendo até perto da cerca. — Se acha que não sou confiável, ou que não precisam de mim, eu posso desparecer. Sou muito bom nisso.

Fez-se um silêncio.

— Acredita em Deus, professor? — Kepler refletiu por um instante, pensando nas palavras do homem.

Thomas o encarou, baforando fumaça de cigarro para o alto e dando meia-volta, subindo para perto da igreja.

— Quer saber o motivo da pergunta? — Kepler emendou em seguida, percebendo que o tinha espantado.

Thomas parou e olhou para trás.

— Às vezes, Isaac citava o nome de Thomas Gill como o maior descrente que pisou no planeta — Kepler explanou. — E mesmo assim o senhor continua citando Deus e Deus e mais Deus em tudo o que fala.

— As pessoas mudam, Louis — o professor sibilou em voz baixa e começou a subir de novo.

— Não, professor. — Kepler se abaixou para pegar um pedaço de arame farpado no chão. — As pessoas não mudam.

Fingindo estar voltando para a claridade dos faróis, se aproximou do homem pelas costas e enrolou o arame em seu pescoço, apertando com tanta força que as farpas metálicas fizeram rasgos na pele.

— A Terra é uma fazenda — Kepler falou, conforme o sangue escorria por suas mãos.

Com o queixo firme sobre o ombro do professor, ele rangeu os dentes assim que as farpas atingiram a artéria carótida e um jato de sangue veio na direção de seu rosto, fazendo com que sentisse um gosto estranho na boca. Mais alguns segundos apertando e o homem, que até então se debatia, parou de se mexer e sucumbiu à falta de oxigênio e à perda exagerada de sangue. Quando Kepler o soltou, dando um passo para o lado, o corpo desceu rolando pelo declive até se chocar contra o palanque da cerca.

Percebendo as mãos eivadas de sangue, Kepler as limpou na lateral da calça e subiu com dificuldade para perto da igreja. Ele estava com ânsia e precisou se apoiar na camionete quando começou a vomitar, sujando os sapatos. Reestabelecido após dois longos minutos, viu uma porção de galhos secos, caídos a alguns metros, e não demorou em pegá-los para esconder o corpo.

Descendo o declive com cuidado, se abaixou no meio do caminho ao encontrar o cigarro ainda aceso, que o professor tinha deixado cair ao ser atacado. Pegou-o do chão, jogou os galhos sobre o corpo ensanguentado e sentou, encostado no palanque, para terminar de fumar.

43

24 DE AGOSTO DE 1977 - 8H07

Era manhã, e o céu estava repleto de nuvens escuras que se aproximavam, empurradas pelo vento. Havia um cheiro agradável de chuva no ar, e a temperatura amena prenunciava tempestade. Olhando o rio pela janela da cabana, Jerry deu meia-volta e foi ao quarto de Isabela para apressá-la.

— Vamos logo com isso — ele falou, parado na soleira da porta. — O Kepler está esperando no carro.

— Ele que espere. — Isabela se mostrou um pouco nervosa. — Saiu ontem e só voltou agora há pouco, vestindo roupas diferentes e sem falar o que aconteceu com Thomas Gill.

Ouviu-se um buzinaço fora da cabana.

— Também achei estranho — Jerry comentou. — Vou sair e dizer que está quase pronta. — E se dirigiu ao pátio.

A ventania ficou mais intensa naquele instante, levantando uma nuvem de poeira que veio na direção de Jerry. Ele levou a mão à frente dos olhos. Raios iluminavam o horizonte.

— Ela está quase! — gritou, ao observar a fisionomia de Kepler dentro do carro. O barulho do vento era quase mais alto do que sua voz.

A cada segundo, o céu ficava mais escuro. Aquilo que estava se formando era uma tempestade tenebrosa, que Jerry nunca tinha visto igual. Não demorou para que a primeira gota de chuva lhe acertasse a cabeça. Trocando olhares entre a cabana e o carro, preferiu correr e entrar pela porta de trás do Cadillac. Havia uma música mal sintonizada no rádio, em volume bem baixo, mas Kepler girou o botão, erguendo todo o som, quando o locutor começou a falar.

— *Meteorologistas dizem que esta será a maior tempestade dos últimos anos* — era o que informava o locutor da rádio local.

A preocupação no rosto de Kepler ficou evidente.

— Que merda — ele bufou e voltou a buzinar. — Essa mulher deve estar de brincadeira.

Jerry balançou a cabeça sem saber o que dizer. Alguns segundos se passaram até que por fim Isabela surgiu na varanda, fechando a porta e se apressando a entrar no carro.

— Puta merda, Isabela! — Kepler esbravejou, abaixando o volume. — Por que não demorou mais?

Ela não respondeu, só piscou quando ele deu ré para endireitar o carro e acelerar pelo caminho de terra até a estrada principal da comuna, que ficava a um quilômetro e meio da rodovia asfaltada.

Mal tinham acessado o asfalto e a chuva engrossou, de maneira que o limpador de para-brisa não conseguia mais tirar toda a água do vidro, mesmo ligado no máximo. Kepler reduziu a velocidade, já que mal podia ver a estrada.

— Encontrou Thomas Gill? — Isabela perguntou, quase gritando para ser ouvida. O barulho da chuva acertando o teto do carro era muito alto.

— Encontrei, mas não era Thomas Gill — Kepler revelou, sem desviar os olhos. — Deve ter sido enviado por Linné para descobrir onde estávamos escondidos.

— Hum — Isabela resmungou. — E o que fez com ele?

Kepler deu um sorriso discreto.

— Garanti que não vai abrir a boca — respondeu.

Ela baixou a cabeça e se calou.

Jerry ergueu a sobrancelha e estendeu o braço em cima do banco traseiro, imaginando o que Kepler poderia ter feito com o homem que fingira se passar por Thomas Gill. Ainda faltavam vinte e dois quilômetros para chegarem ao centro de Bamako, e depois mais catorze até o Aeroporto Internacional, onde estava o avião bimotor que os levaria para Bandiagara, por isso relaxou e ficou escutando o que o locutor da rádio falava sobre a tempestade, no intervalo das músicas.

Quando se aproximavam do acesso ao aeroporto, logo viram que havia uma fila de carros esperando vagas de estacionamento em locais cobertos.

Era nos horários matinais que partia a maioria dos voos de Bamako com destino à Europa. Isso explicava a grande movimentação. O que ninguém com lucidez podia explicar era aquele homem alto, com um chapéu fedora na cabeça e capa de chuva marrom-clara, encostado num Mercedes parado do outro lado da rua.

Jerry estranhou o excesso de tranquilidade de Kepler, que chegou a ficar alguns minutos esperando sua vez de estacionar. Contudo, logo o viu perder a paciência e manobrar perigosamente, passando os demais veículos da fila pela direita. Forçando os olhos quando passaram ao lado do estranho, Jerry percebeu que o encapado os fitou até alcançarem o portão do estacionamento privativo.

— O homem que ajudou Linné a invadir a mansão estava nos observando — Jerry falou, se ajeitando no banco.

— Também notei isso — Isabela confirmou.

— Veja se ele se aproxima — Kepler pediu.

Jerry olhou para trás.

— Não — replicou. — Ainda está no mesmo lugar.

— Se ele se mover, me avise. — Kepler pegou sua arma e colocou entre os bancos da frente, sob o freio de mão. Depois abriu uma fresta pequena na janela do motorista.

Pingos de chuva entravam no carro.

— Bom dia — ele cumprimentou quando parou na guarita. — Sou o proprietário de um bimotor que está no hangar um.

— O aeroporto está fechado, senhor — um segurança jovem, de boné, anunciou. — Todas as decolagens e pousos estão cancelados até que a tempestade passe.

— Eu não perguntei se o aeroporto está fechado — Kepler elevou o tom. — Só preciso chegar ao meu avião!

— Sem problema, senhor. Só achei que gostaria de saber — o segurança falou em tom de desculpa. — Pode me apresentar os documentos da aeronave?

Kepler entregou os documentos.

— Tudo certo. Hangar número um. — O segurança devolveu os papéis e fechou a janelinha da guarita.

O portão fechou quando o Cadillac entrou.

Jerry perdeu o homem de vista atrás do prédio quando fizeram a curva, acessando a área dos hangares.

No Aeroporto Internacional de Bamako, os dois hangares existentes eram de uso coletivo. Dessa forma, quando entraram no primeiro, viram três pequenos aviões com as asas quase encostadas, estacionados próximos um do outro. Do monomotor que estava no meio, saiu um homem franzino de macacão cinza-escuro, carregando uma caixa de ferramentas. Certamente, estava ali fazendo a manutenção da aeronave de algum magnata.

— Aquele é o nosso. — Kepler apontou para um elegante Beechcraft Baron 58 de cor branca, com detalhes vermelhos e azuis nas laterais. Estacionou bem no canto do hangar, de modo que o veículo não atrapalhasse a saída.

— Você não está pensando em voar na tempestade? — Jerry indagou, com expressão incrédula.

— Tem alguma ideia para deixarmos de uma vez por todas Carl Linné e o seu cão de caça para trás? — Kepler retrucou, abrindo a porta e saindo do carro.

Jerry também saiu.

O vendaval fazia com que as folhas de zinco do telhado quase levantassem, e o barulho dos milhares de pingos grossos que as acertavam era quase ensurdecedor. Imaginando que o homem com capa de chuva não descansaria antes de conseguir pegá-los, Jerry foi para perto do portão e, com cuidado, espiou para fora, com o corpo todo escondido. Ficou aliviado e respirou quando não viu ninguém além de um controlador de voo, de colete amarelo, correndo em busca de abrigo no hangar número dois.

— Nada — revelou ao voltar.

Qualquer um que quisesse falar precisava gritar para ser ouvido no meio da tormenta.

— O que faremos agora? — Isabela perguntou.

Jerry aguçou os ouvidos para escutar sua voz abafada, tentando decifrar o que ela tinha dito. Deu de ombros, sem entender.

— O capanga do Linné vai nos encontrar bem depressa se ficarmos aqui — Isabela complementou.

O tempo para decidir o que deveriam fazer estava se esgotando. Em contrapartida, a tempestade ficava mais ameaçadora a cada minuto. Àquela altura, seria insano tentar decolar com o avião.

— Vamos dar o fora daqui — Kepler bufou, descontente por ter que adiar outra vez a partida para a caverna.

44

Cyril Du Toit estava no estacionamento do aeroporto, encostado no Mercedes havia horas, e não desgrudou os olhos do Cadillac Seville quando o viu desviando dos demais veículos que esperavam na fila. Ao passar depressa do seu lado, percebeu a figura borrada de Jerry Laplace, que o encarava através do vidro molhado. Imóvel, esperou que sumissem para caminhar até o telefone público que ficava logo na entrada do aeroporto. Deixando rastros d'água por onde passou no saguão, entrou na cabine e discou o número.

— Embaixada dos Estados Unidos — alguém atendeu.

— Passe para o agente Carl Linné — Cyril pediu, com voz apressada.

— Ele está na sala de reuniões.

— Um momento, por favor.

A ligação ficou muda.

— Sim? — Linné atendeu depois de alguns instantes.

— Os três chegaram e acabaram de acessar a área dos hangares — Cyril contou.

— Perfeito. Prossiga com o plano. — Linné parecia tranquilo. — Impeça que levantem voo. Precisamos que eles fiquem por aqui pelo menos até amanhã.

— A tempestade se encarregou disso. — Cyril torceu o lábio, olhando para o saguão. — Todos os voos foram cancelados.

Linné emitiu um som estranho no outro lado da linha.

— Mesmo assim é melhor que vá dar uma olhada — ele disse. — Não seria a primeira vez que Louis Kepler decolaria um avião sem autorização da torre de comando.

— Farei isso.

Deixando a cabine telefônica para trás, Cyril percebeu que havia inúmeras pessoas observando seus passos quando saiu e voltou a caminhar na chuva. Conferindo se a arma estava seca embaixo da capa, entrou no Mercedes e acelerou até o portão de acesso ao estacionamento privativo. Um segurança de boné abriu a janela da guarita quando ele se aproximou.

— Bom dia, senhor — o segurança o saudou. — Documentos da aeronave ou permissão de entrada, por favor.

Du Toit ergueu a lapela da capa de chuva, pegou a identificação de agente e ofereceu ao homem, que revelou dúvida no olhar assim que viu aquela carteira estranha.

— Sou agente da embaixada dos Estados Unidos — Cyril explicou. — Preciso entrar nos hangares.

O jovem segurança abriu um sorriso constrangido e mostrou a identificação para um colega. Ficou claro que nenhum dos dois sabia o que fazer.

— Só um instante, senhor — um deles falou. — Precisamos autorização da central para liberar a entrada.

— Pediram autorização da central quando deixaram os criminosos do Cadillac Seville entrar? — Cyril indagou.

Os dois seguranças trocaram olhares.

— Não — o jovem de boné respondeu.

— Querem causar problemas diplomáticos com os Estados Unidos por impedir que um agente federal faça seu trabalho?

Por um momento, ninguém falou nada.

— Não, senhor — o de boné repetiu.

— Então abra logo esse maldito portão!

A engrenagem não demorou a soltar um rangido estridente. Cyril avançou devagar, fazendo a curva, até que avistou a claridade dos hangares no horizonte por entre a espessa neblina. Mais alguns metros e precisou reduzir quando os faróis do Cadillac surgiram, saindo do hangar número um. Sendo um motorista ágil, ele virou todo o volante do Mercedes, colocando-o atrás do prédio principal, de modo que não fosse visto quando o outro carro passasse.

— Isso — comemorou, apertando o volante, quando seguiram o caminho sem vê-lo. Aquela era a oportunidade que precisava para descobrir onde Jerry, Kepler e Isabela estavam se escondendo depois que abandonaram a mansão.

Du Toit respirou fundo e olhou para o relógio de pulso dourado. Ainda esperou alguns segundos antes de manobrar e desligar os faróis do Mercedes, para poder seguir o Cadillac.

O temporal não dava trégua. Du Toit estava na metade do caminho entre o aeroporto e a cidade, e a cada segundo ficava mais difícil se manter na estrada com tanta água caindo no para-brisa. Concentrado, tinha os olhos fixos nas luzes vermelhas do Cadillac, que estava uns vinte e cinco metros à frente.

Logo os primeiros prédios de Bamako foram avistados. O Cadillac agora reduzia a velocidade e parava em todos os cruzamentos, mesmo naqueles em que tinha preferência. Cyril bufava cada vez que isso acontecia. Andaram naquele ritmo por mais uns três quilômetros, até dobrar uma última esquina e então estacionar numa via de mão única, na frente de um estabelecimento comercial, com outros carros parados no pátio.

Cyril inclinou o corpo para ver a placa luminosa no alto, que indicava o nome do lugar. "LOUEZ UNE VOITURE", era o que estava escrito em letras garrafais verde-fosforescente.

— Alugue um veículo? — murmurou, mantendo os olhos atentos quando a porta do Cadillac abriu para que um homem franzino com vestes de mecânico saísse. — Filho da puta! — rosnou, ao perceber que tinha sido enganado.

Socando o volante, engatou marcha a ré e dirigiu a toda a velocidade para a embaixada. Quando chegou, estacionou nos fundos, bem perto da porta, e tirou a capa de chuva e o chapéu encharcados antes de entrar em busca de um telefone. A recepcionista atrás do balcão até empurrou a cadeira com rodinhas para trás, se afastando um pouco quando ele se aproximou.

— Preciso que ligue para o aeroporto! — ele falou e ficou observando os dedos hábeis da mulher deslizarem pelo disco giratório.

Quando ela terminou de discar, lhe entregou o fone.

— Aeroporto Internacional Bamako-Sénou — uma mulher com voz animada atendeu.

— Torre de comando, por favor — Cyril pediu.

— Quem gostaria?

— Agente federal Cyril Du Toit. Embaixada dos Estados Unidos. É uma emergência.

Enquanto esperava o operador da torre atender, com o canto dos olhos viu Linné caminhando pelo corredor.

— Comando — um homem atendeu pouco depois.

— Dickson, é você?

— Sim — o homem confirmou.

— Aqui é o Cyril — ele se identificou antes de mais nada. — A pista de pouso continua fechada?

— Continua — Dickson respondeu. — E ficará assim até os ventos e a chuva diminuírem.

— Certo. — Cyril respirou fundo. — Quero que me avise se algum avião pequeno tentar decolar dos hangares.

Dickson soltou uma espécie de riso sufocado.

— Ninguém é louco a ponto de querer voar com esse tempo. Mas fique tranquilo que te manterei informado.

— Te devo uma, meu amigo — agradeceu e desligou.

45

CONDOMÍNIO RESIDENCIAL LOGEMENTS RÉELS
BAMAKO, MALI
24 DE AGOSTO DE 1977 - 17H11

"Logements Réels", como os moradores de Bamako chamavam, era um luxuoso condomínio residencial no centro da cidade. Construído com tijolos avermelhados, sua estrutura alta e larga lembrava muito a arquitetura europeia, com janelas arredondadas em cada uma das duas torres que dividiam os blocos.

Era num apartamento do oitavo andar, que pertencia ao governo americano, que Carl Linné estava sentado, numa poltrona xadrez. Era fim de tarde, e o horizonte continuava ofuscado pela neblina, embora não ventasse ou chovesse. Tentando se manter relaxado, ele assobiava fora do ritmo a canção "I Got Stripes", de Johnny Cash, que costumava ouvir quando jovem.

Havia um relógio de pêndulo no canto da parede, cujos segundos demoravam a passar. Ansioso, Carl esperava o retorno de Cyril Du Toit, que tinha ido outra vez ao aeroporto, só que agora para buscar alguém importante que chegava de Ohio.

— *On a Monday, I was arrested* — ele cantarolou, mesmo com a cabeça pensando no aviso que tinha recebido de seu último amigo na NSA. A preocupação de que o diretor cumprisse a promessa e enviasse ao Mali um substituto lhe causava desconforto.

Sem que seus últimos pedidos fossem atendidos pela agência, e correndo o risco de ser colocado de lado caso não apresentasse avanços, ele mentalizava rigorosos detalhes para que o plano que colocaria em prática não falhasse.

Alguém girou o trinco da porta alguns minutos depois. Apoiando-se no encosto da poltrona para levantar, Linné viu Cyril entrando com uma mala, que deixou num canto do chão. Logo depois mais alguém entrou de cabeça baixa, olhando para o piso.

— Como foi de viagem? — Linné estava sendo irônico.

A pessoa não respondeu e entrou no banheiro, que tinha a porta aberta. Cinco minutos depois, quando o relógio de pêndulo bateu marcando cinco e meia da tarde, ela voltou para a sala. Percebendo o retorno, Linné sentou na poltrona com a arma na mão.

— Entendeu o que deve fazer? — indagou.

— Entendi. — A mulher tinha voz amedrontada.

— Que bom que não preciso explicar de novo. — A voz de Linné soava ameaçadora. — Apenas faça o que combinamos e, em breve, tudo voltará a ser como antes.

— Só quero que nos deixe em paz.

— Vocês ficarão — Carl murmurou. — Só depende de você decidir qual é o tipo de paz. — E sorriu antes de levantar. — Agora estique as pernas, pois você tem trabalho a fazer.

46

COMUNA RURAL DE TIÈNFALA, MALI
24 DE AGOSTO DE 1977 – 20H14

Uma névoa cobria o leito do rio, como nos filmes de suspense, na cena em que a mocinha vaga, perdida no escuro. Era noite e um leve vento soprava, fazendo com que as janelas da cabana tivessem que ser fechadas. No pátio, o Chevrolet Bel Air vermelho estava estacionado ao lado de alguns galhos que voaram e se acumularam com a tempestade. Depois de despistarem o agente Du Toit no aeroporto, dando alguns trocados ao mecânico para que devolvesse o Cadillac na locadora de veículos, Jerry, Isabela e Kepler pegaram um táxi e buscaram o Bel Air 1961 na mansão.

Encostado na quina de uma estante, Jerry observava as reações de Isabela e Kepler no sofá.

— Duas colunas com três sequências de traços e pontos, seguidos por um desenho — Isabela falou. — Se considerarmos que foi encontrado numa construção maia, só posso pensar que são numerais maias — concluiu, olhando para o papel em que estava transcrito o segundo sinal.

Kepler torceu os lábios.

— É um bom palpite — concordou. — O que não consigo entender é esse outro. — Apontou para a cópia da folha perfurada que Jerry tinha encontrado no Observatório. — São letras e números aleatórios, dispostos em linhas e colunas, que não fazem nenhum sentido lógico.

Jerry levantou e se aproximou. A verdade é que, embora tivesse encontrado a folha, não lembrava muito bem o que estava impresso nela.

— Isso faz sentido pra você? — Isabela o fitou.

Jerry negou.

— E se procurássemos um simbologista para decifrar essas coisas? — indagou.

— Conhece algum em quem podemos confiar?

Jerry repetiu o movimento negativo.

— E você conhece? — perguntou.

— Conheço. Herschel Shapley era bom com símbolos, mas está morto e não era confiável.

O barulho das águas do rio pôde ser ouvido quando todos ficaram em silêncio. Voltando a se apoiar na estante, Jerry atiçou os sentidos e esticou o pescoço ao escutar um som pouco natural que vinha de fora. Indo para perto da janela, observou a claridade dos faróis de um carro que se aproximava pela estrada de terra, por entre as árvores.

— Temos companhia — avisou.

Kepler se apressou a pegar a arma quando a luz de fora iluminou o interior da cabana. Agilmente, desviou do sofá e se postou ao lado da janela.

— Será o Linné? — Jerry perguntou, receoso.

Kepler deu de ombros.

Quando o estranho carro bordô parou ao lado do Bel Air, Jerry abriu bem os olhos atrás dos óculos, para poder enxergar quem era o motorista. A névoa, somada à escuridão, impediu que identificasse o rosto, mas foi fácil perceber que se tratava de uma mulher.

Com passadas lentas e calculadas, a inesperada visitante olhou para os lados antes de subir os degraus da escada que dava na varanda. Quando chegou perto da porta, a claridade da lâmpada pendurada no beiral iluminou seu rosto familiar.

— Mas que porcaria é essa? — Jerry resmungou, perplexo. — Só pode estar brincando. — Desde sempre ele tinha um sério problema para memorizar nomes, mas o daquela mulher continuava fresco em sua mente.

A fisionomia espantada de Kepler mostrou que ele também tinha sido pego de surpresa. Seus ombros relaxaram.

Diante da inação, Jerry se apressou para destrancar a porta e ficou plantado ao lado dela, com olhar inexpressivo, enquanto Emmy MacClintok entrava na sala com um curativo no pescoço.

Fez-se um silêncio na cabana. Estava claro que nenhum dos três sabia como lidar com a situação. Até aquele momento, todos tinham plena certeza de que Emmy MacClintok tinha sido morta dois dias antes, no aeroporto de Ohio, quando ficara na linha de fogo entre Kepler e Linné.

— Essa foi a cena que imaginei que encontraria quando chegasse — **a** voz de Emmy retumbou pela sala.

Kepler avançou um passo e trocou olhares com Isabela, que apenas moveu os lábios, sem falar.

— Como nos encontrou? — ele perguntou, antes de dar outra olhada para fora, temendo que aquilo fosse uma armação.

— Esqueceu que passei alguns dias aqui no final de 1975? — ela respondeu sem titubear. — Fui direto para a mansão quando cheguei, mas não havia ninguém. Então vim para cá.

Kepler passou a língua nos lábios secos e respirou fundo.

— Onde está a nossa filha? — emendou a pergunta.

Emmy hesitou em responder, mas não por muito tempo.

— Está com os meus pais.

Louis Kepler podia ter inúmeros defeitos, que por vezes o faziam parecer um psicopata, contudo nutria um sentimento forte e, se analisado friamente, doentio pela mulher à sua frente. Apesar de confiar nela, logo refletiu que aquela história não estava sendo bem contada.

— Você levou dois tiros, Emmy. Nenhuma das balas tinha o seu nome, mas foi em você que acertaram — disse ele. — Eu mesmo a vi caída numa poça de sangue.

— Um dos disparos acertou na lateral do meu pescoço, o que me rendeu esse curativo — ela explicou. — O outro parou no colete que eu estava usando.

Jerry e Isabela estavam imóveis, parados ao lado do sofá, ouvindo o interrogatório. Um vento fresco entrou pela porta da sala, mas Kepler logo a fechou. Antes disso, olhou para fora, mais precisamente para o veículo bordô estacionado ao lado do Chevrolet Bel Air.

— Alugou o carro no aeroporto?

Emmy confirmou com a cabeça.

— Sente-se. — Kepler estendeu o braço, apontando para o sofá. — Não há locadoras de veículos no aeroporto.

Emmy desabou. Seus olhos ficaram molhados, e ela não conseguiu impedir as lágrimas de escorrerem.

— Foi o filho da puta do Linné que te obrigou a fazer isso? — Kepler bufou, sentindo cada vez mais raiva do federal. Mentalmente, planejava uma forma cruel de matá-lo.

— Linné pegou a nossa filha enquanto eu estava no hospital — Emmy revelou, entre lágrimas. — Naquele mesmo dia, quando fui liberada e voltei para casa, lá estava ele fazendo ameaças caso eu não colaborasse. — Abaixou a cabeça e esfregou os olhos. — Eles a levaram, e vão machucá-la se descobrirem que te contei isso.

Kepler rangeu os dentes.

— Eles não vão descobrir e não machucarão ninguém — tentou acalmá-la. — Conte qual é o plano do desgraçado.

Emmy bebeu um gole da água que Isabela trouxera e começou a contar. No final, acabou por revelar o que Carl Linné queria com aquilo.

— Eles querem o sinal da caverna — ela explicou. — Vão deixar que vocês viajem até Bandiagara para encontrá-lo. Então, quando eu avisá-los que conseguiram, vão emboscá-los.

Kepler comprimiu os lábios e coçou o queixo.

— Vamos deixar Linné pensar que o plano está funcionando — falou. — Enquanto isso, seguiremos com o nosso.

Emmy concordou.

47

**BIBLIOTECA NACIONAL DO MALI
BAMAKO, MALI
25 DE AGOSTO DE 1977 - 8H37**

Já se passavam alguns minutos das oito e meia da manhã, mas mesmo assim os olhos de Jerry continuavam sonolentos. A noite anterior tinha sido de longas conversas sobre o que fariam após descobrirem o plano de Carl Linné. Aproveitando o tempo, enquanto Kepler e Emmy resolviam os últimos detalhes antes da partida para Bandiagara, ele e Isabela entraram na biblioteca esperando decifrar os traços e pontos com desenhos, marcados no sinal encontrado na antiga construção maia, na Guatemala.

Cientes de que Isaac Rydberg era inteligente demais para ter se enganado ao anotar na própria pele o que vira na fotografia, eles caminharam pelos tacos de madeira bem lustrados que recobriam todo o chão, até que encontraram o bibliotecário.

— Bom dia, senhor — Isabela o cumprimentou.

O bibliotecário era um homem de cinquenta anos que usava óculos grandes e tinha dificuldade para movimentar o braço esquerdo. Ele estava próximo de uma prateleira alta, ao lado de uma porção de livros empilhados numa cadeira, folheando o *Dicionário filosófico* de Voltaire. Ao ouvir a voz feminina, fechou-o depressa e se virou, com um sorriso no rosto.

— Bom dia — cumprimentou. — Se me disserem que procuram pelo *Dicionário filosófico*, vocês estão com sorte.

— Filosofia é sempre uma boa escolha — Isabela entrou na brincadeira —, mas hoje estamos procurando livros que falem sobre simbologia maia.

O bibliotecário franziu o cenho.

— Simbologia maia? Deixe-me pensar. — Esfregou a testa e ficou parado por um instante. — Devemos ter alguma coisa que fale sobre civilizações antigas no terceiro corredor — apontou. — Quem sabe um dos autores tenha contemplado os maias.

A Biblioteca Nacional do Mali não era grande nem esplendorosa, mas as luminárias do teto, somadas ao jeito como as prateleiras tinham sido dispostas, deixavam o ambiente aconchegante. À medida que avançava, Jerry ia lendo as placas metálicas das prateleiras, que serviam para indicar o assunto dos livros que continham.

— Deve ser nesse corredor aqui — ele falou para Isabela, ao enxergar a placa "Histoire".

Entraram no corredor secundário e ficaram entre duas prateleiras. Jerry se agachou e começou a procurar na fileira de baixo, passando o dedo indicador por cada livro, enquanto Isabela esmiuçava as de cima.

— Eu tinha esquecido como isso é entediante — Jerry sussurrou, lembrando os tempos de faculdade.

Isabela sorriu.

Quatro minutos procurando naquela posição bastaram para que os tornozelos de Jerry começassem a doer. Pensando em voltar ao bibliotecário para pedir ajuda, ele levantou e alongou as pernas, pronto para reclamar da tarefa outra vez.

— Acho que é este aqui — Isabela se antecipou, puxando um livro grosso de capa bonita para fora da prateleira. *Les mystères des anciennes civilisations*, era o título em francês escrito na capa, logo acima de uma gravura da Esfínge. — Os mistérios das antigas civilizações — ela traduziu.

Folheou uma página, mais outra e depois outra, até que encontrou o índice. Jerry se aproximou e a viu passando o dedo em cima dos nomes dos povos antigos listados em ordem alfabética. Astecas. Beduínos. Ele leu os dois primeiros e, então, correu os olhos para baixo, em busca da letra M.

— Maias — ele comemorou. — Página 308.

Isabela deitou o livro sobre a mão esquerda e demorou um pouco para encontrar a página correta.

— Aqui está — ela falou ao chegar à folha, que tinha o desenho de um homem sentado, com inúmeros adereços na cabeça e na cintura. — *Itzamna*

— falou com dificuldade o nome impresso abaixo da figura. — O deus dos céus, do dia e da noite.

Foi para a página seguinte.

— São conhecidos como maias, um povo antigo que habitou as florestas tropicais da Guatemala, Honduras e península de Yucatán — leu nas primeiras linhas. — Notável pela língua escrita, esse povo conseguiu criar o único sistema de escrita pré-colombiano, que representava um idioma falado com o mesmo grau de eficiência dos idiomas do Velho Mundo.

Embora Jerry gostasse de ler sobre antigas civilizações, não era aquilo que estavam ali para fazer. Então, ele pegou o livro e caminhou para o corredor principal, procurando por uma mesa.

Bem nos fundos da biblioteca, escondidas atrás de uma parede branca, ficavam quatro pequenas salas de estudo, com mesa, cadeiras e alguns poucos materiais de escritório. Jerry nem chegou a avaliar se todas estavam vazias. Logo que abriu a porta da primeira e viu que não havia ninguém, entrou, acompanhado de Isabela.

Com o livro na mesa, pôs a mão no bolso da calça e pegou o papel no qual tinha desenhado a sequência de pontos e traços do segundo sinal, colocando-o ao lado a fim de comparar com o que estavam vendo na página 311.

O ALFABETO MAIA

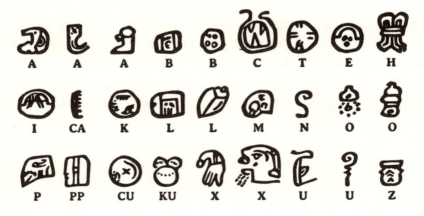

Jerry pregou os olhos no alfabeto e depois na anotação.

— Não parecem letras — disse.

— E não são — falou Isabela, apontando para outra imagem, bem no pé da página. — A matemática é universal. Os pontos e traços do sinal são números. Veja.

OS NUMERAIS MAIAS

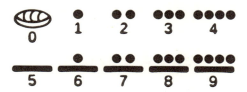

Jerry ajeitou os óculos no nariz quando viu todos aqueles códigos, que representavam os numerais daquela antiga civilização, apresentados no livro de zero a cem. Aquilo, sim, se parecia muito com o que estavam procurando.

— Alcance uma caneta e uma folha em branco para mim — ele pediu, apontando para os materiais de escritório.

Fazendo marcações no rascunho, Jerry empurrou o livro para o lado, para que Isabela pudesse procurar na longa lista de códigos aqueles que eram semelhantes aos que estavam representados no segundo sinal.

— Um traço horizontal embaixo, quatro pontos logo acima e outro ponto único mais no alto — Jerry descreveu.

Isabela desviou a atenção para o livro.

— É o número vinte e nove — revelou.

Jerry anotou a informação na folha.

— Três traços horizontais, com três pontos logo acima e mais dois pontos bem no alto — continuou.

— Cinquenta e oito — ela respondeu.

Anotou.

— Um traço único, com dois pontos bem no alto.

— Quarenta e cinco.

A primeira fileira de números havia sido decifrada. Porém, ao lado dos três códigos, havia um desenho estranho, que aparentava representar um ser humano apontando para cima.

— Parece alguém olhando para o alto — Jerry analisou.

— Estranho... — Isabela também não conseguiu entender o significado.
— Vamos para a segunda fileira.

Jerry voltou a olhar para a anotação no papel.

— Tudo bem — ele concordou. — Vamos lá. Dois traços com um ponto baixo e outro alto.

— Trinta e um — Isabela mostrou. — Os dois últimos são oito e um — falou, já tendo visto a anotação. — E o desenho é de alguém apontando para a direita.

29 58 45 / 31 08 01

Assim que viu a sequência, Isabela arregalou os olhos, como se tivesse conseguido entender o significado.

— Os desenhos não estão apontando para cima ou para a direita — observou. — Estão apontando para norte e leste.

Claro que sim, Jerry pensou e completou a marcação no bilhete, adicionando o símbolo de graus, minutos e segundos.

29° 58 45" N 31° 08 01" E

— São coordenadas geográficas — sussurrou.

Isabela levantou e saiu da sala. Em menos de dois minutos, voltou com um atlas geográfico e algo enrolado debaixo do braço.

Jerry fechou o livro e o colocou numa cadeira, enquanto ela abria um mapa-múndi que ocupou o espaço de quase toda a mesa.

— Me dê uma régua — foi a vez de Isabela pedir.

Quando estava com o que precisava em mãos, ela não se preocupou em começar a riscar linhas retas por todo o mapa. Jerry ficou perplexo com a habilidade que ela demonstrou ao fazer aquilo.

— Essas coordenadas são de algum lugar que fica mais ou menos aqui. — Ela marcou um ponto na região norte do Egito, cerca de meio centímetro a sudoeste do Cairo. — Sabe o que há nesse ponto? — indagou.

Jerry negou com um gesto de cabeça.

— As Pirâmides de Gizé — Isabela revelou.

48

EM ALGUM PONTO DO ESPAÇO AÉREO DO MALI
25 DE AGOSTO DE 1977 - 12H30

O bimotor Beechcraft Baron 58 voava a toda a velocidade. Tendo deixado as nuvens escuras para trás quando se afastaram da região de Bamako, o piloto acelerava, exigindo o máximo dos motores, certo de que chegariam ao campo de pouso em Bandiagara antes da uma da tarde.

Acomodados nos bancos de couro da parte traseira, com os cintos de segurança afivelados, Jerry, Isabela e Emmy conversavam sobre a descoberta de que o segundo sinal revelava com exatidão as coordenadas das Pirâmides de Gizé.

— Coordenadas geográficas? Não faz sentido. — Jerry estava surpreso. — Esse sistema de localização só foi criado no século II a.C., pelo astrônomo grego Hiparco. Como os maias poderiam saber disso centenas de anos antes?

— Não sabiam — Isabela expôs seu ponto de vista. — Mas o fato de que a sequência de pontos e traços formava coordenadas indica que aquela civilização foi visitada por alguém que sabia disso muito antes de Hiparco.

Jerry coçou o nariz.

— O que precisamos descobrir é o motivo de terem enviado um sinal com a localização de algo que foi construído quase dois mil anos antes. — Foi Emmy quem levantou a questão.

— Isaac nos contou que esse sinal, o segundo, foi recebido pelos maias em 700 a.C. — Jerry comentou. — Se analisarmos que as pirâmides começaram a ser construídas aproximadamente no ano 2500 a.C., então a Emmy tem razão — ele calculou. — Quem quer que tenha enviado esperou mil e oitocentos anos para isso.

Houve um instante de pensamentos silenciosos. Ao fundo, se ouvia o zumbido irritante dos dois motores da aeronave.

— Não é de hoje que ouvimos falar na possibilidade de que extraterrestres auxiliaram os egípcios na construção das pirâmides — Isabela deu seu palpite. — Talvez quem enviou o sinal quisesse que todos soubessem que isso foi real.

Jerry se endireitou no assento e sacudiu a cabeça. Aquela explicação não lhe parecia convincente. Em seguida, olhou pela janela e percebeu que, à medida que avançavam rumo ao norte, a vegetação esverdeada ia dando lugar a enormes porções de areia que sumiam de vista.

Algum tempo depois, o avião deu solavancos leves. Turbulências eram algo que sempre o deixavam apreensivo, mesmo sabendo que eram comuns em lugares como aquele, onde grandes monções de ar faziam a temperatura mudar depressa.

— Não vamos cair. — Isabela sorriu com a cena.

— Eu sei que não — ele respondeu.

Os tremores pararam quando Kepler reduziu a altitude e passou a voar mais baixo. Relaxando um pouco, Jerry olhou outra vez pela janela e viu uma aldeia povoada, cercada por ramos espinhosos. Era esse o artifício que as tribos africanas usavam para se proteger dos animais selvagens que viviam nos arredores de suas moradas.

— Vocês conseguiram decifrar o sinal encontrado no Observatório? — Emmy voltou a perguntar.

Jerry negou com um gesto de cabeça.

— Tentamos entendê-lo — Isabela tomou a palavra —, mas aquelas letras e números misturados não se parecem com nada que conhecemos.

— Hum — Emmy murmurou. — Posso ver a folha?

Jerry a tirou do bolso e entregou sem levantar do assento.

Emmy analisou por um momento.

— Número seis, letra E, letra Q. Que confusão — sussurrou com olhar pensativo, devolvendo a folha em seguida. — Talvez precisemos desvendar os outros três para poder entender esse aqui.

— Dois — Isabela corrigiu. — O primeiro, na caverna em Bandiagara, e o terceiro, em algum lugar nos arquivos da NSA.

— Sobre o terceiro, acho que, antes de procurar em qualquer outro lugar, temos que dar uma olhada na mansão de Shapley. — Jerry inclinou o pescoço. — Isaac foi claro quando disse que Shapley tinha conseguido encontrar.

A conversa foi interrompida quando a aeronave reduziu a altitude outra vez.

— Vamos pousar. — A informação veio de Kepler, pelas caixas de som instaladas perto da cabine.

Aquele foi outro momento tenso para Jerry, que só relaxou quando as rodas do bimotor tocaram o solo do campo de pouso, no meio do nada. O avião taxiou até o fim da pista arenosa e parou próximo a um galpão de madeira. Juntando suas coisas, ele se apressou em ir até a porta e descer pela escada dobrável.

Fazia calor extremo naquele início de tarde na região de Mopti. Não havia árvore alguma nos arredores, apenas vegetações rasteiras cor de ouro, que pareciam absorver a nuvem de poeira empurrada pelo vento morno. Jerry mal havia posto os pés na areia e já podia sentir o corpo começando a suar.

— Vá para a sombra — Isabela o empurrou.

Caminhando até a sombra do galpão, avistou um homem negro sentado numa cadeira de palha, que deu um salto quando os viu. Sem falar uma palavra, o homem correu para o grande portão de madeira e o abriu. Foi preciso sair do caminho quando Kepler manobrou o bimotor e o estacionou lá dentro.

— Boa tarde. — Jerry largou a mochila e cumprimentou quando o homem voltou. Ele precisou apurar os ouvidos para entender a resposta.

Entre murmúrios indecifráveis, Jerry viu Kepler surgir lá de dentro, fazendo sinal com os braços, imitando o gesto de dirigir. Ao observá-lo, o homem foi para trás do galpão.

— O motorista é da tribo bambara e só entende o idioma local — Kepler explicou. — Agora ele vai nos levar de carro até nosso guia, em Bandiagara.

Não demorou para que o motor de uma antiga picape Toyota roncasse, surgindo dos fundos do galpão. Quando todos haviam embarcado, o motorista acelerou por uma trilha estreita no meio do capim por cerca de dez quilômetros, e então avistaram as primeiras casas do vilarejo.

Bandiagara era uma pequena comuna urbana, fundada em 1770 por um caçador dogon. A maioria das casas era feita de barro e coberta de palha. As ruas de terra eram estreitas, e os moradores tinham olhos curiosos. Foi num dos poucos comércios da localidade, um bar com mesas na frente, que pararam para encontrar o guia. Jerry não pôde deixar de notar quatro crianças brincando com uma bola no meio da rua, quando desembarcou e seguiu Kepler até dentro do recinto.

— Kunto — Kepler chamou o guia pelo nome quando o viu sentado a uma mesa, bebendo cerveja com outros dois homens. — Esqueceu o que tínhamos combinado?

O guia, que tinha uma grossa corrente de ouro no pescoço, levantou quando reconheceu o cliente.

— Venha sentar com a gente. — Kunto tinha um sotaque diferente, mas se virava bem falando inglês.

O recinto estava cheio de beberrões que falavam alto. Jerry ficou observando quando Kepler puxou a cadeira e sentou. Olhando para trás, viu que as mulheres tinham ficado na entrada.

— Temos problemas — o guia começou a falar. — Conversei com alguns amigos que estiveram na aldeia dogon nos últimos dias, e eles me disseram que mineradores ilegais tomaram conta da galeria de cavernas que você quer visitar — explicou, sem desviar os olhos do copo. — Os mineradores têm armas e não toleram a aproximação de estranhos no local. Por isso não encontrei ninguém que queira levá-los.

— Tá de brincadeira?! — Kepler abriu um sorriso.

— Eu pareço estar brincando, americano? — Kunto continuou. — Os meus guias têm família. Não vou arriscar a vida de nenhum deles em troca de alguns dólares.

— Tudo bem. — Kepler respirou e tamborilou com os dedos na mesa. — E quanto ao dinheiro que te adiantei?

— Sem reembolso. — Aquilo soou arrogante.

A situação começou a cheirar a confusão quando os dois homens que estavam na mesa levantaram. Os demais clientes nas mesas ao redor fizeram silêncio para assistir. Percebendo a ameaça, Jerry colocou a mão no ombro de Kepler, pedindo que mantivesse a calma.

— Vamos sair daqui — foi o que ele disse. — Daremos um jeito de encontrar outro guia.

Kepler concordou, mas ainda ficou alguns segundos encarando os valentões antes de levantar.

— Cuide-se, Kunto — ele falou.

Os dois mal-encarados voltaram a sentar quando Kepler virou as costas e saiu de perto. Jerry o acompanhou. Próximas da porta, conversando baixo, Isabela e Emmy se calaram quando eles saíram do bar.

— Precisamos de outro guia — Jerry anunciou.

— O quê? — Isabela se alarmou. — Ele desistiu?

Jerry contou o que tinham ouvido sobre os mineradores.

— É uma caminhada de quase trinta quilômetros até a aldeia, e já passa da uma da tarde — Isabela falou com voz apressada. — Se não acharmos logo alguém que nos leve, teremos de passar a noite no vilarejo.

— Daremos um jeito — Kepler caminhou até a rua e olhou para os lados, como se procurasse alguém para ajudar.

49

BANDIAGARA, MALI
25 DE AGOSTO DE 1977 - 13H41

Os vidros fumê da camionete de safári aposentada, que estava estacionada na frente do bar, impediam que identificassem o motorista e os passageiros. Sentado no banco de trás, usando óculos escuros no melhor estilo agente federal, Carl Linné observava atento a confusão em que Louis Kepler estava se metendo dentro do estabelecimento.

— Eles devem estar tendo problemas com o guia — Cyril, que estava no banco do motorista, falou.

Linné havia chegado a Bandiagara algumas horas antes, acompanhado de Cyril Du Toit, num pequeno avião fretado. A desconfiança de que Emmy MacClintok pudesse fraquejar e não cumprir sua parte do acordo o fez querer vigiá-la de perto, embora soubesse que não conseguiria se manter invisível por muito tempo. Com olhos fixos na fachada do bar, viu Kepler e Jerry saindo ao encontro das mulheres. Os quatro trocaram algumas palavras e caminharam pela rua, virando a esquina.

— Venha comigo — Linné pediu para Du Toit.

Havia crianças estabanadas brincando com uma bola no meio da rua. Linné precisou desviar delas para alcançar a porta do bar. Com o canto dos olhos, viu que lá dentro havia um homem sentado, usando uma corrente de ouro muito grossa, que não espelhava a pobreza daquela vila. O homem falava alto, comunicando-se através de uma língua estranha. Todos começaram a rir quando ele encerrou o assunto.

Um homem de pouca idade, que não usava camisa, estava sentado numa das mesas do lado de fora. Foi a ele que Linné perguntou o que havia causado a confusão minutos antes. Diante da fisionomia curiosa e da ausência de resposta, Du Toit deu um passo à frente e repetiu a pergunta em francês.

O descamisado começou a falar no mesmo idioma.

— Ele disse que um tal de Kunto se recusou a guiá-los até a caverna — Cyril traduziu. — Parece que Kepler tinha adiantado parte do pagamento, por isso a confusão.

Linné tirou os óculos e os guardou no bolso da calça. Sabendo que não teria como manter os olhos em Emmy quando ela partisse para a caverna, imaginou que precisaria de alguém para vigiá-la, reduzindo ainda mais as chances de que algo desse errado em seu plano inicial.

— Pergunte se ele sabe como chegar à aldeia. — Linné deu uma olhada em direção à esquina antes de falar.

Cyril obedeceu, e o homem curvou-se para olhar dentro do bar antes de cobrir a boca e sussurrar a resposta.

— Ele disse que conhece o caminho, mas que tem medo de Kunto — Cyril traduziu. — Parece que há um problema com mineradores ilegais na região onde fica a galeria de cavernas.

Linné bufou e olhou para o bar. O terno de corte fino que vestia tinha chamado a atenção de alguns beberrões, que tentavam disfarçar, mas não desviavam os olhos. O único que o encarava sem preocupação era aquele negro alto de barba rala, com uma corrente de ouro no pescoço, que levantou e se aproximou. Era magro, mas tinha braços torneados e olhos escuros.

— *Bonjour* — o homem os cumprimentou, falando francês. — São americanos? — continuou, em inglês.

O jovem sem camisa levantou da mesa de cabeça baixa e saiu caminhando pela rua de terra.

— Você é aquele que chamam de Kunto? — Linné não desfez a carranca quando falou.

— Me chamam de Kunto, pois esse é o meu nome. — O negro abriu um sorriso, mostrando os dentes dourados.

Não demorou para que outros dois que estavam no bar saíssem e se posicionassem ao lado, com os braços cruzados.

— Algo me diz que a presença de vocês em Bandiagara tem a ver com os quatro americanos que estiveram aqui agora mesmo — Kunto prosseguiu.

Então foi a vez de Linné mostrar os dentes.

— Nós trabalhamos para o governo americano e queremos oferecer algo em troca de seus serviços. — Carl mostrou sua identificação. — Será que podemos conversar um instante?

50

25 DE AGOSTO DE 1977 - 14H20

O brilho do sol causava irritação nos olhos de Jerry, por isso ele não pensou duas vezes antes de caminhar para baixo de uma árvore com galhos retorcidos e se apoiar no tronco, em busca de sombra. Do outro lado da rua de terra quase deserta, na frente de uma casa de barro coberta com folhas compridas, Kepler e Emmy conversavam e gesticulavam com um possível guia, que lhes fora indicado por um morador da vila. Fazia um calor tão infernal naquele lugar que mesmo o vento soprava quente, como se brotasse de dentro de um aquecedor elétrico.

— Será que há algum hotel neste lugar? — Jerry indagou, ao imaginar que passariam a noite ali.

— Duvido muito — Isabela falou. — Foi por isso que trouxemos mochilas de acampamento com barracas. — O suor em sua testa tinha molhado as pontas da franja.

A conversa com o guia se desenrolou por mais alguns minutos, até que ele desistiu, virando as costas e entrando na casa. Somando Kunto, aquele era o terceiro que tinha rejeitado o serviço, certamente usando a mesma desculpa dos demais: o medo dos mineradores.

— Está difícil achar alguém com coragem nesta merda de lugar — Kepler falou quando chegou embaixo da árvore. — Bandiagara parece ser um recanto de cagões.

Jerry precisou conter o riso.

— O cara disse que na próxima rua tem um amigo que talvez concorde em nos levar — Emmy falou.

— O amigo dele que vá para o inferno! — Kepler pegou a mochila do chão e colocou nas costas. — Vamos sair daqui. Não deve ser tão difícil encontrar a aldeia dogon.

Aquela ideia parecia maluquice, mas, antes que qualquer um pudesse afrontá-la, ouviram o ronco de um motor e viram uma camionete branca aparecendo no início da rua. Era a mesma Toyota que os tinha trazido do campo de pouso. O motorista com sorriso dourado estacionou bem ao lado deles, perto da árvore.

— Ainda não acharam ninguém? — Kunto colocou o cotovelo para fora. — Vou ser bem claro com você, americano. — Ele encarou Kepler. — Eu não costumo fazer isso, mas vou dar um jeito para resolvermos esse problema. — Naquele momento, ficou claro que ele barganharia o preço. — Quero cem dólares a mais, além do valor que havíamos combinado. Se pagar, eu mesmo levo vocês.

Jerry ficou angustiado com a ausência de resposta de Kepler, que apenas olhava para o chão, estático.

— Quer saber, Kunto — Kepler começou a falar depois de um tempo. — Se estivéssemos na América, minha pistola estaria com uma bala a menos no pente, e a sua cabeça, com um buraco na testa. — Ele encenou, imitando uma arma com a mão.

Houve um momento de tensão.

— Deus salve a África — Kunto gargalhou, fazendo um trocadilho. — Eu sei que cem dólares não farão diferença para vocês. — Ligou o motor, fazendo sair fumaça pelo cano do escapamento. — Entrem logo! Não quero ter que passar a noite no caminho.

Jerry foi o primeiro a embarcar.

QUARENTA E CINCO MINUTOS DEPOIS

A camionete fazia ruídos de parafusos soltos e lataria batendo toda vez que caía num buraco da estrada arenosa. Deixando um rastro de poeira para trás enquanto seguiam para nordeste, o velocímetro marcava sessenta quilômetros, que naquele terreno era uma boa velocidade. Fazia poucos minutos que tinham passado pela comuna de Kokolo e não faltava muito para chegarem a Boro, a última parada antes que tivessem de abandonar o veículo e seguir a pé até as falésias de Bandiagara, onde ficava a principal aldeia dogon do país.

Havia um mapa todo rasgado e quase indecifrável colocado em cima do painel. Kepler, que estava sentado na frente, o pegou nas mãos. Nele, havia inúmeras marcações mostrando atalhos e melhores rotas para diversos locais. Uma linha vermelha tracejada marcava a distância da comuna de Boro até o local exato onde se encontrava a tribo, nas falésias: oito mil metros.

— São oito quilômetros de caminhada? — Kepler indagou.

— Mais ou menos isso — Kunto respondeu.

O silêncio novamente imperou no veículo.

Não demorou muito e estavam em Boro, ainda que Kunto tivesse seguido reto, sem parar no pequeno povoado. Dois minutos depois, quando não havia mais estrada, apenas uma trilha penosa repleta de pedras, ele parou a camionete no meio do nada.

— Daqui seguimos a pé — anunciou.

Kepler desembarcou primeiro e respirou fundo quando olhou para o horizonte deserto. Seguindo Kunto, deu a volta na camionete e foi até a traseira, onde estavam as mochilas. Pegou a primeira e a lançou para Jerry, deu outra para Emmy e, antes de pegar a próxima, desviou o olhar para o guia, que estava com uma espingarda na mão.

— Vai caçar leões? — Kepler agarrou outra mochila.

— Não há leões nesta região do país. — Kunto sorriu, colocando a alça da espingarda a tiracolo. — O problema por aqui são os cães selvagens. — Pegou uma garrafa de água e atirou na direção de Kepler, que a pegou no reflexo.

Aquela seria uma caminhada de pouco mais de oito quilômetros por uma região desértica e montanhosa, que exigiria conhecimento e bom preparo físico. Sem mais tempo a perder, colocaram os bonés com aba que cobria as orelhas e o pescoço e deixaram o veículo para trás, seguindo para a aldeia dogon.

Caminharam por quase uma hora no calor que beirava os cinquenta graus. Com a garrafa de água quase no fim, Kepler olhou para trás e viu

Jerry, que tinha problemas cardíacos, interromper os passos e se dobrar, com as mãos apoiadas nos joelhos.

— Você está bem? — Isabela se preocupou.

— Só preciso de um minuto. — Jerry estava ofegante.

— Vamos descansar na sombra da acácia. — Kepler apontou para uma árvore solitária em frente.

Havia poucas árvores que pudessem oferecer sombra pelo caminho, mas mesmo embaixo delas a temperatura não ficava mais agradável. Caminhar com o sol torrando os miolos era uma tarefa árdua para qualquer um que estivesse acostumado a conviver com a neve, nos invernos de Ohio. Com as pernas esticadas, Kepler afrouxou o cadarço das botas quando sentou naquela mistura de areia e terra, sob a acácia espinhenta.

— Estamos no meio do caminho — disse Kunto, o único que não estava sentado. — Com mais meia hora de caminhada, acho que conseguiremos avistar a grande falésia, onde os dogons se escondem do mundo.

O curto tempo de descanso mal foi suficiente para que recuperassem o fôlego e já seguiram em frente outra vez. Com o sol descendo cada vez mais rápido no horizonte, avistaram a grande falésia cerca de meia hora depois, como Kunto havia previsto. De longe, aquele grande paredão pedregoso não aparentava ser nada além de uma parede de pedras vazia. Contudo, à medida que se aproximavam, a visão ficou mais clara e as coisas começaram a mudar.

Erguidas junto às paredes do penhasco, penduradas no precipício, as camufladas casas da tribo eram indistinguíveis na distância. Construídas com uma mistura de argila, palha e esterco, algumas delas, as mais altas, eram acessíveis apenas por quem ousasse escalar a rocha. A explicação para tamanha ousadia era que, lá do alto, os membros da tribo podiam avistar com antecedência qualquer invasor que se aproximasse.

— Esperem um instante. — Kunto fez sinal com o braço e se esticou todo para observar a movimentação.

Kepler avançou um passo e também olhou, atento. Diante do grande paredão, numa porção de terra sombreada durante boa parte do dia, havia vegetações rasteiras e algumas poucas árvores que serviam de abrigo para uma família de primatas. O guinchar alardeado dos macacos pôde ser ouvido ao longe, denunciando que algo estranho estava acontecendo nos arredores. Voltando a observar os passos de Kunto, percebeu que ele mantinha a espingarda firme na mão.

— Kepler — Emmy chamou.

Ao atender o chamado, Kepler se virou e viu que dois homens, vestidos com roupas empoeiradas, tinham armas apontadas para o grupo. O mais alto deles era negro, magro e aparentava não ter mais que dezoito anos. Já o outro beirava os cinquenta, tinha a pele branca e uma cicatriz gigantesca no peito, aparecendo por baixo da camisa desabotoada.

— Jogue a arma no chão, africano imundo — o mais velho falou em francês, apontando para Kunto. — E, quanto a vocês, deixem as mãos onde eu possa ver.

Kunto jogou a arma bem próximo aos pés de Kepler, que chegou a olhar para baixo antes de levar um empurrão do homem e ter que se equilibrar para não cair.

— Seu pedaço de merda — Kepler xingou, sussurrando.

Mais afastado, o jovem mantinha uma espingarda de cano duplo apontada, sem falar uma palavra. Quando o outro homem murmurou algo, falando na língua nativa dos dogons, ele se apressou em pegar um cordame do bolso do calção e amarrar as mãos de Isabela nas costas, com um nó bem firme. Depois foi a vez de Jerry ser amarrado e colocado de joelhos.

— Está dizendo que vão matar os homens e levar as mulheres ao acampamento — Kunto falou em inglês, de modo que os captores não entendessem. Ele levou uma coronhada na cabeça que o fez cair por ter aberto a boca.

Certo de que os mineradores não estavam brincando, Kepler precisou tomar uma decisão rápida sobre o que fazer. Com uma pistola escondida na cintura, ele bem que pensou em sacá-la para distribuir disparos, mas os olhos atentos do branquelo com cicatriz o impediam de tentar. Àquela altura, Emmy também tinha sido posta de joelhos, e o jovem só precisava terminar de fazer o próximo nó para que Kunto fosse rendido.

Sabendo que, se fosse amarrado, a jornada chegaria ao fim, Kepler teve uma ideia e começou a falar alto:

— Então vocês são o bando de trouxas que escava essas terras em busca daquele lixo de pedras que pensam ser diamantes — desafiou em francês.

O homem mais velho se aproximou, pronto para acertá-lo.

— Bando de amadores. — Kepler cuspiu no chão.

A pancada que veio em seguida lhe acertou no queixo e o fez sangrar. Enquanto rolava no chão, empoeirando as roupas, deu um jeito de pegar a arma e atirar logo abaixo do olho esquerdo do homem, fazendo o osso temporal estourar quando a bala saiu do outro lado da cabeça. Levantando agilmente, apontou para o jovem, que deu um passo para trás, soltando a espingarda e os cordames.

— Acabe com esse traste! — Kunto gritou.

Pressentindo a morte, o jovem magrelo, que estava quase chorando, começou a se lamuriar em sua língua nativa.

— O que ele está dizendo? — Isabela perguntou.

— Nada que interesse. — Kunto levantou após desatar o nó malfeito que o prendia.

— Traduza! — Kepler ordenou.

Kunto o encarou.

— Está dizendo que é membro da tribo e que foi obrigado a ajudar os mineradores — traduziu. — Disse que vários jovens foram levados para trabalhar nas cavernas.

Kepler tinha areia no rosto e cuspiu o sangue que saía do corte no lábio. *Talvez o garoto possa ajudar*, pensou e baixou a arma.

— Peça a ele que nos leve para a aldeia — disse.

51

**ALDEIA DOGON
25 DE AGOSTO DE 1977 - 19H09**

Apesar do calor, uma fogueira ardia no centro da cabana de barro, iluminando duas máscaras alongadas penduradas na parede. Sentado num desconfortável tronco de árvore semicircular, Kepler olhava para o chão, com os dedos das mãos entrelaçados, esperando aquele que a tribo chamava de "chefe espiritual". Jerry e o guia também estavam sentados, curiosos.

Os dogons não tinham o costume de ser receptivos com estranhos que ousavam se aproximar da aldeia. No entanto, a chegada daquelas pessoas estranhas causou furor, afinal elas haviam resgatado um jovem da tribo que fora levado para trabalhar com os mineradores.

Dois membros tribais, usando saia de palha, levantaram depressa quando um velho de barba branca adentrou a cabana, se movimentando com a ajuda de um cajado. Era um ancião de idade avançada, de costas arqueadas, que caminhava com dificuldade. Ele vestia uma túnica escura que lhe cobria o corpo inteiro e um gorro vermelho. Quando se acomodou num banco, de frente para os demais, começou a falar na língua nativa. Kepler e Jerry logo encararam Kunto, esperando que traduzisse.

— Ele está agradecendo por termos trazido de volta um dos jovens que tinham sido levados — Kunto disse, ouvindo com atenção. O velho falava muito baixo e fazia pausas entre as palavras. Era difícil entender com clareza o que queria dizer. — E espera que os deuses Nommo possam nos pagar pelo favor.

— Amém! — Kepler soltou, pouco preocupado com deuses ou agradecimentos. — Pergunte se eles sabem quantos são os mineradores que ocupam as cavernas.

Foi um dos homens sentados no tronco que respondeu.

— Uma dúzia — Kunto elucidou.

Kepler soltou o ar dos pulmões numa espécie de suspiro. Ciente de que os mineradores estariam preparados para qualquer tipo de invasão, deduziu que não conseguiriam entrar e sair sem que fossem percebidos. A ideia que lhe passou pela cabeça, de eliminar os invasores, também não pareceu sensata. Dessa forma, concluiu que precisaria recorrer à tribo para que, numa união de interesses, pudessem espantar, ou mesmo exterminar, aqueles empecilhos. Quando todos ficaram em silêncio, ele pôde ouvir o barulho dos macacos que gritavam na copa das árvores em frente à falésia.

— Precisamos da ajuda da tribo se quisermos encontrar o sinal — Kepler falou, com Jerry ao lado.

Jerry concordou.

— Kunto — Kepler chamou o guia pelo nome —, diga ao ancião que viemos aqui para entrar nas cavernas e que podemos ajudar a recuperar o restante dos jovens que foram levados — expôs. — Porém precisamos que a tribo disponibilize alguns de seus caçadores para que possamos espantar os mineradores.

Kunto repassou tudo ao ancião.

A fogueira estalou, atirando uma brasa para longe.

— O ancião quer saber se o que está propondo é uma briga — Kunto voltou a falar.

— Briga? Não! O que estou propondo é vingança — Kepler retrucou. — Os mineradores jamais deixarão a tribo em paz enquanto puderem levar seus jovens sem que façam nada.

Kunto traduziu.

O velho abriu um sorriso desdentado antes de responder.

— A tribo não vai brigar com os ladrões de tesouros. — Kunto traduziu a resposta.

O tronco de madeira rangeu quando Kepler se apoiou nele com as duas mãos, pegando impulso para levantar. O movimento foi interrompido assim que o chefe tribal agarrou seu cajado e começou a falar com os homens vestidos com saias de palha. Esfregando o queixo enquanto tentava entender o que acontecia, Kepler se inclinou para a frente assim que o guia revelou sobre o que estavam conversando.

— Como pagamento pelo resgate do jovem, eles deixarão que um membro da tribo nos leve até dentro da galeria de cavernas por uma entrada que os mineradores ainda não descobriram — Kunto explicou. — Contudo, querem saber por que queremos entrar lá.

Kepler dobrou os joelhos, aproximando os calcanhares do tronco.

— Diga que existe algo escondido naquelas cavernas que nos permitirá conversar com os deuses.

25 DE AGOSTO DE 1977 - 20H18

Era uma noite escura, mas isso não impediu que o grupo liderado por Kepler partisse em direção à caverna. Com o caminho iluminado pelo brilho da lua, o membro da tribo designado para ajudar parou quando chegaram ao alto de uma elevação. Ao longe, a uns duzentos metros de distância, podiam-se ver barracas de pano no acampamento montado pelos mineradores, bem na frente da entrada principal da galeria. Segurando uma tocha apagada, embebida em gordura animal, Jerry esperou o caçador cochichar algo para Kunto e fazer sinal com uma lança de madeira que carregava.

— Vamos contornar — Kunto anunciou. — Há outra entrada atrás daquela pedreira. — Apontou para um aglomerado de rochas enormes, que mais parecia uma montanha.

Tendo deixado Isabela e Emmy na aldeia, longe dos perigos que poderiam correr, os quatro homens seguiram por um caminho íngreme, repleto de subidas, até alcançarem o local indicado: uma pedreira de difícil acesso, atabafada por encostas altas. Ao vê-la, Jerry entendeu o motivo de os mineradores nunca a terem encontrado.

— Este é o lugar? — indagou, tentando olhar dentro do buraco arredondado no meio das pedras, que não tinha mais que setenta centímetros de largura. — Acho que vamos ter que nos espremer. — Olhou para Kunto.

De imediato, Kepler tirou do bolso um isqueiro e acendeu as tochas, enfiando uma dentro do buraco para analisar o que os esperava. Ele foi o primeiro a entrar, tirando a mochila das costas e encolhendo os ombros na parte mais estreita.

— Venham logo! — gritou lá de dentro depois de alguns segundos. Sua voz soou abafada.

Os demais entraram, enfileirados.

Usando os cotovelos para rastejar como um soldado, Jerry enroscou o cinto da calça numa pedra pontuda logo nos primeiros metros. Ele precisou fazer força, impulsionando-se para a frente até se soltar. Ter que se movimentar numa passagem tão pequena e apertada não estava sendo nada agradável, ainda mais para ele, que tinha um certo pavor de lugares fechados. *Acho que vou morrer aqui*, pensou, respirando devagar.

Foi preciso rastejar por mais quinze metros até que pudessem ficar de joelhos. À medida que avançavam, sempre descendo, a passagem ia se alargando. Não demorou para que pudessem ficar em pé e se vissem dentro de uma galeria não muito alta, mas repleta de estalactites no teto. Jerry ergueu a tocha, estendendo o braço à frente para ver se havia algum tipo de pintura ou inscrição nas paredes. Não viu nada além de estranhas formações de rochas metamórficas.

— Este não é o lugar que procuramos — falou.

— Vamos em frente. — Kepler mostrou uma passagem menor mais à esquerda.

Caminharam por mais algum tempo até encontrarem uma caverna semicircular que, de tão longa, se perdia de vista. Era num lugar como aquele, com teto baixo e paredes lisas, que esperavam começar a ver as pinturas. Ouviu-se um farfalhar de morcegos assim que o caçador dogon começou a falar com voz aguda.

— Ele está dizendo que esta é a caverna onde os mineradores trabalham — Kunto se apressou em avisar. — Se a seguirmos até o fim, sairemos no acampamento.

— Tudo bem — Kepler sussurrou. — Então, a partir daqui, evitamos conversar e tomamos mais cuidado.

Com as tochas acima da cabeça, seguiram em frente e puderam ver que havia picaretas e pás encostadas nas paredes. Fazendo a curva, avistaram um foco de luz a alguns metros de distância. Era uma lamparina de vidro, movida a querosene, que queimava iluminando uma prateleira repleta de ferramentas. Jerry se esticou todo quando viu as diferentes tonalidades de cores que enfeitavam a parede diante da prateleira. Ele cutucou Kepler e apontou.

— É isso! — Kepler comemorou.

Com passos sorrateiros, chegaram mais perto, atentos a qualquer barulho. Ao se postar bem na frente das pinturas, Jerry sentiu uma corrente de ar ouriçar os cabelos. Aquilo o fez imaginar que deveriam estar muito próximos da entrada principal e, por consequência, próximos do acampamento dos mineradores.

— Ilumine aqui. — Kepler tinha jogado a tocha no chão e estava com uma máquina fotográfica que pegou da mochila.

Clac, o som da câmera ecoou, e a luminosidade do flash clareou o ambiente por uma fração de segundo. *Clac*, outra vez o mesmo som. Kepler estava fotografando cada parte da parede repleta de pinturas vermelhas com contornos brancos.

Jerry estava encantado diante daquelas pinturas com mais de cinco mil anos. Era evidente que algumas delas representavam animais e pessoas caçando, mas havia outras completamente misteriosas. Desde máscaras alongadas com olhos grandes até humanoides de cabeça grande que mais pareciam uma mistura de humano e réptil. Aproximando-se para observar os detalhes, colocou a mão na parede, em cima de um círculo branco.

— *Po Tolo* — o caçador dogon falou.

Jerry arqueou as sobrancelhas.

— É Sirius B — disse Kepler enquanto guardava a câmera. — *Po Tolo* é como os dogons chamam a estrela Sirius B — esclareceu, aparentando entender um pouco sobre mitologia.

— *Po Tolo. Nommo. Nu˅:yⁿ. Túrú* — o caçador continuou, falando na língua nativa e apontando para as pinturas seguintes.

Jerry arqueou as sobrancelhas outra vez. Ainda estava digerindo a primeira, e mais palavras estranhas vieram em seguida, embora uma delas — *Nommo* — tenha soado familiar. Ela o remeteu ao passado, quando esteve na mansão de Herschel Shapley e ouviu a história contada sobre os deuses Nommo, que supostamente viviam em Sirius B e visitaram os dogons no ano de 3200 a.C., deixando-lhes avançados conhecimentos.

Um cheiro forte de cigarro entrou na caverna com uma corrente de vento que veio de fora.

— O que significam as duas últimas palavras? — Jerry perguntou para Kunto, que olhava na direção da saída principal.

— *Nuˇ:yⁿ* e *Túrú*. — Kunto repetiu o que o caçador havia dito e depois traduziu: — Cinco e um.

A troca de olhares entre Jerry e Kepler ao ouvirem aquilo evidenciou que tinham encontrado o que estavam procurando. Em meio à euforia, o som alto de um pigarro, vindo de alguém que estava próximo, fez com que tivessem que se apressar.

— Peça que continue identificando as pinturas. — Kepler colocou a mochila no chão, revirando-a em busca de algo para fazer as anotações.

Jerry ficou espreitando enquanto Kepler rabiscava a folha de um caderno com as informações que o caçador repassava.

— Vamos logo — Jerry cochichou, sentindo o cheiro de fumo misturado com alcatrão ficar mais intenso.

— Pronto — Kepler anunciou, fechando o caderno. — Vamos voltar pelo mesmo lugar por onde entramos.

Agora um som de passos também podia ser ouvido. Kepler mal havia guardado as coisas na mochila e um minerador com espingarda apareceu na caverna.

— Temos companhia! — o minerador gritou e deu um tiro para cima, alertando todo o acampamento.

52

A presença inesperada do minerador na caverna fez com que um frio subisse pela coluna de Kepler. Ele ainda estava agachado, fechando o zíper da mochila, quando percebeu a chegada do inimigo e ouviu um tiro de espingarda que acertou o teto da caverna, fazendo estilhaços de pedra caírem sobre sua cabeça. Tendo conseguido decifrar o sinal com a ajuda do caçador dogon, precisava encontrar uma forma de tirar todos daquele lugar para que o trabalho fosse completado.

— Vá com calma, amigo. — Foi Kunto quem falou primeiro e ergueu as mãos, mostrando que não carregava armas.

Ouviram-se murmúrios fora da caverna. O acampamento tinha sido alertado sobre a invasão. Tendo que manter os quatro invasores na mira com apenas uma espingarda, o minerador olhava constantemente para trás, esperando a ajuda chegar.

Sabendo que não teriam chance de fugir se mais homens aparecessem, Kepler levantou devagar e deu um passo à frente, aproximando-se de Jerry.

— Quando ele olhar para trás, jogue a tocha nele — sussurrou.

— Cale a boca! — o minerador vociferou, olhando por sobre o ombro. Seus comparsas estavam a caminho.

Jerry nem esperou que o homem fizesse o movimento completo com o pescoço para atirar a tocha com força naquela direção. O minerador bem que tentou desviar, mas ela lhe atingiu em cheio o peito, fazendo gordura animal respingar nas suas roupas, que começaram a pegar fogo. Ele até apertou o gatilho da espingarda, disparando para o alto, antes de jogá-la no chão e se concentrar em tirar a camisa em chamas. Foi difícil abrir os botões e, com o fogo se espalhando, ele tentou rasgá-la. Os gritos desesperados pela dor das queimaduras vieram em seguida.

229

— Voltem para a saída na pedreira — Kepler falou com voz apressada, sacando a pistola. Acertou um tiro na cabeça do minerador, que caiu, com o corpo queimando.

Jerry e o caçador deram meia-volta e começaram a correr. Kunto ainda arranjou um tempo para pegar a espingarda de cano duplo do chão e se escorar na parede, com olhos grudados em Kepler. Já se podiam ouvir as conversas dos homens vindos do acampamento.

— Se quiser ir, vá logo — Kepler falou, conferindo a munição da pistola. — Eu vou atrasá-los.

— Aqui não é um bom lugar — Kunto avaliou. — Se quiser pegá-los de surpresa, sugiro que faça isso na grande galeria, escondido atrás das pedras pontudas do chão.

Os inimigos estavam próximos. Eles avançavam chamando o minerador morto pelo nome. Sem mais tempo a perder, Kepler acatou a ideia, colocou a mochila nas costas, e ambos correram, voltando para a galeria. Tiros foram disparados pelos mineradores quando os dois estavam fazendo a curva na passagem da caverna. Para mostrar que também carregavam armas, Kepler atirou para trás, ganhando um pouco de tempo.

A passos largos, alcançaram a grande galeria quando Jerry e o caçador estavam se preparando para entrar rastejando pela passagem estreita que os levaria até a saída da pedreira.

— Vão depressa e nos esperem lá fora! — Kepler gritou.

Houve um estrondo ensurdecedor. Os mineradores tinham chegado à galeria e disparavam rajadas de tiros na direção da saída, impedindo que Jerry pudesse seguir o caçador, que tinha rastejado para dentro da passagem. Com o canto dos olhos, Kepler pôde ver Jerry se jogando no chão enquanto inúmeras balas acertavam as paredes, fazendo com que lascas de pedra e poeira voassem pelo ar.

— Maldição — resmungou.

Escondido atrás de uma estalagmite alta, ele fez sinal para que Kunto se posicionasse no lado inverso e que ambos alternassem disparos contra os mineradores, oferecendo uma brecha para que Jerry escapasse. Ao receber sinal positivo, levantou e atirou duas vezes, fazendo os mineradores se abaixarem e recuarem por um instante. Tendo conseguido distraí-los, voltou a se esconder. Agora era a vez de Kunto usar a espingarda.

230

Jogando a tocha para longe, Kepler se amparou na estalagmite e observou Jerry entrar no buraco de saída. Não menos tranquilo, se ajoelhou e olhou para Kunto, que estava em pé, pronto para atirar. Quando os mineradores voltaram a aparecer, o gatilho da espingarda foi puxado e o barulho característico de arma sem munição ecoou pela galeria, mas logo foi abafado pelos disparos dos mineradores. Kunto tinha sido acertado e cambaleou para trás, caindo com as mãos no peito, ensanguentado. Kepler teve a sensação de que o tempo havia parado. Ele se arrastou para perto do guia, que jazia imóvel no chão, com sangue escorrendo do peito. Sem ter o que fazer, deu mais alguns tiros e correu para o buraco de saída, usando as pedras como abrigo contra as balas. Uma delas chegou a acertá-lo de raspão nas costas.

Engatinhando depressa ao se atirar para dentro do buraco, Kepler quase ficou com os joelhos em carne viva enquanto avançava o bastante para que os mineradores não o alcançassem. Alguns metros adiante, quando a circunferência da passagem diminuiu, precisou rastejar para conseguir chegar à saída.

— Rápido — ouviu uma voz e viu um braço estendido. — Onde está o guia? — Jerry indagou ao puxá-lo para fora.

— Eles o acertaram — revelou. — Está morto.

Kepler estava com as mãos nos joelhos, tentando normalizar a respiração, quando o caçador dogon começou a falar na língua nativa. Sem entender nada, ele se recompôs e se aproximou da rocha grande em que o caçador estava. Do alto da pedreira, pôde ver a movimentação intensa no acampamento, com homens armados andando para lá e para cá enquanto outros entravam e saíam da caverna.

— Não podemos usar o mesmo caminho — ele falou apenas por costume e se esforçou para fazer sinais com os braços até que o caçador entendesse o recado.

Quando o caçador começou a gesticular também, Kepler pensou ter encontrado uma forma de se comunicar. Embora qualquer palavra que um dissesse ao outro não fizesse sentido, ambos pareceram concordar que um caminho alternativo era a melhor forma de voltar para a aldeia em segurança. Então o caçador se pôs a correr, descendo a pedreira por uma trilha estreita, bem mais íngreme que a que tinham usado para subir.

Com a escuridão favorecendo o avanço, logo avistaram ao longe as tochas que queimavam no alto da falésia. Apressando ainda mais o passo, chegaram pela frente e cruzaram por baixo das árvores com primatas barulhentos, antes de encontrarem o primeiro membro da tribo, que vigiava os arredores com uma lança na mão. O caçador trocou algumas frases com o vigia e então entraram na aldeia, subindo até a cabana onde Emmy e Isabela os aguardavam.

Os olhos de Emmy brilharam quando viram Kepler.

— Diga que encontraram. — Ela se aproximou.

— Está na mochila — ele revelou.

Houve uma troca de olhares entre Isabela e Jerry.

— Onde está o guia? — Isabela perguntou, agora olhando para Kepler, com um movimento repentino de atenção.

Kepler sacudiu a cabeça.

— Foi morto. Mas eu ainda estou com o mapa que peguei na camionete. — Ele abriu a mochila e pegou o mapa rasgado. — Há marcações a tinta em cada um dos trechos. Acredito que consiga nos levar até Bandiagara sem problemas.

Houve um instante de silêncio na cabana, até que surgiu na porta um membro da tribo, falando alto e apontando para fora. Kepler o acompanhou até uma espécie de varanda à beira do precipício. Lá do alto, pôde ver que havia homens se aproximando.

— Temos problemas! — gritou para os que estavam lá dentro. — Os mineradores estão aqui.

53

Aquele que vigiava a entrada da aldeia nem conseguiu ver quem o atingiu quando caiu, com um buraco de bala no peito.

— Vocês foram avisados, porcos africanos! — gritava em francês um homem de voz grossa que atirava para o alto, na direção da aldeia elevada, a cada vulto que via. — Queimem essa merda toda! — Ele jogou uma tocha num monte de feno seco, usado para alimentar as cabras criadas pela tribo.

Observando toda a ação do alto, Kepler se apressou em voltar para a cabana em busca da espingarda. Quando a pegou, carregou dois cartuchos e colocou mais um punhado no bolso. Antes de sair, percebeu que Emmy o encarava com olhos preocupados.

— Tome, fique com a pistola. — Ele ofereceu sua arma para ela. — Você atira melhor com isso do que com espingarda.

— Dê para o Jerry. — Emmy ergueu a camiseta, mostrando que não estava desprevenida. — Eu tenho a minha.

Kepler entregou a pistola engatilhada para Jerry, que a segurou firme enquanto desciam até a frente da falésia, onde estavam os mineradores. Pelo caminho, encontraram diversos caçadores com lanças de madeira, prontos para defender a tribo. Continuaram a descida, todos juntos. Ao se postar diante dos mineradores, a uns dez metros de distância, os defensores se mostraram mais numerosos. A diferença é que os invasores estavam armados até os dentes.

— Aquele é o filho da puta que fez toda aquela confusão na caverna — um dos homens reconheceu Kepler.

O que parecia ser o líder dos mineradores deu um passo à frente, pigarreou e cuspiu no chão. Era um homem pesado, de um metro e noventa de altura, com o rosto queimado de sol. Seus olhos enraivecidos mostravam que ele não estava contente.

— Tragam os garotos — o grandalhão ordenou.

Logo outro veio de trás, segurando pelo braço três jovens que tinham sido levados da tribo havia alguns dias.

— Quantas vezes vocês foram avisados para não pôr os pés na caverna enquanto estivermos trabalhando? — o líder gritou em francês. Atrás dele, um jovem negro que também estava armado traduzia para a língua nativa.

— Três de meus homens foram mortos na caverna hoje — o minerador continuou. — E há mais um sumido desde o fim da tarde. São quatro perdas num dia. — Virou o corpo para pegar algo que lhe ofereceram pelas costas.

Kepler torceu o nariz, mas ficou em silêncio quando a cabeça de Kunto foi jogada próxima a seus pés.

— Um — o líder começou a contagem. — Dois. — Puxou um dos jovem para perto e colou o revólver na cabeça do pobre coitado, disparando e fazendo sangue voar para todo lado.

Os caçadores da tribo ficaram estáticos, observando a cena, como se aquilo fosse algo comum.

— Três. — Outro jovem da tribo estava na mira do revólver calibre .32, a milésimos de ser morto, quando algo aconteceu.

Kepler desviou o olhar para a esquerda quando o líder minerador caiu no chão de braços abertos, com um tiro certeiro na lateral da cabeça. Emmy o tinha baleado e ainda estava com a pistola apontada quando a carabina de outro minerador se voltou contra ela. *Bang.* Foi Kepler quem o matou com um tiro no pescoço, antes que atirasse.

— Voltem para a caverna e ninguém mais precisa morrer — Kepler anunciou, trocando olhares com cada um dos mineradores que haviam sobrado.

Houve um tenso momento de silêncio.

— Vamos embora — um deles falou e abaixou a arma. Os outros o imitaram e, um por um, viraram as costas.

— Eles vão voltar — Emmy sussurrou.

Kepler olhou para ela.

— Jerry, me dê a pistola — pediu.

Fazendo sinal positivo para Emmy, os dois começaram a atirar nos mineradores, que estavam de costas, matando um por um para que não voltassem a atormentar a tribo.

54

26 DE AGOSTO DE 1977 - 7H56

O sol mal tinha aparecido no horizonte quando Jerry, Kepler, Isabela e Emmy iniciaram a caminhada de volta, em busca da camionete que havia sido deixada no fim da estrada, próximo à comuna de Boro, cerca de oito quilômetros distante da aldeia dogon. Usando o velho e desbotado mapa que pertencia a Kunto, eles caminharam por quase duas horas, até avistar o veículo estacionado. Exaustos e com as roupas encharcadas de suor, embarcaram e pegaram a estrada de volta para Bandiagara.

Com mais aquele penoso trabalho concluído, Kepler relaxou os ombros enquanto dirigia pela estrada de terra, extasiado por terem conseguido encontrar três dos quatro sinais recebidos. *Falta só um*, comemorou, apertando o volante. Seus olhos se mantiveram atentos na estrada, até que Emmy começou a falar.

— O que faremos agora? — ela indagou, preocupada com a situação da filha. — Carl Linné espera uma ligação na embaixada em Bamako para marcarmos um encontro — revelou quais eram os planos. — O acordo para que ele liberte a nossa filha é que eu conte onde vocês estarão escondidos com os sinais.

Kepler bufou, repassando tudo na mente e considerando as implicações. Ele até conhecia algumas pessoas nos Estados Unidos, mas ninguém confiável — ou influente — o bastante para poder ajudar.

— Fique tranquila. Darei um jeito nisso assim que chegarmos em casa — ele tentou acalmá-la. — Agora, procure no mapa uma rota para o campo de pouso que passe por fora de Bandiagara — pediu. — Vamos ter mais problemas se os guias locais nos virem e começarem a perguntar por Kunto.

— Por aqui — Emmy apontou, depois de meio minuto.

Eram quase nove horas quando chegaram ao campo de pouso. Estacionando a camionete próximo ao galpão de madeira, Kepler desembarcou com a arma na mão, olhando para os lados para ver se encontrava alguém. Estava tudo deserto. Ouvia-se apenas o rangido das dobradiças na grande porta de madeira do galpão, trancada com um cadeado.

O vento na região não dava trégua, soprava levantando nuvens de areia que eram levadas para longe. Com os cabelos despenteados, Kepler se aproximou da porta e tentou abrir o cadeado, sem sucesso. Sem pensar duas vezes, se afastou um pouco e virou o rosto antes de atirar, fazendo a peça de aço ficar toda retorcida.

— Me avise se alguém se aproximar pela estrada — ele alertou Isabela, que permanecera lá fora.

Ao entrar no galpão, ficou aliviado ao ver que o Beechcraft Baron ainda estava lá. Observando a luz do sol que entrava pela frestas no telhado, avançou e embarcou no avião, conferindo os comandos e a quantidade de combustível antes de ligar os motores. Manobrando para fora, parou por um instante até que todos embarcassem. Depois taxiou até o fim da pista e acelerou, para levantar voo com destino ao Aeroporto Internacional Bamako-Sénou.

55

COMUNA RURAL DE TIÈNFALA, MALI
26 DE AGOSTO DE 1977 - 13H28

A tempestade que assolara a região de Bamako tinha deixado árvores caídas e uma porção de galhos espalhados nos arredores da cabana à beira do rio. Havia também muitas folhas no lamaçal que tomava conta da varanda. Na televisão da sala, eram mostradas a todo momento cenas desoladoras do vendaval que tinha destelhado residências e destruído galpões industriais por toda a capital e cidades vizinhas. Dentro da cabana, enquanto Jerry e Isabela conversavam sobre o sinal encontrado na caverna, Kepler observava Emmy, sentada no sofá ao seu lado, perto do telefone.

— O que vou dizer? — Ela falava sobre a ligação que faria para a embaixada, dando notícias a Linné. — Se ele desconfiar e fizer algo com a nossa filha, jamais vou me perdoar.

Kepler segurava um copo de conhaque e mantinha o pescoço curvado, olhando para o alto, como se o lustre no teto fosse lhe dar alguma boa ideia sobre o que fazer.

— Precisamos encontrar um jeito para que eu fique frente a frente com aquele desgraçado — ele expôs. — Vou arrancar os olhos dele e fazer com que engula. — O instinto psicótico de Louis Kepler estava mais aflorado do que nunca.

— Acho que sei o que fazer — Emmy suspirou. — Vou pedir que Linné me encontre em algum lugar afastado da cidade no fim da tarde. Certamente ele vai levar o capanga dele, mas eu e você podemos dar um jeito nos dois.

— E depois? — Kepler enrugou a testa.

237

— Depois matamos o tal Du Toit e, se Linné não colaborar, o obrigamos a abrir a boca — Emmy explanou.

O plano parecia funcional, embora não oferecesse nenhuma garantia de que conseguiriam resgatar a criança em segurança.

— Certo — ele concordou. — Faça a ligação.

EMBAIXADA DOS ESTADOS UNIDOS
26 DE AGOSTO DE 1977 - 13H28

Tendo voltado para Bamako ainda na madrugada daquele dia, Carl Linné se ausentava de sua sala na embaixada apenas a tempo de ir até a recepção encher copos de café, que o ajudavam a se manter acordado naqueles dias de pouco sono. Enquanto aguardava, sentado numa cadeira almofadada, seu estômago vazio roncou. Ele não deu ouvidos. A expectativa era de que muito em breve pudesse voltar à vida rotineira de almoços em fast-foods nos Estados Unidos.

Preocupado com a delicada situação ante o diretor da NSA, que já deveria ter escolhido um substituto para enviar ao Mali, Linné se mantinha pensativo, mas confiante de que seu plano não falharia. Imaginando que a qualquer momento o telefone da recepção começaria a tocar, bebeu o último gole de café que restava no copo plástico e o amassou, colocando na lata de lixo que ficava embaixo da mesa. Os pelos de seu braço se arrepiaram quando o estridente barulho do telefone tocando na escrivaninha entrou em seus ouvidos. Ficou na expectativa. Respirou longa e profundamente antes de atender.

— Sim.

— Ligação para o senhor — a recepcionista informou.

— Pode passar.

Por poucos segundos, houve silêncio.

— Linné? — a pessoa do outro lado da linha perguntou.

Carl vibrou ao perceber que era Emmy MacClintok.

— Sou eu — confirmou. — Diga que conseguiram encontrar. — Seus batimentos cardíacos estavam acelerados. Seu futuro como agente federal dependia de uma resposta positiva.

— Houve alguns imprevistos na aldeia dogon, mas o sinal foi encontrado e está com Louis Kepler — Emmy revelou, sussurrando bem baixo.

— O desgraçado está por perto?

— Não. Eu estou trancada no quarto.

— Tenha cuidado para não ser descoberta, Emmy. Você sabe bem que não pode falhar — Linné avisou, engrossando um pouco a voz. — Me diga onde estão escondidos.

Ouviu-se um rangido no fundo da ligação.

— Tenho que desligar — Emmy falou, apressada. — Preciso que me encontre numa pequena comuna que fica cerca de vinte quilômetros ao norte de Bamako. Chama-se Safo. — Fez uma pausa curta. — Estarei esperando na igreja local às...

— Por que em Safo? — ele a interrompeu.

— Nada mudou, Linné — ela voltou a falar. — Esteja na igreja de Safo às três e meia da tarde.

Carl olhou para o relógio de pulso, mas, antes que pudesse falar alguma coisa, a ligação tinha caído. Curvando o corpo até encontrar o encosto da cadeira, esfregou a mão no rosto e depois entrelaçou os dedos atrás da nuca.

— Cyril! — gritou.

Ele entrou na sala depois de alguns instantes.

— Você colocou no porta-malas do carro todos os itens que pedi? — Linné indagou, encarando-o.

— Algumas coisas foram difíceis de encontrar, mas está tudo lá — Du Toit respondeu. — Vai precisar da minha ajuda?

— Não — Linné o despachou. — Desta vez vou sozinho.

56

COMUNA RURAL DE SAFO, MALI
26 DE AGOSTO DE 1977 – 15 HORAS

Em virtude da tempestade, galhos e folhagens estavam espalhados por todos os lados, no terreno arenoso onde ficava a igreja abandonada em que encontrariam Carl Linné. Guiando o carro bordô pelos últimos metros da estrada estreita e repleta de capim, Kepler reduziu a velocidade e estacionou sob uma acácia, bem próximo do local onde três dias antes tinha matado o professor Thomas Gill. Antes de desembarcar, esticou o pescoço e olhou através do para-brisa para ver se o corpo do homem ainda estava escondido embaixo dos galhos, perto do palanque da cerca.

— Tem alguma coisa ali? — Emmy, que estava sentada ao lado, perguntou ao vê-lo todo esticado.

Kepler fez que não com a cabeça.

— Pensei ter visto algo, mas não é nada — ele despistou, percebendo que o vendaval tinha levado os galhos e deixado o corpo ao relento.

Com o céu encoberto, ainda havia água empoçada em diversos pontos do terreno. Quando abriu a porta do carro e colocou os pés para fora, pisou em uma das poças, que molhou até a barra da calça. Chutando o ar para livrar-se do excesso de água, contornou o carro e olhou para os lados antes de caminhar até a porta de madeira da igreja, que tinha uma cruz entalhada. Locais religiosos lhe davam calafrios, aversão que vinha da infância, quando seus pais, devotos fervorosos, o obrigavam a frequentar o culto três vezes por semana, sob a ameaça de queimar no inferno se não o fizesse. Ouvir os sermões infundados e repetitivos dos padres e reverendos sempre lhe causava ânsia.

Evitando encostar na cruz, empurrou a porta e constatou que estava emperrada. Fez um pouco mais de força, sem sucesso. Então se afastou um passo e deu um chute forte, fazendo com que as dobradiças cedessem e a porta fosse ao chão.

Emmy entrou primeiro, parecendo pouco preocupada com uma possível cilada armada por Linné. Kepler a seguiu, atento e com a arma firme na mão. Deu um passo e parou, olhando para o altar através do corredor principal. Depois avançou até a sacristia, verificando entre as fileiras de bancos. O lugar estava vazio e, diga-se de passagem, todo empoeirado e tomado por teias de aranhas. Aquela igreja não recebia nenhum tipo de cuidado havia anos.

— Acalme-se — disse Emmy ao perceber a inquietação. — O Linné ainda não chegou.

Sorrindo de leve, Kepler abaixou a arma e sentou num banco, na fileira mais próxima ao altar. O banco estava tão velho e degradado que os pés tinham sido tomados por cupins, e as bordas de madeira se desfaziam a qualquer toque. No teto, coberto por telhas de barro quebradas, ninhos de pássaros explicavam os barulhos e pipilares que ecoavam por toda a igreja.

Por um bom tempo, Kepler entreteve-se tirando e pondo de volta o pente de balas na arma. O estalo metálico que a pistola fazia a cada vez que repetia o movimento o acalmava. Desviando o olhar para Emmy, que se movia perto do altar, ele não pôde deixar de perceber uma figura de Jesus de porcelana, em tamanho real, pregado numa cruz de madeira na parede dos fundos. Seus olhos se fixaram na imagem.

— Ele está tentando te converter? — Emmy brincou.

Kepler sorriu ironicamente, engatilhou a pistola e disparou, acertando o parafuso que mantinha a cruz pendurada. A figura de Cristo esmigalhou-se em dezenas de pedaços quando caiu lá do alto, em cima de um aparador com castiçais.

— Ele não estava conseguindo. — Kepler levantou e chutou uma vela de sete dias que estava no caminho.

Emmy ficou calada.

Pouco tempo depois, ouviram o ronco de um motor, mais alto a cada segundo. Kepler olhou para a porta da frente e viu um Mercedes escuro estacionando. Quando o motorista desembarcou, pôde perceber que se tratava de Carl Linné.

— Ele veio sozinho. — Emmy demonstrou estranheza e voltou para perto da cruz caída no altar.

O sangue de Kepler ferveu assim que Linné colocou o pé dentro da igreja. Apesar de sua frieza e falta de compaixão por aqueles que julgava inimigos, ele amava incondicionalmente a única filha, Rachel. Por isso, no íntimo, sua vontade era levantar a arma e descarregá-la, matando aquele homem bem depressa pelo que tinha feito com a criança. Contudo, dessa forma não haveria nenhum sofrimento, e essa não era a morte que ele tinha planejado para o agente federal.

Estranhamente, Linné entrou no recinto despreocupado com o perigo. Logo nos primeiros metros, interrompeu o passo e parou, olhando para os lados, como se estivesse contemplando um cenário de filme. Então, extasiado, voltou a avançar pela passagem central entre os bancos.

— Uma igreja? — ele riu e começou a bater palmas pausadamente. — Eu não poderia pensar num lugar mais propício para que tudo isso terminasse.

Kepler avançou um passo e apontou a arma.

— Jura? Com um tiro? — Linné parou a uns cinco metros de distância. — Eu imaginei que o astuto Louis Kepler me mataria de uma forma mais... — parou para pensar no adjetivo — dolorosa, horrenda.

— Na verdade, pensei em arrancar os seus olhos e pregá-lo nessa cruz — Kepler revelou, indicando a imagem.

O federal ergueu as sobrancelhas.

— É uma ótima ideia, não é, Emmy? — Linné franziu os lábios, se apoiando no banco. — Crucificação. — E a encarou.

Kepler desconfiou da troca de olhares entre os dois, mas, quando tentou se virar, sentiu uma picada dolorida no pescoço. Instintivamente estapeou a mão de Emmy, fazendo a seringa de vidro que ela segurava se despedaçar no chão.

— O que foi isso? — balbuciou, grogue, tentando se manter concentrado. Era tarde demais. A medicação já estava agindo em sua corrente sanguínea, deixando-o tonto a ponto de ter que procurar apoio. Ao dar um

242

passo para o lado e não achar nada para se apoiar, caiu de costas, com a visão borrada, mas nítida o suficiente para ver Emmy caminhando para perto de Linné antes de apagar.

VINTE MINUTOS DEPOIS

Os braços de Kepler formigavam, e as pernas estavam dormentes. Nos minutos em que esteve adormecido, inúmeras lembranças dominaram sua mente, fazendo com que sentisse calafrios. Esforçando-se para abrir os olhos, viu-se deitado no chão da igreja, em cima de algo desconfortável, com os braços abertos e os pés juntos. Piscou duas vezes para que a tontura passasse. Tentou levantar, mas seu corpo não obedecia aos comandos enviados pelo cérebro. Desesperou-se. Sua respiração ficou ofegante, e os batimentos cardíacos, acelerados. Ele estava paralisado. Apesar de a visão e a audição continuarem intactas, não conseguia falar nem mexer um músculo sequer.

57

Emmy esperou Linné sair da igreja antes de usar um lenço para limpar a saliva que escorria do canto da boca de Kepler. Ela o havia dopado com uma dose de um composto indicado pelo agente federal, que causava paralisia parcial no sistema nervoso. Depois disso, foi fácil deitá-lo naquela mesma cruz que ele havia derrubado, amarrando-o com braços e pernas na posição de Cristo.

— Você consegue se lembrar de todas as pessoas que matou, Louis? — Emmy pôs a mão no bolso da calça.

Kepler quis falar, mas só o que se ouvia eram resmungos.

Com as mãos tremendo e o estômago embrulhado, ela se curvou para chegar perto do rosto de Kepler e aproximou uma fotografia dos olhos dele.

— Lembra de Gregor Becquerel? — perguntou. — Consegue se lembrar da noite em que o matou na universidade? — Calou-se por um momento e guardou a fotografia, se apoiando nos joelhos para levantar e ir em busca de uma maleta médica colocada em cima do banco na primeira fileira. — Gregor e eu íamos nos casar no próximo mês, mas isso você sabia. — Remexeu na maleta repleta de instrumentos que Linné havia trazido no porta-malas do Mercedes.

Foi difícil escolher um entre tantos itens que ela dispôs sobre o banco. Havia dois bisturis afiados, um martelo cirúrgico, uma serra de ossos, duas tesouras e três modelos de faca com lâmina comprida, utilizadas em açougues. Por fim, escolheu pegar um dos bisturis. Os olhos de Kepler se moveram quando Emmy se aproximou, pisando em alguns pedaços de porcelana espalhados pelo chão.

— Naquela madrugada, no aeroporto, quando você decolou e me largou baleada, deitada numa poça de sangue, foi Linné quem voltou ao hangar para chamar uma ambulância — ela contou, passando a lâmina inversa do bisturi sobre o peito despido de Kepler. — Eu sei que estou sendo usada para o governo pôr as mãos nos sinais que faltam. Mas quer saber a verdade? Não me importo — prosseguiu, acariciando os dentes com a língua. — Descobrir que os federais não tiveram nada a ver com a morte do Gregor foi um preço que aceitei pagar.

Ao virar o bisturi, encostando a lâmina afiada na pele de Kepler, ela nem precisou exercer pressão para que saísse sangue do corte que havia feito sem querer. Ao passo que gotas vermelhas escorriam, uma lágrima se formou em seus olhos.

— Eu confiava em você, Louis, e, por um tempo da minha vida, cheguei a te amar. — As lágrimas se multiplicaram, mas ela as secou com o dedo indicador e respirou fundo, a fim de se recompor.

Kepler também tinha os olhos úmidos, de um modo que ninguém jamais tinha visto. Ele continuava tentando mexer a boca para falar, mas só resmungava e salivava.

— Você sempre foi tão confiante de si. Sempre pensou estar um passo à frente de todo mundo. — Emmy colocou o bisturi no chão. — Alguma vez sua egolatria lhe permitiu desconfiar de que a pequena Rachel poderia não ser sua filha? — indagou, sabendo que não obteria resposta. — Você não é o pai dela, Louis — revelou, sem temor. — O Gregor é o pai da minha filha. Só não te contei isso antes porque temia que você tivesse um ataque psicótico e matasse nós duas.

Uma lágrima escorreu pela lateral do rosto de Kepler. Era evidente que a notícia tinha sido arrasadora.

Emmy ficou em pé quando uma rajada de vento entrou pela porta da igreja, trazendo um amontoado de folhas secas para dentro. Virou-se e olhou para os aparatos médicos dispostos em cima do banco. Por um tempo, ficou parada, encarando a serra de ossos e o martelo cirúrgico. Dezenas de pensamentos tomaram conta de sua mente, fazendo com que tivesse de se concentrar no que estava ali para fazer. Suas mãos tremiam. O coração batia além do normal. Estava à beira de um colapso nervoso. Sem perder mais

245

tempo, se ajoelhou de mãos vazias ao lado de Kepler e ficou naquela posição por quase um minuto, até cair num choro profundo que a fez soluçar.

— Acho que o mundo será um lugar melhor sem você, Louis. — Tirou a arma da cintura e a encostou na testa de Kepler. — A Terra é uma fazenda — ela falou, virando o rosto quando o projétil estourou a cabeça de Kepler, fazendo sangue jorrar para todo lado.

Ajoelhada e com o rosto respingado de sangue, Emmy passou a mão nos cabelos. Com um nó na garganta e o coração apertado, pensou na filha, segura na casa dos avós. Com a alma dilacerada, engatilhou a arma e apontou para a própria cabeça, fechando os olhos antes de atirar.

— O que está fazendo? — gritou Linné, que invadira a igreja depois de ouvir o primeiro disparo.

Emmy abriu os olhos inchados.

— Eu permiti que você se vingasse dele. — Linné elevou as mãos, gesticulando para que ela mantivesse a calma e abaixasse a arma. — Agora você precisa me ajudar a encontrar o sinal. Diga onde Jerry e Isabela estão escondidos!

Ela ergueu os olhos para o céu, que podia ser visto pelos buracos nas telhas da cobertura.

— A humanidade precisa saber a verdade — falou.

— Que verdade? — Linné estava chegando mais perto.

— Que a Terra é uma fazenda! — Emmy exclamou e apertou o gatilho.

58

COMUNA RURAL DE SAFO, MALI
26 DE AGOSTO DE 1977 - 15H58

— Vadia desgraçada! — Linné berrou, socando o encosto de um banco, quando Emmy disparou contra a própria cabeça.

Ele curvou a coluna e apoiou a palma das mãos na madeira, observando a poça de sangue espalhar-se pelo chão. Irritado com mais um plano fracassado, mordeu o lábio e se moveu para que o sangue não encontrasse a sola de seus sapatos. Querendo descobrir alguma pista que pudesse levá-lo ao local onde os outros se escondiam, deu a volta no corpo de Emmy e agachou ao lado de Kepler, que estava amarrado na cruz, morto, com os olhos abertos.

— Você colheu o que plantou, seu pedaço de merda — sussurrou, olhando para o buraco de bala na testa do inimigo.

Usando a ponta dos dedos para tatear os bolsos da calça de Kepler, rangeu os dentes ao sentir que estavam vazios. Soltando o ar num suspiro de reprovação, segurou firme no cinto e levantou o corpo, à procura de algo que pudesse estar nos bolsos de trás. Encontrou uma carteira com diversos documentos falsos, um pouco de dinheiro americano, papéis com números de telefone anotados e, atrás da repartição para os cartões bancários, um recorte de fotografia com o rosto da pequena Rachel. Guardando apenas as anotações de telefone, jogou todo o restante no chão, sobre o sangue fresco que circundava o corpo pálido de Kepler.

Ouvindo o pipilar dos pássaros que voltavam para os ninhos depois de ter sido espantados pelos disparos, Linné ficou em pé e chegou perto do corpo de Emmy. Ele a encarou por alguns segundos, custando a acreditar que a policial pudesse ter feito aquilo consigo mesma. A beleza natural de Emmy tinha sido deformada por uma bala que entrara na lateral da cabeça e saíra pelo rosto, logo acima do olho direito. Mesmo estando acostumado com aquele tipo de cena, engoliu em seco antes de começar a procurar nos bolsos dela. Encontrou documentos, passaporte e outro tanto de dinheiro. Nada que pudesse ser útil em sua caçada aos sinais.

— Que inferno — resmungou, alisando a testa.

Preparando-se para sair da igreja sem nada de concreto, avistou algo reluzente ao lado do corpo de Kepler. Era um bisturi, que recolheu e colocou na maleta, assim como fez com os demais instrumentos, temendo que, se houvesse digitais, aquilo pudesse ligá-lo à cena do crime. Caminhando para fora, deu um jeito de escorar a porta caída na entrada, de modo que, se alguém passasse por ali, não enxergasse os corpos no interior da igreja. Depois colocou a maleta no banco de trás e entrou no Mercedes, dando partida e acelerando em direção à embaixada.

Andando em velocidade acima da média para aquela estrada de terra, ele não demorou a deixar os buracos para trás e acessar o asfalto. Seguiu acelerando por mais alguns quilômetros até entrar no perímetro urbano de Bamako, cujo trânsito leve lhe permitiu chegar à embaixada e estacionar o Mercedes em tempo recorde. Antes de desembarcar, percebeu um veículo estranho parado na vaga ao lado e viu o agente Cyril Du Toit, com o rosto sério, surgindo apressado pela porta dos fundos.

— Algum problema? — Linné indagou, girando a maçaneta para abrir o vidro lateral.

— Não sei se é um problema, mas dois agentes que chegaram há pouco dos Estados Unidos estão conversando com o embaixador — Cyril nem esperou que ele saísse do carro para anunciar. — Eu não entendi muito bem o que estavam falando, mas parece que a agência obteve novas informações sobre outro imóvel ligado a Isaac Rydberg, aqui em Bamako — contou. — É uma cabana na comuna rural de Tiènfala.

Um frio desceu pela coluna de Linné e ele apertou o volante, imaginando se tratar dos substitutos enviados para o Mali pelo diretor da NSA. *Aquele velho doente só pode estar de brincadeira*, enfureceu-se. Sabendo que, se entrasse na embaixada, seria destituído da investigação, resolveu que o melhor a fazer seria fingir desinformação. Era esperto e tinha conhecimento de que, até que uma ordem de saída lhe fosse repassada, ele continuava como responsável. Optou por não dar chance de aviso. Não tinha sido informado oficialmente sobre a decisão da agência, e isso significava que continuava no caso.

— Está com a sua arma, Cyril? — perguntou.

O homem concordou.

— Então entre no carro. — Linné voltou a ligar o motor. — Vamos procurar essa cabana.

Apesar de estarem num potente Mercedes, demorou um pouco para chegarem à comuna rural de Tiènfala, a nordeste de Bamako. Ao adentrarem a comunidade principal, onde a maioria das cabanas se aglomerava, descobriram que a lentidão do caminho era o menor dos problemas. Não havia movimento algum na única rua, que cortava o vilarejo ao meio, de modo que Linné precisou parar ao lado de uma casa de barro, cercada de bambuzais, para pedir informações a um homem que ordenhava cabras.

— Ei — Linné o chamou.

O homem olhou para trás e limpou as mãos antes de se aproximar com passos lentos e rosto desconfiado. Linné olhou para Cyril, esperando que assumisse dali.

— Boa tarde, senhor — Cyril falou em francês. — Este homem está à procura de alguns parentes que desapareceram nesta região. Você poderia nos dizer se viu alguma pessoa estranha na comuna nos últimos dias?

Era visível o desconforto do morador.

— Não — foi o que o homem respondeu. — Mas existe mais uma dúzia de moradias espalhadas pela beira do rio — ele indicou. — Se seguirem em frente, talvez alguém possa ajudar.

Linné respirou fundo ao ser informado da resposta negativa. Ter que procurar Jerry e Isabela de cabana em cabana não era algo que lhe passasse pela cabeça.

— Pergunte se alguma dessas moradias está vazia. — Olhou para Cyril. — Se em alguma delas não mora ninguém.

O agente Du Toit obedeceu.

— A maior delas, perto da curva do rio. Tinha um velho de óculos que a visitava toda quarta-feira, mas esta semana não o vi — o homem revelou, olhando para o horizonte como se tivesse lembrado algo. — Agora que vocês falaram, eu percebi que o número de carros que passam pela estrada aumentou muito entre ontem e hoje — falou e olhou para Linné. — Talvez os seus parentes estejam usando um deles.

— Obrigado, senhor — disse Cyril. — Suas informações foram muito úteis.

O homem sorriu e voltou para perto das cabras.

— Acho que os encontramos — Cyril anunciou.

Linné vibrou e acelerou o Mercedes, seguindo em frente até avistarem a tal cabana, escondida por algumas árvores na beira do rio, distante uns trinta metros da estrada principal. Pretendendo usar o fator surpresa a seu favor, estacionou ali mesmo, atrás de um amontoado de capim alto. Depois conferiu a arma e desembarcou, caminhando pela trilha estreita. Cyril vinha logo atrás.

A cabana, com paredes de madeira envernizadas, aparentava estar vazia. Todas as janelas estavam fechadas, e não havia nenhum carro estacionado no terreno. Mesmo assim, foi preciso chegar bem perto, pela lateral, para que, espiando pela vidraça de uma janela da sala, confirmassem a suspeita inicial: naquele momento, não havia ninguém lá dentro, embora existissem claros vestígios de que alguém tinha estado ali nas últimas horas.

Apoiando-se no peitoril para olhar novamente o interior, Linné observou que havia copos sujos ao lado de algumas folhas de papel rabiscadas, sobre uma mesa. Apesar de imaginar que Jerry e Isabela fossem espertos o bastante para não deixar pistas, resolveu entrar e conferir aquilo tudo mais de perto. Sacando a arma, fez sinal para que Cyril contornasse a cabana, conferindo o perímetro.

— Nos encontramos lá dentro — sussurrou.

Os joelhos de Linné estalaram quando começou a andar na direção oposta. Logo que chegou ao fim da parede lateral, dobrou à direita e subiu as escadas até uma porta na varanda. Bem devagar, girou a maçaneta. Estava trancada. Cuidadoso, grudou o ouvido na madeira antes de tentar forçá-la. Não ouviu nenhum som além do vento e das águas do rio. Certo de que não encontraria surpresas desagradáveis, recuou um passo e chutou três vezes perto do trinco, fazendo-o ceder. Com a arma apontada, entrou, olhando para os lados. Só conseguiu relaxar quando Cyril também chegou.

— Tudo limpo — ele anunciou.

— Preciso que fique de olho na estrada — Linné pediu, guardando a arma no coldre de ombro. Seus olhos estavam fixados nos papéis deixados sobre a mesa.

Assim que Cyril foi para perto da porta vigiar, Linné se aproximou da mesa, torcendo para que as informações ali contidas revelassem algo sobre os dois sinais que ainda faltavam ao governo. Para finalmente cumprir sua missão, precisava se apossar do primeiro sinal, encontrado na caverna, e do último, no Observatório. Além disso, também tinha que matar Jerry e Isabela, os dois últimos envolvidos na trama.

— Isso não parece nada bom — sussurrou ao ver os rabiscos. Eram círculos pintados a caneta e desenhos abstratos, como aqueles que as pessoas fazem quando estão desconcentradas, conversando, com uma caneta na mão. Em outra folha, alguém tinha tentado desenhar a representação de um mapa-múndi e, abaixo, o mapa do Mali, todo velho e rasgado. *Mapas?*, questionou, preocupado.

Linné estava começando a perder a paciência. Caminhou pela sala, abrindo e fechando as gavetas de uma cômoda sem achar nada. Furioso, cerrou os punhos e então segurou o canto da mesa, jogando-a no ar. O tampo fino de madeira se partiu ao meio ao se chocar contra a parede, fazendo toda a papelada se espalhar pelo chão. Com o canto dos olhos, viu algo colorido entre as diversas folhas. Ao curvar-se para pegá-lo, percebeu que era um cartão de visitas, com endereço e telefone da Biblioteca Nacional do Mali.

— Sabe onde fica a Biblioteca Nacional? — ele perguntou para Cyril, que continuava atento ao movimento na estrada.

— No centro — ele respondeu.

— Vamos para lá — disse Linné.

59

COMUNA RURAL DE TIÈNFALA, MALI
26 DE AGOSTO DE 1977 - 13H49

Parado na porta da cabana, Jerry observava Kepler e Emmy partirem na direção da igreja de Safo, onde encontrariam Carl Linné. Quando o carro bordô sumiu na estrada, fazendo uma curva acentuada, ele voltou para perto da mesa, onde Isabela continuava olhando para a folha perfurada com o código de sinal recebido pelo Observatório. Partindo do pressuposto de que tanto o sinal maia quanto o dogon mostravam coordenadas geográficas, eles determinaram que isso poderia ser uma regra. Assim, os outros dois sinais deveriam mostrar a mesma coisa: sequências de números, seguidos por letras, que indicavam um ponto cardeal.

Esforçaram-se para decodificá-lo.

— Nem se um gênio, tipo Albert Einstein, olhasse para isso conseguiria enxergar coordenadas. — Isabela aproximou a folha perfurada do rosto. — Não. Tenho certeza de que não são.

Jerry ficou em silêncio, andando de um lado para o outro, retorcendo as mãos, sem saber o que pensar. Ele já tinha encarado aquela folha tantas vezes que estava começando a desconfiar de que haviam cometido um engano e aquilo não era um dos sinais. De qualquer forma, não queria deixar transparecer sua descrença.

— Talvez não sejam coordenadas — palpitou, pousando as mãos na mesa. — Ou talvez, para que o último sinal seja decifrado, seja preciso estar com os outros três.

Aquilo realmente poderia ter sentido.

— Bem, nós estamos com dois. — Isabela olhou para o caderno em que estavam anotados os dados. — Agora temos que voltar à biblioteca para decifrar o sinal da caverna dogon.

Jerry assentiu com um gesto, recolhendo as coisas mais importantes e as colocando em uma mochila. Então foi até a cômoda e pegou as chaves do Bel Air 1961.

TRINTA E CINCO MINUTOS DEPOIS

O simpático bibliotecário de óculos grandes, que estava fazendo anotações sentado atrás de uma escrivaninha repleta de livros, abriu um sorriso de orelha a orelha quando Jerry e Isabela puseram os pés no corredor da Biblioteca Nacional.

— Se quiserem o mesmo livro de ontem, está na prateleira de sempre — disse ele, sem esconder os dentes.

Jerry bem que pensou em responder, mas resolveu esperar que Isabela falasse, afinal ela era muito mais simpática.

— Nada de livros por hoje — ela conversou, com voz polida. — Precisamos apenas consultar um mapa.

O bibliotecário afagou o lábio com o dedo indicador.

— Vocês encontrarão todos os mapas que temos no setor de geografia. — Indicou a direção com uma caneta. — Na última prateleira, antes das salas de estudos.

Com a mochila nas costas, Jerry avançou pelo corredor sentindo o agradável aroma dos livros misturado ao de poeira. Por um momento foi levado de volta aos tempos da faculdade de astrofísica, quando passava horas lendo, sentado nas confortáveis cadeiras da biblioteca, na Universidade de Ohio. Naquele tempo, o cheiro que exalava dos livros não parecia tão deleitável.

Foi Isabela quem entrou no corredor secundário em busca do mapa quando do chegaram. Jerry nem esperou para entrar numa das salas de estudos e largar a mochila na cadeira, sabendo que a mesa seria usada para acomodar o mapa-múndi.

253

— Aqui está. — Isabela voltou um minuto depois com o mesmo mapa do dia anterior, em que tinha riscado e marcado um ponto no norte do Egito, mais precisamente na localização das Pirâmides de Gizé. — Me dê as anotações do Kepler — pediu.

Jerry se apressou em abrir o zíper e puxar um caderno, colocando-o na mesa, bem em cima da América no mapa. Lambendo o indicador, folheou até chegar à página correta, um pouco suja de terra.

— Veja. — Bateu o dedo nas coordenadas. — Foi isso que o Kepler anotou lá na caverna em Bandiagara.

51° 10' 44" N 01° 49' 34"W

Essa era a sequência decodificada do primeiro sinal. Jerry girou o caderno de modo que Isabela enxergasse os números.

— Me alcance aquela régua e a caneta — ela pediu.

Com tudo o que precisava em mãos, Isabela fechou o semblante, concentrada, e voltou a fazer rabiscos no mapa. Jerry acompanhou o lento processo e ficou tentando adivinhar qual seria o local indicado. *Triângulo das Bermudas*, palpitou, mas descartou a hipótese quando, depois de alguns cálculos, os traços começaram a se aproximar da Europa.

Foi com um X vermelho que Isabela marcou o ponto exato da descoberta, no sul da Inglaterra.

— Stonehenge — ela falou, com a testa enrugada. — As coordenadas são de um local próximo a Stonehenge.

Jerry ficou em silêncio por um instante. Ele sabia muito bem o que era Stonehenge, mas não tinha informação sobre a origem de sua construção. Percebendo que Isabela também não conhecia a história do monumento, levantou e saiu à procura de um livro que pudesse ajudar. Foi no segundo corredor, na prateleira de história, que encontrou um, de capa dura, que contemplava histórias de antigas construções. Satisfeito, colocou-o debaixo do braço e voltou para a sala.

Os dados sobre o tamanho e a origem de Stonehenge estavam na página 46. Aproximando a cadeira da de Isabela, para que ambos pudessem ler, abriu na página correta.

— Em que ano os dogons afirmam ter recebido o primeiro sinal? — Jerry perguntou, desviando o olhar.

— Em 3200 a.C. — Isabela respondeu, sem titubear

— Então, o que temos aqui é algo que foge do padrão — ele avaliou. — O segundo sinal, com a localização das pirâmides, foi recebido pelos maias mil e oitocentos anos depois que as pirâmides foram erguidas. Já esse aqui foi recebido cem anos antes do início da construção de Stonehenge. Veja. — Apontou o ano aproximado de início da construção: 3100 a.C.

— Interessante — Isabela murmurou. — Anote isso no caderno, talvez seja útil. Agora precisamos dar um jeito de descobrir onde está o terceiro sinal. O último que falta. — Ela comprimiu os lábios, sabendo que teriam outra fatigante missão.

Jerry anotou tudo numa nova folha, mas interrompeu a escrita quando Isabela puxou o livro e começou a folheá-lo. Aquela cena lhe chamou a atenção. Livro grande, repleto de imagens. Folhas amareladas.

— Lembra quando o Isaac nos contou que o professor Herschel Shapley comentou, uma vez, que estava com o terceiro sinal? E que nunca mais voltaram a conversar? — Jerry indagou, roçando a mão no queixo.

— Lembro — Isabela respondeu, sem tirar os olhos do livro. — O problema é que ele não revelou onde escondeu.

— Eu sei onde — Jerry falou, se lembrando de uma anotação num livro de capa dura, com o mapa estelar, que Herschel Shapley usara para encontrar a constelação de Sirius enquanto conversavam sobre uma antiga lenda dogon, no dia em que o professor fora morto. — Está no escritório da mansão do Shapley, em Ohio, anotado na orelha de um livro parecido com este.

60

**BIBLIOTECA NACIONAL DO MALI
BAMAKO, MALI
26 DE AGOSTO DE 1977 - 18H06**

Estacionando em frente à biblioteca, alguns minutos após o horário de expediente, Linné vibrou ao ver que a porta de entrada ainda estava aberta. Observando a aproximação de um funcionário com um molho de chaves na mão, ele se apressou em sair do carro e precisou segurar a porta com o pé quando o homem com óculos grandes tentou fechar o recinto.

— Eu adoraria atendê-los, senhores, mas tenho um compromisso importante hoje à noite e não pretendo me atrasar. — O homem ergueu os olhos, entediado.

— Não vamos precisar de mais que dez minutos do seu tempo — Cyril tentou convencê-lo.

Linné olhou para dentro, sem entender o que conversavam. Não falar francês estava se tornando um problema.

— O senhor fala inglês? — perguntou em seu idioma, mostrando a identificação federal.

O homem assentiu.

— Ótimo. — Linné sorriu, demonstrando simpatia. — Eu trabalho para o governo dos Estados Unidos e fui enviado ao Mali para procurar dois fugitivos americanos que, segundo minhas investigações, estiveram aqui na biblioteca nos últimos dias. — Guardou a identificação. — Preciso muito que o senhor colabore para que eu possa terminar meu trabalho.

— Tudo bem — o homem concordou e abriu a porta, estendendo o braço para que entrassem. — Do que precisam?

Linné entrou e parou diante de uma escrivaninha com livros empilhados. Cyril postou-se ao lado. Embora as luzes do recinto estivessem quase todas apagadas, a claridade que vinha de fora lhes permitia enxergar o ambiente, certificando-se de que não havia mais ninguém ali.

— O senhor é o bibliotecário? — Linné indagou.

— Sim — o homem respondeu.

— Pode me dizer se dois jovens americanos, um homem e uma mulher, estiveram aqui? — E descreveu: — O homem é franzino e provavelmente estava de óculos.

— Estiveram — a resposta veio sem enfeite. — Vieram pela primeira vez ontem de manhã e retornaram hoje à tarde.

— E o senhor sabe me dizer o que eles estavam procurando? — Linné perguntou, mantendo o tom cordial.

— Ontem eles queriam algum livro que falasse sobre antigas civilizações. — O bibliotecário não precisou se esforçar para lembrar. — Se não me engano, buscavam informações sobre simbologia maia — revelou. — Hoje só me pediram um mapa.

Linné pigarreou e passou a língua nos lábios secos, lembrando a fotografia do seu avô diante da parede maia em Kaminaljuyu. Seus pelos se arrepiaram com a possibilidade de Jerry e Isabela terem descoberto o que os símbolos significavam.

— Pode mostrar onde estão o livro e o mapa que eles pegaram? — pediu, fazendo um movimento com as mãos.

O bibliotecário conferiu o horário, desviando o olhar para um relógio ornamental na parede. Com o rosto fechado, esforçou-se para erguer a pilha de livros da escrivaninha e pegar um cuja capa tinha o desenho da Esfinge egípcia, com o título *Les mystères des anciennes civilisations* logo abaixo.

— Este é o livro. Eles o deixaram na sala de estudos quando saíram ontem. — Entregou-o a Linné. — Como estou com pressa, hoje não organizei as coisas, então o mapa deve ter ficado em alguma das mesas.

Linné olhou para o corredor com piso brilhante.

— Podemos? — pediu, apontando para os fundos.

— Fiquem à vontade. — O bibliotecário franziu a testa.

A passos largos, chegaram à porta da primeira sala. Ao abri-la, Linné viu um mapa-múndi sobre a mesa. Percebendo que estava rabiscado, procurou o interruptor e acendeu a luz. Esfregou o rosto com o que viu. *Descobriram que são coordenadas*, pensou, olhando para a marcação em Gizé. Inclinou-se sobre o mapa e arqueou as sobrancelhas quando percebeu um X quase invisível, que alguém tinha tentado apagar com borracha, assinalado próximo à região de Stonehenge. O grafite do lápis tinha sido apagado, mas restava uma leve marca no papel. Como o governo americano sabia que o segundo sinal, encontrado na parede maia, indicava as coordenadas das Pirâmides de Gizé, só lhe restou imaginar que aquele X em Stonehenge era fruto dos códigos recebidos no sinal da caverna dogon.

— Finalmente descobri algo concreto — murmurou, pegando um bloco para anotar a descoberta.

O som do bibliotecário tossindo propositalmente na recepção fez Linné se apressar. Acomodando o livro de antigas civilizações na mesa, folheou-o até encontrar o capítulo sobre os maias. Analisou cada página, tentando achar algo que Jerry e Isabela pudessem ter deixado para trás. Nada.

Embora não houvesse nenhuma pista que pudesse utilizar, o fato de provavelmente ter descoberto as coordenadas do sinal dogon fez com que a visita à biblioteca valesse a pena. Apagou a luz e voltou para a recepção, parando ao lado do bibliotecário.

— Se aqueles dois voltarem, por favor, me ligue. — E anotou seu nome e número num pedaço de papel.

— Ligarei — o bibliotecário garantiu.

Linné caminhou para fora e entrou no Mercedes estacionado, sentando no banco do motorista.

— O que acha que eles farão agora? — Cyril indagou quando se acomodou ao lado. — Voltarão à cabana?

— Não. — Linné parecia seguro. — Eles voltarão aos Estados Unidos para procurar o terceiro sinal, e eu os estarei esperando. — Franziu o cenho e lançou um rápido olhar por cima do ombro. — Algum tempo atrás, Isaac Rydberg ficou sabendo que uma pessoa de fora da agência tinha tido contato com o terceiro sinal — explicou, em tom de palestra. — Essa pessoa era Herschel Shapley.

— Então acha que os dois vão voltar para a América para procurar esse homem? — Cyril perguntou.

— Herschel Shapley está morto — Linné prosseguiu, ligando o Mercedes —, mas tenho certeza de que, cedo ou tarde, Jerry e Isabela vão visitar a mansão onde ele morava.

Virando todo o volante para sair da vaga do estacionamento paralelo, fez a volta no meio da rua, obrigando um carro que vinha na direção oposta a frear. Abanando o braço quando o outro motorista buzinou, ele dirigiu duas quadras antes de parar num cruzamento movimentado.

— Conhece alguma lanchonete que tenha telefone público aqui por perto? — perguntou a Cyril.

— O Bubanan. — Cyril o olhou de viés. — Fica no meio da próxima quadra.

Chegaram ao Bubanan, uma lanchonete com aspecto antigo que servia lanches rápidos e pratos feitos. Tinha paredes pintadas de verde-claro e assentos de vinil desgastados bem em frente ao balcão onde estava a atendente.

— Dois cafés, por favor — Linné pediu.

A garçonete abriu um sorriso falso e se virou para a máquina de espresso, que soltava vapor.

— Pode me dizer o que está pensando? — Cyril sentou no assento de vinil trincado, que fez barulho.

— Estou pensando que fui enganado por aqueles trastes por todo o tempo em que estive no Mali — Linné começou a contar. O cheiro de café que saía da máquina era revigorante. — Agora que Isaac Rydberg e Louis Kepler estão mortos, vou voltar para os Estados Unidos para tentar virar o jogo. — Verificou o relógio.

Foi até o telefone público, tirou o aparelho do gancho e discou o número que encontrara na primeira página da lista telefônica, na coluna onde ficavam os telefones dos estabelecimentos mais importantes da cidade.

— *L'Aéroport International* — alguém atendeu.

— Em inglês, por favor — Linné pediu.

61

AEROPORTO INTERNACIONAL BAMAKO-SÉNOU
BAMAKO, MALI
26 DE AGOSTO DE 1977 - 19H41

O saguão do aeroporto estava movimentado naquela noite de sexta-feira. Pelo corredor principal, passageiros iam e vinham enquanto guias turísticos e motoristas usavam o velho método das plaquinhas com nomes para esperar aqueles que desembarcavam dos voos noturnos. Sentado num banco de cinco lugares, próximo da sala de embarque, Jerry não conseguia tirar os olhos do relógio, ansioso para ver Kepler e Emmy chegarem a tempo de embarcar no avião com destino a Windsor, no Canadá, que partiria às 20h10.

Usando jaqueta esportiva e um boné bordado com o símbolo da equipe de futebol local, o Stade Malien, comprado minutos antes numa loja de suvenires, ele ergueu os olhos por sob a aba para observar Isabela se aproximando com duas latas de refrigerante.

— Nenhum sinal deles? — ela perguntou antes de sentar.

— Tem algo errado. — Jerry estava ansioso.

Abrindo a lata devagar, para que não fizesse muito barulho, ele suspirou e olhou para a porta da sala de embarque, onde funcionários da companhia aérea se preparavam para começar a chamar os passageiros. Dobrando a aba do boné, desviou o olhar para a passagem que segurava entre os dedos.

— E se não aparecerem? — indagou.

— Eles vão. — Isabela manteve a confiança.

— Mas se não aparecerem? — Jerry insistiu.

— Seguimos o plano combinado na cabana. — Ela tomou um gole do refrigerante.

Não demorou para que os responsáveis pelo sistema de som fizessem a primeira chamada dos passageiros do voo 475. Jerry voltou a encarar o relógio quando a voz feminina que vinha dos alto-falantes entrou por seus ouvidos. Em instantes, uma fila se formou na sala de embarque.

— Eles não vão vir — sussurrou, ficando em pé.

Apesar da temperatura agradável, o sangue de Jerry gelou e ele ficou estático quando olhou através do corredor para a porta de vidro, na saída do aeroporto. Carl Linné estava chegando ao saguão, segurando uma sacola pequena. Com inúmeros pensamentos lhe rondando, Jerry só voltou a sentar quando Isabela o puxou pelo braço.

— Disfarce. — Ela colocou as mãos na frente da testa.

Jerry puxou a gola da jaqueta sobre o rosto e cruzou os braços. De cabeça baixa, mas com olhos atentos, só conseguiu relaxar quando o agente federal passou pelo corredor sem tê-los percebido. Mantendo o rosto escondido com ajuda da aba do boné, ainda acompanhou as passadas de Linné até que este parou num guichê de atendimento, a uns vinte metros, para pedir informações. Quando a funcionária uniformizada apontou na direção da sala de embarque, ele agradeceu com um movimento de cabeça e rumou para aquele lado, passando bem próximo ao banco em que Jerry e Isabela estavam.

— *Senhores passageiros, esta é a última chamada para o voo 475, que parte às 20h10* — a mulher com voz irritante anunciou outra vez pelo sistema de som.

Quando a informação ecoou pelo saguão, Jerry ergueu as sobrancelhas ao ver Linné apressando o passo e entrando na fila de embarque. *Isso não parece nada bom.*

— Não era para Kepler ter dado um jeito nesse filho da mãe? — resmungou, vendo a fila ficar cada vez menor.

— Era. — Isabela sacudiu a cabeça, demonstrando preocupação. — Não entendo o que ele está fazendo aqui.

— Voltando para casa? — Jerry respirou fundo e deu seu palpite. — O meu temor é que, se Linné está vivo, o Kepler e a Emmy tenham tido problemas na igreja.

Com a fila de embarque se extinguindo à medida que os passageiros entravam, era hora de tomar uma decisão: ou abandonavam o plano e caíam fora dali ou seguiam em frente e embarcavam no mesmo avião de Carl Linné. A última opção parecia pouco tentadora para Jerry, mas ele preferiu esperar que Isabela falasse o que tinha em mente.

— Precisamos encontrar essa tal igreja em Safo. — Isabela fez uma careta, esmagando a passagem que tinha nas mãos. — Algo errado aconteceu por lá.

COMUNA RURAL DE SAFO, MALI
26 DE AGOSTO DE 1977 - 20H49

Naquela noite escura e de poucas estrelas, Jerry e Isabela demoraram mais que o esperado para chegar à igreja abandonada. Perderam algum tempo pedindo informações num casebre de barro, cinco quilômetros antes da interseção com uma estrada secundária, que era o caminho correto a tomar.

— Acha que Linné desistiu de nos procurar? — Jerry virou o volante do Bel Air.

— Não. Linné está obcecado. — Isabela girou a maçaneta, abrindo uma fresta no vidro. — Ele não vai descansar até nos pegar. Mas acredito que o motivo para a volta dele aos Estados Unidos esteja ali dentro. — Ela apontou para a igreja, que já podia ser vista.

Com os faróis dianteiros iluminando bem longe, Jerry engoliu em seco quando se aproximou do local e viu o carro bordô parado perto de uma árvore. Reduzindo a velocidade, estacionou o Bel Air bem atrás e desembarcou com uma lanterna que pegou no porta-luvas.

— Que lugar sinistro — murmurou, apontando o feixe de luz para a igreja e depois para o rosto de Isabela.

À noite, aquele lugar abandonado poderia muito bem ser utilizado como cenário de um filme de terror, visto que, de quando em vez, as madeiras velhas das paredes emitiam rangidos macabros e corujas piavam na torre. Avançando para perto da porta, pisando em folhas pelo chão, Jerry seguia na frente, iluminando o caminho, enquanto Isabela vinha mais atrás, respirando devagar.

Com a lanterna apontada, puderam ver que as dobradiças da porta com a cruz entalhada estavam atiradas no chão, e as armações laterais, todas quebradas. Ficou evidente que alguém a tinha escorado de qualquer jeito depois de tê-la colocado abaixo.

— Veja se enxerga algo pelas frestas — Isabela falou, e sua voz soou um tanto amedrontada.

Jerry inclinou o corpo e fechou um olho, espiando. Havia um longo corredor com fileiras de bancos de madeira em ambos os lados. Não foi possível ver o altar, pois a escuridão era intensa e a fraca luz da lanterna não iluminava tão longe. Sem falar nada, colocou a lanterna no bolso e agarrou o canto da porta, puxando-a e derrubando-a no chão. O barulho alto quebrou o silêncio daquela noite calma, fazendo com que os pássaros que dormiam no telhado voassem para longe.

— Ah, meu Deus. — Um arrepio percorreu sua coluna e ele começou a tremer quando caminhou pelo corredor e avistou dois corpos caídos em poças de sangue. Seu estômago ficou embrulhado com a cena aterradora que encontrou.

— Por favor, não... — Isabela dobrou os joelhos e agarrou com força o braço de Jerry, postando-se atrás dele, como se não quisesse acreditar no que estava vendo.

Era o cadáver de Emmy, todo ensanguentado, caído de costas, com um tiro na lateral da cabeça. Dois metros à frente, amarrado a uma cruz, estava Kepler, com a boca semiaberta e um buraco de bala na testa. Foi difícil para Jerry entender o que estava sentindo naquele momento. Os sentimentos que o dominavam eram um misto de abatimento e impotência, que o deixaram sem ação. Por um instante seus membros amoleceram e ele sentiu um gosto azedo na garganta. O horror da cena chocante o fez ficar nauseado. Concentrou-se para segurar o vômito e levou as mãos à cabeça. Horrorizado, desviou o foco de luz para Isabela, que derramava lágrimas silenciosas.

— Vamos sair daqui — ele sussurrou, colocando o braço sobre os ombros dela. Jerry precisou puxá-la, fazendo com que voltasse à realidade.

Continuar naquela jornada em busca do terceiro sinal, sem a cooperação de Louis Kepler, parecia algo irrealizável. Era ele quem mantinha tudo em ordem, planejando cada ação, cada passo, procurando sempre estar à frente dos agentes federais. Era ele quem assumia as tarefas mais difíceis e fazia o trabalho sujo. Depois de tudo por que passaram para chegar àquele ponto, ter que seguir sem o auxílio daquele homem psicologicamente abalado era algo que jamais haviam imaginado.

Jerry se apoiou no capô do Bel Air enquanto Isabela entrava pela porta do passageiro. Fitando o horizonte iluminado pelos faróis, ele deu meia-volta e abriu a porta do motorista. Antes de entrar, viu no banco de trás a mochila onde estava o caderno com todas as anotações que tinham conseguido reunir desde o início. *Não podemos desistir.* Embarcou, deu partida e engatou marcha a ré.

— Você ainda tem dinheiro? — ele indagou.

— Sim — Isabela respondeu.

— Ótimo. — Jerry manobrou para sair daquele lugar macabro. — Vamos encontrar um hotel. Amanhã voltaremos para casa.

62

AEROPORTO DE WINDSOR
WINDSOR, CANADÁ
28 DE AGOSTO DE 1977 — 21H20

Após uma demorada escala em Casablanca, principal cidade do Marrocos, Jerry finalmente avistou as luzes enfileiradas da pista de pouso do Aeroporto de Windsor, no Canadá. Embora estivesse animado por retornar a seu continente, sabia que continuava sendo procurado pela polícia americana, por isso ele e Isabela concluíram que o melhor a fazer seria pegar um avião até o Canadá e depois entrar nos Estados Unidos pela fronteira, atravessando a Ponte Ambassador para chegar a Detroit, e de lá seguir para Ohio.

Jerry se endireitou no assento e apertou o cinto quando o piloto iniciou as manobras de pouso. Com medo de viajar em qualquer tipo de aeronave, ele fechou os olhos e agarrou os apoios de braço. Seus batimentos aceleraram e ficaram assim até os pneus do avião tocarem o solo.

— Está tudo bem. — Isabela, acomodada no banco ao lado, tentou acalmá-lo. — Já pousamos.

Abrindo um olho de cada vez, Jerry viu que os demais passageiros estavam soltando a fivela do cinto. Isso bastou para que se acalmasse. Quando a aeronave parou, as pessoas começaram a levantar e logo tomaram conta do corredor, como se fosse uma disputa de quem sairia primeiro.

Em menos de dois minutos, o fluxo no corredor diminuiu, e eles puderam levantar e sair, descendo pelas escadas colocadas na porta. Quando encostou os tênis no asfalto da pista, Jerry acomodou a mochila nas costas e encheu os pulmões de ar, caminhando até a sala de desembarque. Apesar do risco que corria, estar tão perto de casa o deixou animado.

Mesmo em outro país, Jerry preferiu andar de cabeça baixa, escondendo o rosto sob a aba do boné. Como não tinham bagagem, foram direto para o saguão, onde havia policiais fazendo rondas. Embora a presença da polícia em aeroportos fosse normal, preferiram desviar o caminho, entrando numa livraria e esperando até que os homens da lei passassem.

Com o caminho livre, apressaram o passo e cruzaram todo o saguão. Quando saíram em busca de um táxi que pudesse atravessar a extensa Ponte Ambassador e entrar em território americano, ficaram surpresos ao perceber que havia dezenas de pessoas procurando serviços de transporte àquela hora. Por sorte, também havia dezenas de táxis parados, esperando passageiros. Dessa forma, foi fácil encontrar um carro, cujo motorista, um libanês, lhes lançou um sorriso acolhedor.

— Para onde vamos? — o taxista indagou quando embarcaram. Embora falasse inglês, o sotaque era marcante.

— Athens — Isabela falou, batendo a porta.

Jerry virou o pescoço e a encarou.

— Athens, Ohio? — O taxista lançou um olhar atônito por sobre o ombro. — A senhora sabe a distância daqui até lá?

— Sei. Algum problema?

— Não, não! — O libanês voltou a olhar para a frente. — É que eu nunca tive a sorte de pegar passageiros que precisam ir tão longe — contou, com voz animada. — Antes de partir, só preciso avisar minha mulher. Tudo bem se eu parar para dar um telefonema no caminho?

— Claro. — Isabela sorriu.

Erguendo o volume do rádio, o taxista engatou a primeira marcha e ligou a seta. Minutos depois, quando se aproximaram da ponte que unia o Canadá aos Estados Unidos, estacionaram num posto de combustíveis para que o homem utilizasse o telefone público que ficava no pátio do estabelecimento. Jerry chegou a se preocupar com a possibilidade de o motorista estar ligando para a polícia naqueles três minutos em que ficou com o fone na orelha, mas, quando o viu retornar sorridente, tirou a ideia da cabeça.

— Agora podemos ir. — O taxista embarcou e colocou o cinto de segurança, acelerando rumo aos Estados Unidos, numa viagem que demoraria cerca de cinco horas.

63

ATHENS, OHIO
28 DE AGOSTO DE 1977 – 20H11

A noite estava nublada quando Carl Linné estacionou a camionete federal em frente à residência de Isabela e desceu, olhando para a rua sem saída. Não havia nenhum movimento de veículos ou pessoas nas redondezas, apenas uma velha curiosa que espiou pela janela da casa ao lado, tentando ver quem era o homem de terno preto que tinha chegado ao bairro. Parado na calçada, ficou naquela posição por mais meio minuto, até que outro veículo, um sedã escuro, apareceu na rua. Três homens de terno desembarcaram com maletas quando ele fez sinal com a cabeça, indicando que tudo estava limpo. Sem falar uma só palavra, os quatro atravessaram a rua e foram para os fundos da casa, onde pararam para colocar protetores de pano ao redor dos sapatos. Enquanto isso, um agente de cabelos enrolados abria o portão da garagem, usando instrumentos que tinha trazido para esse fim.

— Entrem — o mesmo homem apressou, erguendo o portão devagar e fechando depois que todos estavam lá dentro.

O lugar estava um breu. A claridade da lua encoberta que entrava por uma pequena janela não era suficiente para que enxergassem direito. Usando uma lanterna, Linné iluminou a garagem, focando a luz por todos os lados antes de concentrá-la no Chevrolet Concours estacionado.

— Podem começar o trabalho lá dentro — ele ordenou aos demais agentes, que não demoraram a entrar na casa.

Antes de segui-los, pegou uma das maletas, a única que tinha um decalque vermelho com os dizeres "Projeto Navstar — Sistema de Posicionamento Global", e a abriu em cima do capô do Concours. Dentro dela, havia dois aparelhos distintos: o primeiro parecia uma tela de televisão, e o segundo lembrava muito um radioamador, só que em escala menor. Pegando o segundo aparelho, ajoelhou-se ao lado do carro e o colou embaixo do para-lamas dianteiro com fita adesiva dupla face. Depois levantou, fechou a maleta e entrou na casa com cuidado, tentando não tirar nada do lugar, para que sua presença ali não fosse percebida.

Passando pela cozinha, onde um dos agentes instalava microfones minúsculos atrás da geladeira, foi até a sala de estar, onde outro grampeava o telefone. Este era o novo plano de Carl Linné: plantar escutas em cada cômodo e no telefone, para que pudesse seguir os passos de Isabela e Jerry assim que eles retornassem a Athens. Utilizando um dispositivo ainda em fase de testes, cuja promessa era rastrear qualquer coisa em qualquer parte do mundo, ele também esperava encontrá-los com facilidade caso usassem o carro da garagem para locomoção.

— Tudo pronto na cozinha — o agente de cabelo enrolado anunciou um tempo depois. — Vou para o primeiro quarto.

Linné assentiu, apoiado num canapé, esperando os outros terminarem o serviço. Apontando a luz da lanterna para os lados, percebeu que, por toda a sala, havia toques femininos, com enfeites delicados de parede e pequenas peças de crochê. Respirou fundo. Um cheiro de pétalas aromáticas que exalava de um pote artesanal com furos na tampa entrou em suas narinas, fazendo com que tivesse que soprar o ar. Qualquer tipo de aroma artificial, fosse vindo de incensos, ou mesmo daquele pote de pétalas, lhe dava ânsia de vômito. Nauseado, voltou para perto da cozinha, onde o cheiro não podia ser sentido.

O agente que estava trabalhando no telefone precisou de dez minutos para grampeá-lo de forma imperceptível. Nesse meio-tempo, aquele que tinha ido para os quartos já havia retornado para a sala, a fim de auxiliar o terceiro, indeciso sobre o local onde deveriam instalar os microfones.

Deixando que os especialistas fizessem o trabalho, Linné caminhou pela sala até a janela da frente, por onde espiou a rua deserta. Relaxou. A pressão que tinha sido criada após a escolha de novos agentes para dar seguimento ao caso dos sinais não estava mais presente. Ele estava mais tranquilo depois de uma conversa que tivera durante a tarde com o diretor da NSA. É verdade que precisou ouvir em silêncio alguns desaforos sobre sua ineficácia em Bamako. No entanto, conseguiu convencer o alto escalão de que ainda era a pessoa mais bem preparada para lidar com o assunto.

— Terminamos aqui — o agente de cabelo enrolado anunciou, batendo uma mão na outra.

— Testaram tudo? — Linné precisava garantir que não haveria falhas.

— Sim — o agente confirmou. — Tudo funcionando.

A resposta foi altamente satisfatória. Recolhendo as maletas, os quatro voltaram para a garagem e saíram pelo portão, até chegar aos veículos estacionados na rua. Linné ainda deu uma boa olhada para a janela da velha curiosa antes de entrar na camionete, mas desta vez não a viu.

64

**ATHENS, OHIO
29 DE AGOSTO DE 1977 - 8H49**

Naquela manhã nublada e com vento, Jerry dormia no quarto de hóspedes da residência de Isabela. Com o corpo cansado e a mente esgotada depois da desconfortável viagem noturna, nem sentiu o aroma de café vindo da cozinha. Embora o quarto ficasse nos fundos da casa, construída no último lote de uma rua sem saída, foi o barulho de máquinas pesadas que o despertou. Quando abriu os olhos, a primeira coisa que viu foi o borrão da luminária pendurada no teto. Esfregando os olhos, tateou a lateral do colchão, onde estavam seus óculos, e os colocou no rosto.

A decoração do quarto era bastante monótona. As paredes eram pintadas em tons neutros, e o carpete felpudo era escuro demais para criar ânimo no ambiente. Não havia móveis além da cama, um criado-mudo e uma cômoda com lençóis dobrados em cima. Jerry se sentiu de volta aos anos 60. Embora as cortinas estivessem fechadas, pelas frestas foi possível perceber que o céu estava escuro, com vento soprando e forçando as vidraças. Acendeu a luz e abriu o zíper da mochila para pegar seu medicamento. Tirando um comprimido da embalagem plástica alaranjada, colocou-o na boca e engoliu sem água, algo que seu médico não recomendava.

Quando abriu a porta para sair, sentiu o aroma do café. Imaginar que finalmente encontraria uma mesa posta, depois de tantos dias comendo mal, lhe deu água na boca. Ao passar pelo corredor, chegando à cozinha, avistou Isabela ao telefone.

— Bom dia — Jerry cumprimentou.

Ela sorriu e fez um gesto com a mão, se despedindo logo em seguida da pessoa com quem conversava.

— Bom dia — respondeu ao cumprimento. — Parece que a prefeitura está substituindo um tubo de esgoto — relatou o que sabia sobre a barulheira no bairro.

Jerry fez uma careta, servindo-se de café e pensando com quem ela poderia estar conversando. Não pôde deixar de perceber que todas as janelas e cortinas estavam fechadas. Quando chegaram, na noite anterior, decidiram que se hospedar em um hotel não seria boa ideia, visto que o rosto de Jerry tinha estado nas manchetes por bastante tempo. Usaram o mesmo taxista libanês para buscar o disquete e a folha perfurada com o sinal, no endereço que a responsável pela coleta havia passado. E depois foram direto para a casa, mantendo as luzes desligadas e as cortinas fechadas para que parecesse vazia.

— Acabei de ligar para Noam Lovelock, o editor-chefe de um dos telejornais mais assistidos do país — Isabela revelou. — Alguns dias atrás ele e o Kepler se reuniram para tratar sobre a divulgação na mídia do descobrimento dos sinais — contou. — Noam é confiável e disse que o acordo continua de pé. Só precisamos reunir todas as evidências e enviar para a emissora.

Jerry assentiu.

Uma rajada de vento soprou, fazendo a porta da cozinha ranger. Jerry se aproximou da janela e abriu uma fresta na cortina. Havia nuvens escuras tomando conta do céu.

— Vamos procurar aquele livro de que falei na mansão do Shapley? — ele perguntou, tomando um gole do café quente.

— Vamos. — Isabela mordeu o lábio, pegando o molho de chaves de seu Concours. — A partir de agora precisamos ter extremo cuidado a cada passo. Temos que ficar alerta.

Jerry assentiu e foi ao quarto pegar a mochila. Conferiu se o caderno com as anotações estava lá e a colocou nas costas. Quando voltou à cozinha, Isabela o esperava na porta que dava para a garagem. Estacionado próximo ao portão, o Chevrolet Concours tinha um dos pneus traseiros murcho, mas não o bastante para impedi-lo de rodar. Quando Isabela entrou no carro, Jerry se apressou em fazer o mesmo, se lembrando da última vez que estivera naquela casa, quando precisara fugir dos federais.

— Tudo bem? — ela perguntou enquanto apertava o botão do controle remoto do portão encaixado no quebra-sol.

— Tudo — ele respondeu.

Jerry tinha um olhar compenetrado, embora distante. Quando Isabela engatou marcha a ré, saindo da garagem para acessar a rua, aquela cena lhe pareceu um verdadeiro déjà-vu.

— Você está bem mesmo? — Isabela insistiu. — Olhando para seu rosto, eu diria que acabou de ver um fantasma.

— Deve ser a empolgação de voltar pra casa — ele brincou, abrindo um sorriso tranquilizador.

MANSÃO DE HERSCHEL SHAPLEY
29 DE AGOSTO DE 1977 - 9H30

O portão de ferro da mansão estava fechado por uma corrente e um cadeado. Também havia uma fita de isolamento de duas cores, indicando que aquela propriedade rural tinha sido a cena de um crime. Com o carro parado na estrada de terra, Jerry desembarcou, apreensivo, e chegou perto para visualizar o jardim. Não havia nenhum movimento. Avaliando a resistência do cadeado, forçou um pouco, tentando abri-lo. Não foi preciso repetir o movimento para desistir, sabendo que qualquer tentativa de arrombamento seria inútil.

— Jerry! — Isabela gritou de dentro do carro, fazendo com que ele tomasse um susto. — Volte aqui e vamos estacionar na floresta atrás da propriedade.

Com o coração acelerado, ele deixou o portão para trás e obedeceu. Estava mais nervoso que o normal naquela manhã. De alguma maneira, a ausência de Kepler o deixava amedrontado e com um sentimento constante de que algo daria errado.

Depois de estacionarem o veículo nos primeiros metros de mata ao lado dos muros, caminharam para um local onde seria mais fácil saltar para dentro da propriedade. Usando um pedaço de madeira que pegara no chão úmido como apoio, Jerry subiu primeiro no muro e então ajudou Isabela, puxando-a pelo braço. Eles caíram bem em frente a uma construção menor, separada da mansão, que era utilizada como garagem. Protegendo-se atrás dos inúmeros arbustos do jardim, avaliaram o perímetro antes de correr para os fundos. Quando passaram ao lado da piscina, viram que a água estava esverdeada, com musgos crescendo nas bordas.

Com a respiração ofegante e o coração batendo forte, Jerry apressou as passadas sem fazer ruído e se posicionou ao lado da porta de vidro da cozinha. Havia duas tábuas largas de madeira pregadas por dentro, mantendo-a fechada e impedindo que se pudesse olhar através dos vidros quebrados.

— Que merda — ele resmungou, fazendo sinal para que Isabela se aproximasse. — Por aqui não vai dar — revelou, assim que ela chegou.

Sem mais opções, contornaram pela frente.

Apesar de não estar abandonado havia muito tempo, as cercas vivas do jardim tinham tamanhos desproporcionais, e o gramado precisava ser aparado. Seguiram por mais alguns metros, passando diante da porta principal até uma grande vidraça com cortinado verde-escuro. Embora tivesse visitado a mansão uma única vez, Jerry podia jurar que aquele cômodo era o escritório onde o professor guardava seus livros. Querendo confirmar o palpite, colocou as mãos no canto dos olhos e encostou o rosto no vidro, espiando por uma pequena fresta na cortina.

— Está procurando o quê? — Isabela indagou.

— O escritório — Jerry respondeu.

— É aqui — ela confirmou. — Mas acho que o melhor lugar para tentar entrar é pela janela do banheiro. Acredito que, se eu me espremer um pouco, consigo passar.

Jerry afastou os olhos da fresta no cortinado quando Isabela deu a ideia. De relance, imaginou ter visto uma sombra se movendo pelo corredor de acesso ao escritório. Fez uma concha com as mãos para olhar de novo, mas não viu nada de anormal.

— Vamos até a janela do banheiro — falou.

Assim que chegaram, Jerry se abaixou para que Isabela pudesse usar seus joelhos como apoio e alcançar a janela basculante, que devia ter uns sessenta centímetros de comprimento e de altura. Ela se esticou o que pôde, até conseguir enfiar os ombros naquele espaço apertado. Quando estava com o tronco todo para dentro, Jerry a segurou pelas canelas e a empurrou devagar.

— Consegui — a voz dela ecoou lá de dentro. — Agora vá para a porta da frente e espere eu abrir.

273

Jerry mal havia se aproximado da porta e o trinco girou. Sem enrolação, mas avançando com cuidado, foram direto ao escritório. Estava escuro. Isabela chegou a acionar o interruptor, mas a luz não acendeu. Foi preciso aumentar a fresta no cortinado para que a luz de fora iluminasse a procura pelo livro.

— É grosso, escuro e tem capa dura — Jerry explicou, forçando a memória para se lembrar da manhã em que vira as coordenadas anotadas na orelha de uma página com um mapa estelar.

Havia centenas de livros e revistas científicas enfileirados na estante de madeira atrás da escrivaninha. Empurrando a cadeira com rodinhas para o lado, Jerry focou numa das prateleiras e a seguiu, deslizando os dedos em cada um dos livros, até encontrar aquele que procurava: *Atlas geográfico e estelar.*

— Aqui! — anunciou, abrindo-o na escrivaninha.

Lambeu o dedo. Folheou, folheou e não encontrou a anotação em meio aos inúmeros mapas com nomes de estrelas.

— Qual era mesmo a página? — perguntou-se em voz alta. — Sirius! — lembrou. — As coordenadas estão numa página que mostra a constelação de Sirius. — Deu outra lambida no dedo e continuou folheando.

Quase no meio do livro, num mapa estelar de duas páginas, encontrou anotadas a lápis as coordenadas geográficas e, abaixo delas, em letra bem pequena, quase sumindo no papel, três palavras que antecediam uma quarta, longa e difícil de pronunciar, mas nem um pouco desconhecida.

19° 26' 06" N 99° 07' 53" O

Templo Mayor de Tenochtitlán

— Aqui estão! — ele vibrou e olhou para Isabela, que esticou o pescoço sobre seu ombro para enxergar melhor.

Enquanto ela encarava os números, Jerry abriu a mochila e pegou o caderno para anotar o que estava vendo. Aquelas coordenadas, somadas ao local que indicavam, poderiam ser a chave para desvendarem o último sinal, recebido pelo Observatório, que até então era uma incógnita. Abrindo o caderno sobre a escrivaninha, anotou as coordenadas logo abaixo das demais que tinham encontrado:

Primeiro sinal recebido em 3200 a.C. pelos dogons.
51° 10' 44" N 01° 49' 34" W
O Stonehenge começou a ser construído em 3100 a.C.

Segundo sinal recebido em 700 a.C. pelos maias.
29° 58' 45" N 31° 08' 01" E
As Pirâmides de Gizé começaram a ser construídas em 2550 a.C.

Terceiro sinal recebido em 1275, não se sabe por quem.
19° 26' 06" N 99° 07' 53" W
O Templo Mayor começou a ser construído em 1375.

— Isabela, veja isso — Jerry pediu que ela olhasse o caderno. — Assim como o primeiro sinal, o terceiro também foi recebido cem anos antes do início da construção do monumento.

— Interessante. — Ela deixou as inscrições no livro de lado e se concentrou no caderno. — Dois dos sinais foram recebidos por civilizações antigas exatamente cem anos antes do início da construção de monumentos em outros pontos da Terra — avaliou. — Já o terceiro foi recebido quase dois mil anos depois do início da construção das Pirâmides de Gizé.

Jerry franziu o cenho.

— Então, se isso for um padrão, teoricamente o quarto vai indicar um local no planeta construído há muito tempo. — E começou a fazer mais marcações.

— Teoricamente — Isabela concordou. — Mas só vamos descobrir com certeza quando o decifrarmos.

Animado com mais uma descoberta, Jerry pegou a mochila e tirou a folha perfurada e o disquete de dentro. Colocou tudo na escrivaninha. Quando puxou a cadeira para sentar e analisar, ouviu um estalo que pareceu ter vindo de fora.

— Tem alguém chegando — falou, guardando tudo.

65

ATHENS, OHIO
29 DE AGOSTO DE 1977 - 8H50

O telefone tocou cinco vezes antes que alguém atendesse.

— Noam Lovelock?

— Sim — ele respondeu. — Quem está falando?

— Aqui é Isabela Rydberg — uma voz feminina revelou. — Foi Louis Kepler quem me deu o número do seu telefone e pediu que eu te ligasse assim que tivéssemos novidades a respeito dos sinais.

Ouviu-se um barulho de porta sendo fechada.

— O que aconteceu com o sr. Kepler? — Noam quis saber num tom mais baixo que antes.

— Teve problemas no Mali — Isabela contou.

Houve um curto instante de silêncio.

— Conseguiram encontrar todos os sinais? — Noam voltou a perguntar, apressando a voz.

— Até o fim do dia teremos todos em mãos — Isabela o acalmou. — A proposta que fez para o Kepler ainda está de pé?

— Claro que está — ele respondeu depressa. — Santo Deus, essa notícia nos levará a um recorde de audiência.

— Era isso que eu queria ouvir. — Ela respirou fundo. — Voltarei a fazer contato assim que estiver tudo pronto.

Ouviram-se chiados na linha.

— Isabela, espere — Noam a chamou antes que desligasse. — Consiga todos os sinais, faça um dossiê relatando tudo o que descobriram e coloque num envelope — instruiu. — Envie para o endereço da emissora em Nova York. Não esqueça de mandar aos meus cuidados.

— Prefiro entregar pessoalmente.

— Por Deus, não! — Noam exclamou. — É muito perigoso. Ninguém pode saber que estou envolvido.

Outro instante de silêncio.

— Enviarei assim que reunir tudo — Isabela concordou. — Talvez demore, pois logo os federais estarão na nossa cola.

— Isabela, nenhuma agência governamental pode ter poder sobre a verdade — Noam falou. — Vão em frente com isso. — E desligou.

● ● ●

O ruído estridente da linha telefônica grampeada fez com que Linné tirasse os fones de ouvido. Entregando-os para outro agente, olhou para o teto do furgão, um Chevy Shorty branco estacionado na rua de trás da casa de Isabela. Embora o bagageiro fosse apertado, cabiam todos os aparatos de vigilância que utilizavam, e ainda havia bancos laterais para acomodar três pessoas.

— Parece que descobrimos mais alguém que conhece essa história — Linné disse para outro agente, que mexia nos botões de um aparelho. — Precisamos enviar alguém para conversar de perto com o sr. Lovelock.

Diante da ausência de resposta, encarou o homem sentado no banco ao lado, que apertava os fones nos ouvidos para escutar melhor a conversa que os microfones instalados na casa captavam.

— Parece que Jerry chegou à cozinha — o agente contou. — Eles estão conversando sobre procurar por um livro na mansão de Herschel Shapley.

Linné ergueu-se sobre os joelhos num suspiro. O teto do furgão era baixo, então ele precisou ficou com as costas arqueadas. Seu palpite sobre a visita de Jerry e Isabela à mansão de Shapley tinha sido certeiro. Sabendo que aquela era a hora de agir, esticou o braço para pegar a maleta em que estava escrito "Navstar". Abriu e ligou o monitor, que indicava a localização do aparelho que havia colado no para-lamas do carro de Isabela.

— Quando saírem de casa, vamos atrás deles.

MANSÃO DE HERSCHEL SHAPLEY
29 DE AGOSTO DE 1977 – 9H38

O furgão branco parou na estrada de terra, a dez metros do portão. Ao sentir a freada, Linné levantou e abriu a porta traseira, saltando lá de dentro. Olhando para o horizonte, viu raios cortando o céu. Enquanto avançava, uma rajada de vento soprou, fazendo com que um redemoinho de poeira se formasse na estrada. Ao chegar, colocou as mãos nas grades de ferro do portão e observou o jardim. O monitor do Navstar indicava que o carro estava por perto, mas bastou uma olhada rápida para perceber que não fora no jardim que estacionaram.

Linné havia estado na mansão mais de uma vez e sabia que um bom lugar para esconder um veículo era o matagal que beirava o muro. Assim que os outros dois agentes se aproximaram, seguiram pela estrada até avistar o Concours embrenhado no mato. Eis que o projeto Navstar, apesar de estar em fase de testes, realmente cumpria o prometido. Sacando a arma do coldre, Linné fez sinal para que os agentes contornassem o veículo. Nem foi preciso chegar muito perto para averiguar que não havia ninguém dentro.

— Foram para a mansão. — O agente com fisionomia oriental apontou pegadas recentes.

Seguindo as marcas por entre as folhagens no chão, alcançaram uma parte do muro com marcas de calçados.

— Vamos saltar também. — Linné ofereceu ajuda ao primeiro agente, que alcançou o topo sem esforço. Depois foi a vez dele de escalar e, por fim, o de cabelo loiro.

Do outro lado, todos sacaram as armas e avançaram usando arbustos como proteção. Enquanto os outros dois agentes deram a volta na mansão e foram pela frente, Linné seguiu pelo jardim até a grande janela de vidro do cômodo que sabia ser o escritório de Shapley, onde provavelmente estaria o livro. Escorando-se na parede, olhou pela cortina aberta e viu diversos papéis espalhados sobre a escrivaninha. Respirou fundo. O cheiro de terra molhada podia ser sentido no ar, embora não estivesse chovendo. Foi então que um dos agentes surgiu, avisando que a porta da frente estava aberta e havia rastros de terra no carpete.

A luxuosa sala da mansão mostrou-se vazia quando abriram a porta. Avançando devagar, perceberam que as marcas no carpete sumiam antes de indicar uma direção.

— Mantenham os olhos abertos — Linné falou para os que vinham em seu encalço.

Com as armas apontadas, seguiram até acessar o corredor e, logo depois, o escritório. A primeira coisa que Linné fez foi olhar atrás da escrivaninha. Não havia ninguém. Então, enquanto os outros vigiavam, conferiu os papéis espalhados sobre ela. Nada de relevante. A preocupação de que pudesse ter sido enganado outra vez fez com que cerrasse os punhos e encarasse a estante de livros. Foi então que um espaço vazio entre dois livros lhe chamou atenção.

— Eles estiveram aqui. — Ficou agitado, imaginando que ainda pudessem estar por perto. — Vá depressa até o carro no matagal e atire se alguém aparecer — ordenou ao agente oriental. — E você, vasculhe o jardim e a garagem.

Os dois correram, sabendo que cada segundo era importante se quisessem pegá-los. Linné também se apressou em começar uma minuciosa busca dentro da mansão. Seu coração acelerou além do normal quando chegou ao último cômodo sem ter encontrado nenhum vestígio. Voltou à cozinha e olhou pela janela. Viu os primeiros pingos de chuva e também percebeu o retorno do agente que vistoriava o jardim.

— Não encontrei ninguém — o homem anunciou.

Linné precisou controlar os nervos.

— Viu alguém na mata? — perguntou pelo radioamador para aquele que estava vigiando o carro.

O aparelho chiou antes que a resposta viesse.

— O carro está no mesmo lugar — foi o que o agente oriental respondeu. — Não há ninguém por aqui.

— Então, esconda-se e fique vigiando a mata até receber novas ordens. — Linné apertou o radioamador com tanta força que fez estalar o plástico que o recobria. — Se eles aparecerem e você não puder garantir que os pegará, deixe que levem o carro. Assim poderemos rastreá-los.

A chuva engrossou naquela hora, fazendo o barulho dos pingos que acertavam o telhado ficar alto demais.

66

29 DE AGOSTO DE 1977 - 9H47

O ruído dos federais entrando na mansão pela porta da frente podia ser ouvido no corredor que dava nos quartos. Correndo para não ser visto, Jerry acompanhou Isabela até entrarem na última porta. Longe de estar num lugar seguro, ele precisou se concentrar na respiração para que seus batimentos cardíacos voltassem a um ritmo normal. Cansado, se abaixou, grudado na parede, esperando que Isabela abrisse o alçapão de acesso à sala secreta embaixo do banheiro do quarto de hóspedes.

— Como você sabia deste lugar? — ele levantou e perguntou.

Isabela sorriu de leve.

— Não é de hoje que o governo persegue a Irmandade — contou. — O professor Shapley construiu este cômodo muito tempo atrás, quando era um de nós.

Os dois entraram.

A sala secreta não era muito grande, mas suficientemente mobiliada para abrigar meia dúzia de pessoas por um bom tempo. Enquanto Isabela fechava o trinco do alçapão, Jerry sentou num sofá de pelúcia e olhou para uma cópia perfeita do quadro *O nascimento de Vênus*, de Sandro Botticelli, pendurado na parede logo acima de um beliche. Havia também uma mesa com cadeiras, televisão, bebedouro e uma prateleira suspensa repleta de alimentos enlatados e empacotados.

— Não está pensando que vamos ficar aqui por muito tempo, está? — ele indagou, desviando o olhar.

— Só até desistirem.

— Fechados aqui embaixo, como vamos saber se ainda estão na mansão? — ele emendou.

Ao ouvir aquilo, Isabela caminhou para uma caixa de disjuntores elétricos perto do bebedouro e ligou um deles. Depois se aproximou da televisão e a ligou. A tela, dividida em oito quadrados, mostrava imagens de câmeras escondidas instaladas dentro da mansão, no jardim, na garagem e até na estrada.

— É assim que vamos saber — ela falou, parada diante da tela que mostrava a movimentação dos agentes.

Jerry franziu o cenho; pensava que cômodos secretos como aquele só existissem em filmes. Por algum tempo, eles apenas acompanharam a ação dos federais na mansão e nos arredores, até que, pela câmera na entrada, viram Linné saindo apressado com o furgão e deixando os outros dois agentes para trás. Então Isabela abriu a mochila, pegando o livro e o caderno com as anotações.

— Já que temos tempo, vamos dar uma olhada nisso. — Ela folheou o caderno até encontrar a folha perfurada com o quarto sinal, o último que precisava ser decifrado.

```
 1        2           1  4  3
 1 16 1        1            1
 1 11 1       1          11 1
    1                 3    1
  6  2                31
 1E24   3   12   1   21 1          1
 Q 1  16 1 2    1   1              1
 U31   1            3  7  1
 2J1    31 3 111    11  1  1
  5 1                 1  1
   14    1     113    2  11
 1 3  1      1       1
 1 4  1          1  1    11
    4  1 1    1 11     111
    1              1    2 1
 1 1  1             11   1
    1        1         14
```

Wow!

— 6EQUJ5 — Jerry soletrou a parte mais intrigante da mensagem. — Não sei se você entende alguma coisa, mas cada dígito impresso nesta folha representa a intensidade de um sinal de rádio. Numerais baixos, como um, dois e três, representam o ruído de fundo do universo, algo normal. A coisa fica interessante quando começam a aparecer números maiores que cinco. — Jerry apontou os dígitos. — Porém o interessante se transforma em extraordinário quando letras aparecem. A presença delas significa que o radiotelescópio captou sinais dez vezes mais potentes que o ruído de fundo — explicou, com a fluência de um conhecedor do assunto. — Você sabe alguma palavra que supere *extraordinário*? — perguntou com voz séria.

Isabela negou com um gesto de cabeça.

— Se existisse, com certeza eu a usaria agora. — Jerry prosseguiu com a explicação: — Neste sinal que captamos aparece a letra E. Essa letra específica representa um sinal extremamente poderoso, cerca de trinta e seis vezes maior que o ruído ambiente natural do universo.

Isabela mordeu a unha do dedão.

— Eu ainda calculo que, se esta mensagem veio mesmo de algum ponto do universo, quem quer que a tenha enviado precisaria ter um transmissor com potência de mais de dois gigawatts — Jerry fez um cálculo mental aproximado. — Essa é uma tecnologia que nós aqui na Terra estamos longe de criar.

Embora aquilo tudo parecesse fora da realidade, enquanto observavam em silêncio a impressão na folha, Jerry se deixou levar pela imaginação para tentar tirar algo plausível daquela mensagem vinda do espaço.

— Se os outros três sinais eram coordenadas, de alguma maneira essa mistura de números e letras precisa nos mostrar algo parecido. — Isabela encarou a folha como se quisesse devorá-la. — Coordenadas geográficas. É isso que procuramos primeiro.

Jerry mordeu o lábio, pensativo. Precisava haver uma explicação. Mesmo que eles não conseguissem enxergar, não significava que não existisse. Os dois ficaram quase uma hora inteira naquele dilema, sem chegar a uma conclusão. Transformaram as letras em números, tentaram reposicioná-los, compararam tudo com os outros sinais. Nada adiantou. Não houve nenhum avanço, nem perspectiva de que o sinal na folha indicasse uma coordenada geográfica.

— Vamos dar um tempo — Jerry propôs. Seus olhos estavam cansados, e a cabeça começava a doer. — Isso não está nos levando a lugar algum. — Ele levantou para olhar a movimentação dos federais na tela da televisão.

Isabela assentiu com um gesto e fechou o caderno. Com o canto dos olhos, Jerry viu que ela ergueu as sobrancelhas quando abriu a mochila para guardar as coisas.

— Jerry? — ela o chamou. — Naquela noite, no Observatório, você conferiu as folhas seguintes depois que percebeu as marcações nesta aqui?

Ele nem precisou forçar a memória para lembrar.

— Não — negou. — O espanto foi tamanho que apenas arranquei esta folha da sequência e saí de lá.

Houve uma pausa.

— E se isso não estiver completo? — ela levantou a hipótese. — Você nunca cogitou que mais sinais iguais a este podem ter sido captados e impressos nas folhas seguintes?

Jerry virou para ela.

— É possível.

— E você tem ideia de onde podem ter ido parar essas folhas? — Isabela continuou questionando.

— Não. Mas não precisamos delas. — Jerry se aproximou e pegou a mochila. — Todos os dados estão gravados no disquete que tirei do computador central. — Ele remexeu num bolso interno da mochila até encontrar o disquete de oito polegadas, protegido por um envelope. — Agora só temos que encontrar um computador com periférico compatível que permita acessá-lo.

Isabela levou a mão ao queixo.

— Acho que sei onde encontrar isso.

29 DE AGOSTO DE 1977 - 19H48

A noite tinha chegado. Fazia quase dez horas que Jerry e Isabela estavam escondidos na sala secreta embaixo do banheiro de hóspedes da mansão. As filmagens das câmeras de segurança do jardim e da estrada, mostradas simultaneamente na televisão, tinham começado a ficar um tanto ofuscadas por causa da chuva e da falta de claridade que a noite trazia. Mesmo assim, os dois agentes federais que tinham ficado ali continuavam a postos, atentos a qualquer movimento estranho. Pegando a última bolacha recheada de dentro do pacote aberto sobre a mesa, Jerry olhou para seu relógio de pulso e viu que faltava pouco para as oito horas da noite.

— Está quase na hora de sairmos daqui. — Amassou o pacote vazio e procurou uma lixeira.

Encolhida no sofá de pelúcia, Isabela tinha cochilado após conversarem sobre como sairiam da mansão despercebidos. Desde a manhã, quando Carl Linné saíra apressado com o furgão branco, as coisas pareceram ter ficado mais calmas. Como ele não voltou uma única vez depois da partida, Jerry imaginou que deveriam estar procurando ele e Isabela em outro lugar, com outra equipe de agentes.

— Isabela? — Ele tocou o ombro dela.

Ela abriu os olhos, um pouco assustada.

— Já está escuro — Jerry avisou, mostrando o horário no relógio. — Temos que sair daqui.

Isabela precisou de alguns segundos para despertar. Quando ela se levantou, esticando o pescoço num alongamento, Jerry foi para a frente da televisão ver onde estavam os dois agentes. Àquela altura, as imagens estavam menos claras que na última vez que olhara, minutos antes, mas ainda era possível perceber uma nuvem de fumaça pairando sobre a cabeça do agente que fumava perto da câmera instalada na estrada.

— Que merda! — irritou-se, avaliando que não conseguiriam chegar ao carro sem ser vistos.

Desviando o olhar para outro quadrado de imagens, viu o segundo agente caminhando no jardim, próximo do portão. Isso significava que o interior da mansão estava vazio.

— Os dois estão lá fora — ele alertou Isabela, que pegou um saco de batatas fritas e pôs na mochila antes de ir para a saída.

Foi Jerry quem forçou o ferrolho e entreabriu o alçapão, espiando pela fresta antes de empurrá-lo para o lado e subir o restante da escada de madeira para sair. Isabela veio logo atrás, puxando-o pelo braço para que a deixasse seguir na frente.

— Vamos pelos fundos — ela sugeriu, embora o tom mais parecesse uma ordem. — Pulamos a janela da cozinha.

Não havia tempo a perder, por isso se apressaram pelo corredor, torcendo para que o agente no jardim não voltasse para dentro tão cedo. Naquele momento, torcer era tudo o que podiam fazer. O ambiente estava na penumbra, e eles passaram pelo primeiro cômodo sem nenhum problema. Quando chegaram ao lado da escada que levava ao segundo piso, dobraram à esquerda e entraram na cozinha, cuja porta tinha tábuas pregadas. Jerry até tentou removê-las com um puxão, mas elas nem se mexeram.

— Abra a janela devagar — Jerry pediu. Seus olhos estavam concentrados no porta-chaves pendurado na parede.

Um rangido de metal ecoou pela cozinha.

— Não estou conseguindo. — A afobação fez Isabela forçar o trinco de maneira que o entortou.

— Me deixe tentar. — Jerry se posicionou e, ao perceber que também não conseguiria, usou força. O barulho que estava fazendo era alto demais para quem precisava se manter invisível, mas por fim o trinco cedeu. Foi então que um rangido nas dobradiças da porta da sala gelou seu sangue. — Se abaixe — ele sussurrou.

Esconderam-se atrás do balcão, no meio da cozinha. Mantendo silêncio absoluto, Jerry foi até o canto e viu um homem de terno vindo naquela direção. Olhou para a janela parcialmente aberta, engoliu em seco e passou a controlar o ritmo da respiração. Cogitou se arrastar até o canto para olhar de novo, mas foi impedido por Isabela, que balançou a cabeça.

Aqueles segundos de tensão se tornaram mais amedrontadores quando os passos do homem ecoaram nas lajotas da cozinha. Era possível ouvir o rangido dos sapatos cada vez que ele mexia os pés. Jerry olhou para Isabela. A tensão podia ser vista nos músculos contraídos de sua mandíbula e na respiração acelerada. Sem poder fazer movimentos bruscos, ele segurou a mão dela, tentando acalmá-la.

O coração de Jerry acelerou, pensando que tinham sido vistos, quando um chiado eletrônico e estridente, seguido de uma voz, chegou a seus ouvidos:

— *Você ainda tem cigarros?*

A voz sumiu abruptamente, e Jerry percebeu que se tratava de um radioamador.

— Merda, Sheng! Você quase me mata! — o federal na cozinha respondeu. — Vá até o portão. — O som da conversa ficou cada vez mais baixo, indicando que ele estava se afastando.

Jerry esperou mais alguns segundos antes de espiar novamente e levantar depressa. Puxando Isabela, abriu a janela devagar e a ajudou a saltar para fora. Depois se apoiou no peitoril e também pulou, caindo perto da piscina.

— Não temos como chegar ao carro sem que o federal lá fora nos veja — ele falou baixo, esperando que Isabela desse uma opinião. — Precisaremos fugir a pé.

— Vamos pular o muro inverso ao matagal — ela concordou, apontando.

Uma névoa fina tomava conta do ambiente, e a temperatura tinha caído bastante depois da chuva. A única certeza que tinham naquele momento era de que, parados ali, estavam à vista de qualquer um que viesse para os fundos. Não havendo muitas alternativas, contornaram a piscina para se aproximar do muro. Enquanto ajudava Isabela a subir, Jerry olhou para trás. Tudo tranquilo. Assim que ela conseguiu alcançar o topo, foi a vez dele de escalar.

— Depressa! — Isabela pediu.

Fazendo força para erguer o próprio peso e alçar a perna por sobre o muro, ele se voltou e olhou de novo para o jardim. Mesmo com um dos agentes chegando perto, Jerry conseguiu saltar para o outro lado, numa plantação de milho, antes de ser visto.

— Você está bem? — Isabela perguntou quando ele caiu de mau jeito e rolou pelo milharal.

— Sim. — Jerry limpou a lama das calças. — Vamos procurar um sítio vizinho para usar um telefone e chamar um táxi antes que os federais percebam algo estranho.

67

ATHENS, OHIO
29 DE AGOSTO DE 1977 - 22H04

Após uma trégua, as nuvens escuras que cobriam o céu da região começaram a derramar água outra vez. A chuva grossa e incessante obrigou o motorista do táxi a acionar o limpador de para-brisa na velocidade máxima. Sentado no banco de trás, Jerry se mantinha em silêncio e de cabeça baixa, torcendo para não ser reconhecido. No banco do passageiro, uma sorridente Isabela se esforçava para se engajar na conversa com o taxista, que era do tipo falante. Entre as inúmeras informações que ele revelou, contou que nascera em Rhode Island, tinha quatro filhos e era taxista havia mais de dez anos.

— Deve conhecer as ruas da cidade como a palma da mão — Isabela comentou, tentando mantê-lo entretido.

— Na verdade, conheço as ruas melhor que a palma da minha mão. — O taxista sorriu, reduzindo no sinal vermelho.

Jerry olhou pela janela quando pararam no cruzamento da avenida principal. Logo notou que estavam na frente do bar onde ele e Eliot costumavam jogar bilhar toda sexta-feira. De imediato se lembrou das divertidas partidas, seguidas de bebedeiras até altas horas da madrugada. Respirou fundo quando lhe veio à mente a ligação telefônica em que a esposa de Eliot revelara que Carl Linné o tinha matado. A luz do sinal não demorou a ficar verde enquanto Jerry refletia sobre como aquela noite no Observatório tinha mudado os rumos de sua vida pacata, transformando-a num verdadeiro show de horrores. No ponto em que estava, não lhe restavam opções senão prosseguir até o fim de tudo aquilo, mostrando a verdade ao mundo.

Por mais alguns minutos, o táxi rodou pelas ruas de Athens, até estacionar em frente ao prédio principal da Universidade de Ohio. Era ali que pretendiam encontrar um computador que pudesse abrir o conteúdo do disquete em que estavam gravados os dados das horas seguintes ao recebimento do sinal pelo radiotelescópio.

— São sete dólares. — O taxista desligou o motor.

Foi Isabela quem pagou pela corrida. Assim que desembarcaram, perceberam a intensa movimentação de acadêmicos saindo do campus naquele fim de noite de segunda-feira. Buscando abrigo da chuva sob uma árvore no gramado, Jerry tirou a mochila das costas.

— Pegue — ele a ofereceu a Isabela. — Vá até o prédio principal e encontre o Núcleo de Ensino Tecnológico. Fica no primeiro andar. Lá você vai encontrar computadores capazes de abrir o conteúdo do disquete — explicou. — Se não te deixarem entrar na sala, diga que é estudante e esqueceu a identificação em casa. Sempre funciona.

— Você vai ter que ir comigo. — Isabela não pegou a mochila. — Eu posso até encontrar o Núcleo, mas não faço ideia de como usar os computadores.

Jerry soltou o ar dos pulmões de uma vez.

— Com toda essa gente, eu não conseguiria dar um passo sem que a polícia aparecesse alguns minutos depois.

Sendo ex-aluno daquela instituição e um fugitivo acusado de múltiplos assassinatos, não seria difícil cruzar o caminho de alguém que o reconhecesse e ligasse para as autoridades.

— Tudo bem — Isabela concordou. — Mas temos que encontrar um jeito de você entrar.

— Acho que sei como fazer isso. — Jerry teve uma ideia. — Aquela é a janela do Núcleo — apontou. — Falta menos de meia hora para os funcionários fecharem tudo. Você precisa entrar e se esconder até todo mundo sair. Quando estiver tudo escuro, você abre uma janela e pisca a luz da sala uma vez, para eu saber que posso entrar.

A expressão preocupada no rosto de Isabela demonstrou que o plano não a convencera.

— Não há sensores de alarme nas salas? — indagou.

— Não — Jerry respondeu. — Apenas nos corredores.

— E como você vai passar pelos seguranças?

— Do mesmo jeito que passamos na primeira vez que viemos aqui em busca do disquete.

Jerry se recostou na árvore e ficou observando, enquanto Isabela cruzava o gramado e chegava perto do prédio principal, misturando-se aos demais acadêmicos.

QUARENTA MINUTOS DEPOIS

Apenas uma garoa fina caía do céu. Ansioso, Jerry só tirava os olhos do prédio para conferir o relógio de pulso. Fazia seis minutos que a lâmpada do Núcleo de Ensino Tecnológico tinha piscado uma vez, indicando que a janela estava aberta. Contudo, ainda se podia ver o movimento de alguém trabalhando numa sala do segundo andar.

Mesmo que a universidade não estivesse vazia, os seguranças tinham começado a fazer rondas sistemáticas pelo campus, indo e voltando de tempos em tempos. Quando a lâmpada do segundo andar foi desligada, Jerry vibrou e voltou para trás da árvore, preparando-se para correr. Olhou os arredores. Não viu ninguém. Conferiu se havia movimento de guardas perto do prédio. Tudo limpo. Correu pelo gramado até chegar à janela parcialmente aberta. Sem tempo a perder, empurrou a guilhotina para cima e se apoiou no peitoril, entrando. Mal pôs os pés para dentro e Isabela logo fechou a janela, eliminando qualquer suspeita de invasão.

A primeira coisa que Jerry fez foi tirar a jaqueta molhada e deixá-la no chão. Depois abriu o bolso externo da mochila e pegou uma lanterna pequena, muito útil naquele breu em que se transformara o ambiente quando fecharam as cortinas.

A sala do Núcleo era bastante ampla. Tinha uma bancada de madeira no centro, repleta de peças eletrônicas, e diversas escrivaninhas com máquinas elétricas antigas expostas. Mais à frente, ficava o setor dos microcomputadores, com destaque para o primeiro computador comercial fabricado nos Estados Unidos, o Univac I, e também para o inovador Apple II, lançado naquele ano.

Usando a lanterna para iluminar cada um dos aparelhos dispostos em fileiras, Jerry parou quando encontrou um que tinha leitor de disquetes.

— Este vai servir — falou.

Conferindo se o cabo de energia estava plugado na tomada, apertou o botão e ligou a máquina. Em seguida se debruçou sobre ela, a fim de acompanhar o cabeamento e verificar se estava conectada a alguma impressora. Estava. Então foi só esperar alguns segundos para que as primeiras linhas com códigos aparecessem no monitor esverdeado. Pegando o disquete, inseriu-o no leitor e começou a digitar no teclado embutido. Em menos de um minuto, a impressora matricial puxou a primeira folha contínua para imprimir os dados.

Um barulho alto tomou conta da sala assim que a ponta da agulha de impressão tocou o papel. Era um grunhido fastidioso que os colocaria em maus lençóis se fosse ouvido por algum dos seguranças. Pensando numa solução rápida, Jerry se aproximou da porta e pegou um tapete xadrez no chão, jogando-o sobre a impressora e fazendo com que a intensidade do som diminuísse pela metade.

Demorou um pouco para que a impressão das dezenas de folhas terminasse, mas, assim que a sala ficou silenciosa, Isabela pegou o maço e o entregou para Jerry, que colocou tudo na mochila antes de tirar o disquete e desligar a aparelhagem. Ter todos aqueles dados em mãos o fez sentir que estavam cada vez mais próximos de terminar tudo aquilo.

— Conhece algum lugar seguro para irmos agora? — ele perguntou, aproximando-se da janela para espiar lá fora.

— Há um motel na saída leste da cidade, perto do parque estadual — Isabela respondeu. — Podemos passar a noite lá. Com um pouco de sorte, ninguém vai te reconhecer.

68

MOTEL STROUDS RUN
ATHENS, OHIO
30 DE AGOSTO DE 1977 - 00H39

O motel de segunda mão, cuja placa luminosa tinha metade das letras apagada, aparentava ser o lugar perfeito para analisarem as novas descobertas sem ter de se preocupar com visitas inesperadas. O quarto, o penúltimo do corredor, tinha um forte cheiro de cigarro misturado com perfume barato impregnado nas cortinas de sarja. A decoração era modesta, comprada com um orçamento apertado.

Quando Isabela abriu a porta do banheiro, saindo de um banho demorado, encontrou Jerry ajoelhado ao lado da cama, com os olhos fixos nas folhas impressas dispostas por toda a extensão do acolchoado florido. Enrolando a toalha nos cabelos molhados, ela se aproximou e sentou no sofá de canto, deixando que ele trabalhasse. O tempo passou depressa enquanto esperava, ouvindo o som da televisão pendurada na parede cor-de-rosa, mas com os olhos vagando pelos adornos antiquados de porcelana dispostos numa prateleira.

— *O Assassino de Athens: suspeito continua foragido.*

Quando o âncora do telejornal da madrugada anunciou a manchete, ela se recostou no sofá e acompanhou a reportagem, que mostrava a foto de Jerry no painel atrás dos apresentadores. Jerry também deu uma pausa na análise das folhas para ouvir o que a imprensa estava dizendo a seu respeito.

— *Onze dias após o renomado professor Joseph Currie ser encontrado morto na residência do suspeito, as buscas por Jerry Laplace, o Assassino de Athens, continuam* — o apresentador falava, como se estivesse lendo. — *Vizinhos do suspeito dizem que ele é uma pessoa pacata e reservada e não sabem explicar o que o levou a iniciar a onda de crimes que deixou cinco mortos: os professores Joseph Currie e Herschel Shapley, o funcionário da* NASA *Gregor Becquerel, seu melhor amigo Eliot Dillinger e a esposa, Diana.* — Imagens dos crimes estavam sendo mostradas na tela. — *Especialistas nesse tipo de caso dizem que existe a chance de Laplace ter deixado o país antes de ser pego.*

Assim que a câmera focou no outro apresentador, que iniciou nova manchete, Isabela levantou e desligou a TV.

— Assassino de Athens? — Jerry empurrou a armação dos óculos para cima do nariz. — Estou mesmo ferrado.

— Fique tranquilo — Isabela tentou acalmá-lo. — Assim que desvendarmos o quarto sinal, faremos um dossiê contando tudo o que aconteceu. Noam Lovelock vai ficar feliz em mostrar ao mundo as sujeiras que o governo é capaz de fazer para manter segredos escondidos.

Alguns minutos se passaram antes de Jerry voltar a falar.

— Encontrei alguma coisa. — Pela empolgação no tom de voz, algo importante tinha sido descoberto.

Isabela levantou e foi para perto. Numa das folhas, ele tinha circulado com caneta preta outra sequência vertical de numerais altos e letras que fugiam do padrão. Olhando com mais atenção, deduziu que era muito parecida com as anteriores, só que com letras diferentes dispostas entre os mesmos números, seis e cinco.

— 6ORHW5? — ela soletrou devagar, sem ter ideia do que era aquilo. — Qual era mesmo a primeira sequência?

— 6EQUJ5. — Jerry nem olhou para a folha.

— E isso significa algo? — ela emendou.

— Não. — Ele suspirou antes de responder.

Isabela pegou as duas folhas e as encarou por alguns segundos. Virou-as de ponta-cabeça. Alinhou-as e olhou contra a luz. Nada lhe veio à mente de imediato.

— Lembra quando você falou que a letra E significa um sinal trinta e seis vezes mais potente que os ruídos de fundo? — Ela tivera uma ideia.

— Lembro, sim.

Isabela comprimiu os lábios.

— Então, no lugar do E temos trinta e seis?

— Se analisarmos a potência do sinal, sim.

Ela percebeu que tinha encontrado uma hipótese lógica quando Jerry estreitou os olhos e tomou as folhas de sua mão. Ele pegou a caneta e riscou os dígitos seis e cinco das sequências, então respirou fundo e começou a escrever os números correspondentes à potência de cada uma das letras.

$$\text{E Q U J} \qquad \text{O R H W}$$
$$36\ 19\ 15\ 20 \qquad 111\ 51\ 26\ 12$$

Foi Isabela quem complementou, adicionando os símbolos de graus, minutos e segundos:

$$36°\ 19'\ 15.20° \qquad 111°\ 51'\ 26.12°$$

— Será que descobrimos? — Ela o encarou.

Jerry deu de ombros, mas era visível seu contentamento.

— Se baterem com as coordenadas de algum lugar específico, quem as enviou foi extremamente preciso na localização. — Ele apontou com o dedo os dados que mostravam os segundos. — Só que esqueceu de enviar os pontos cardeais.

Isabela fez uma careta. Um barulho constrangedor que veio do quarto vizinho a fez voltar a ligar a TV.

— Vou precisar de um mapa-múndi, e vai demorar um tempo, mas posso marcar todos os locais possíveis, escolhendo os pontos cardeais de maneira aleatória — disse ela.

— É uma boa ideia. — Jerry pegou o livro de capa dura que tinha encontrado na mansão de Shapley e o abriu, torcendo para que o conteúdo fizesse jus ao título, *Atlas geográfico e estelar*, e apresentasse um mapa-múndi que pudessem utilizar.

Isabela vibrou quando os mapas estelares ficaram para trás e mapas continentais com desenhos de bandeiras começaram a aparecer a cada nova página virada. Logo na sequência, encontraram o que precisavam: um mapa-múndi com escala que ocupava duas páginas. Usando a régua que pegara na mochila e a caneta que estava na cama, ela começou a fazer medições, usando as técnicas que tinha aprendido ainda nas aulas de geografia do segundo grau.

Mediu. Riscou. Pensou. Rabiscou. Riscou de novo. Só então marcou o primeiro ponto no mapa, no meio do oceano Pacífico, tendo usado como pontos cardeais o sul e o oeste. *Não deve ser aqui*, pensou e prosseguiu. Tentou sul e leste: outra vez no oceano, desta vez o Índico. Era hora de mudar para norte. *Vamos lá*, torceu, mordendo a tampa da caneta. Norte/leste: a coordenada mostrava um local um centímetro e meio distante de Pequim, na China. Em escala, isso representava aproximadamente quinhentos e trinta quilômetros. *Pode ser este o lugar*. Forçou a memória para lembrar se havia algum monumento histórico naquele ponto. Não havia. Respirou fundo. Ainda tinha que calcular a última possibilidade: norte/oeste. Mediu, riscou e marcou.

Isabela arregalou os olhos quando fez o último ponto.

— Jerry, venha ver — ela o chamou, sem perceber que ele estava ao lado o tempo todo. — Olhe o que indicam as coordenadas, se usarmos norte e oeste.

Jerry passou a língua nos lábios.

— Este não é o estado do Arizona? — perguntou.

— É.

— Então essa linha azulada que corta parte do mapa é o rio Colorado. Bem no Grand Canyon. — Jerry ficou boquiaberto.

— Você já ouviu a história de G. E. Kincaid, um explorador que diz ter encontrado uma caverna misteriosa no Grand Canyon em 1909? — Isabela perguntou, caminhando em direção à janela.

Jerry balançou a cabeça em negação.

— Não conheço.

Isabela começou a contar.

69

SALOON BULLBUFS, ARIZONA
4 DE ABRIL DE 1909 - 7H26

Clint acordou assustado com o barulho de tiros na frente do saloon. A primeira coisa que viu quando abriu os olhos foi uma garrafa vazia em cima do criado-mudo, que caiu e quebrou quando ele se apoiou no móvel para levantar. Sua cabeça latejava. Deitada a seu lado, a prostituta com quem passara a noite estava nua, com apenas as partes íntimas cobertas por um lençol manchado.

— Mas que merda eu fiz ontem? — ele praguejou.

Esfregando o rosto, levantou, cambaleante. Fez a maior bagunça pelo curto trajeto até a janela, por onde espiou o que acontecia na rua. Tropeçou e derrubou mais coisas; ainda estava um pouco bêbado. Afastou a cortina para olhar, torcendo para ver algum morador da cidade estirado no chão, morto a tiros, para que pudesse usar a tragédia como tema de reportagem no jornal semanal em que trabalhava, cuja próxima edição sairia no dia seguinte. Não viu ninguém baleado, apenas a movimentação rotineira do início da manhã. Cavalos, carroças, rolos de feno. Nada além disso. Descontente, caminhou até o cabideiro, onde estavam penduradas suas roupas. Vestiu-se depressa e saiu do quarto.

Apesar de ser início da manhã, havia um cliente bebendo uma dose de uísque no andar de baixo. Do outro lado do balcão, o dono do recinto ouvia a história que o homem barbado e com roupas empoeiradas contava. Clint ficou na ponta dos pés, tentando passar despercebido, nos últimos degraus da escada. E estava indo bem, até que um rangido o denunciou.

295

— Sr. Clint, venha até aqui um instante — o proprietário o chamou quando percebeu sua presença.

Clint terminou de abotoar a camisa e foi para o balcão.

— Quer ouvir uma boa história para publicar no jornal? — O dono abriu um sorriso amarelo.

— Histórias são sempre bem-vindas — disse Clint.

— Então sugiro que ouça o que este homem tem a dizer.

Clint sentou num banco forrado e aguçou os ouvidos quando o barbado começou a contar sua aventura nos confins de uma misteriosa caverna.

ESCRITÓRIO DO ARIZONA GAZETTE
4 DE ABRIL DE 1909 - 8H19

Clint percebeu que as sobrancelhas do editor se arquearam quando contou resumidamente a história que tinha ouvido de um homem no saloon Bullbufs.

— Ouvi isso da boca do próprio sr. Kincaid, o explorador que diz ter encontrado uma grande cidadela subterrânea no Grand Canyon, durante uma viagem num barco de madeira pelo rio Colorado, saindo de Green River para Yuma — Clint prosseguiu, tentando convencer o chefe.

— Traga o sr. Kincaid aqui — o editor falou, demonstrando interesse.

Atônito pela oportunidade de ganhar uma matéria na primeira página, Clint levantou e abriu a porta do escritório, pedindo que o barbado entrasse.

— Sente-se e fique à vontade, senhor. — O editor estendeu a mão para cumprimentar o viajante.

Kincaid sentou na cadeira em frente à escrivaninha.

— O senhor pode contar outra vez a história que me contou lá no Bullbufs? — Clint sentou ao lado.

Kincaid assentiu com a cabeça.

— Eu estava viajando pelo rio Colorado num barco, procurando ouro — ele começou. — Uns setenta quilômetros rio acima, perto do El Tovar Cristal Canyon, vi na parede leste algumas manchas sedimentares, cerca de quarenta metros acima do leito. Não havia nenhuma trilha para chegar àquele ponto, mas consegui escalar até lá. Em cima de uma pedreira, que se esconde da vista do rio, enxerguei a entrada da caverna. — Fez uma pausa curta. — Quando vi marcas de cinzel nas paredes, logo me interessei, engatilhei minha arma e entrei. Durante a exploração, caminhei várias centenas de metros ao longo da passagem principal, até chegar a uma cripta enorme, onde encontrei o que pareciam múmias de seres muito semelhantes a nós, só que com braços maiores e a cabeça com quase o dobro do tamanho. — Kincaid tentou demonstrar, gesticulando com as mãos. — Atrás dessas múmias havia outra caverna, e do fundo dela emanava uma claridade que fazia a minha lamparina parecer um vaga-lume diante do sol.

— E o senhor caminhou para perto dessa luz? — Clint tentou tirar o máximo de informações.

— Claro que não — Kincaid respondeu. — Mas recolhi uma série de relíquias antigas de dentro da cripta, talvez um quinto das que estavam espalhadas por lá. Carreguei todas pelo Colorado até Yuma, de onde as enviei para Washington, descrevendo os detalhes da descoberta. Achei que seria recompensado.

— O senhor não pensou em voltar para pegar o restante das relíquias? — Agora era o editor quem emendava outra pergunta.

Kincaid sorriu e roçou a mão na barba.

— Eu voltei ao mesmo ponto do Grand Canyon uma semana depois — revelou. — Mal tinha pisado na beira do rio, puxando o barco para a margem, fui surpreendido por três homens armados e bem-vestidos, que apenas me disseram que aquelas terras pertenciam ao governo americano e nenhum visitante era permitido, sob pena de transgressão da lei.

ARIZONA GAZETTE
Segunda-feira, 5 de abril de 1909

EXPLORAÇÕES NO GRAND CANYON
Os mistérios de uma caverna sendo trazidos à luz

70

**MOTEL STROUDS RUN
ATHENS, OHIO
30 DE AGOSTO DE 1977 - 1H18**

O barulho no quarto vizinho ficou mais alto, mas, estando hospedados num motel barato, não restou alternativa para Isabela senão ouvir os rangidos sem reclamar. Sentada no sofá de canto, ela contava em detalhes para Jerry o restante da história sobre a descoberta da caverna no Grand Canyon.

— O relato de Kincaid foi tão surpreendente que, em 5 de abril de 1909, sua história chegou a ser publicada num periódico local do Arizona — ela revelou. — Lembro que o Isaac tinha uma cópia da reportagem guardada em algum lugar.

— Nunca ouvi nada sobre isso. — Jerry se mostrou curioso para saber mais.

— Bem, na verdade a descoberta de Kincaid foi apenas o começo dessa história, que, como você deve imaginar, foi acobertada pelo governo. — Isabela começou a relatar tudo o que sabia. — Após a entrada da caverna ser encontrada, o governo da época nomeou o Instituto Smithsonian, sob a direção do professor S. A. Jordan, para comandar uma exploração aprofundada. — A explicação fluía, como se ela já tivesse falado sobre aquilo dezenas de vezes. — Como era de esperar, Jordan descobriu muitas coisas além do que Kincaid havia contado. Após desbloquearem a passagem principal, encontraram mais centenas de salas, todas conectadas por túneis. O estranho é que em todas essas salas havia artefatos que, segundo o próprio Jordan, não eram de povos nativos dos Estados Unidos.

— E de onde eram? — Jerry indagou.

— Se eu te contar, você não vai acreditar. De diversos lugares da Terra. — Isabela estava empolgada. — Havia múmias, hieróglifos e esculturas de deuses egípcios. Pinturas em tecidos e relíquias ritualísticas astecas. Gravuras de origem suméria desenhadas nas paredes. Encontraram até uma escultura oriental de um homem sentado com as pernas cruzadas, segurando uma flor de lótus em cada mão, que se assemelha muito a Sidarta Gautama.

— O Buda? — O queixo de Jerry estava quase no chão.

— Sim, o Buda — Isabela confirmou. — Outra coisa que encontraram foram estatuetas distorcidas feitas de um metal cinza altamente resistente, parecido com platina, mas que o professor Jordan afirmou que tinha origem desconhecida.

— Concordo que isso é surpreendente. — Jerry ergueu a mão para que ela parasse de falar. — Mas você está querendo dizer que as coordenadas podem ser a localização da caverna?

— E se forem? — ela devolveu outra pergunta. — Depois que o Instituto Smithsonian terminou a exploração naquele ano, a entrada para a caverna foi lacrada, e a história, acobertada. Hoje, quase setenta anos depois que a reportagem foi publicada, é possível contar nos dedos de uma só mão quantas pessoas sabem isso que eu te contei. E nenhuma delas faz ideia de onde esteja escondida a caverna — comentou, com voz mais tranquila. — E se as coordenadas indicarem o local da entrada? E se essas múmias com braços longos e cabeça grande ainda estiverem lá? Não me diga que você não tem curiosidade de saber onde termina o túnel com a luz intensa que Kincaid viu na cripta.

Jerry arqueou as sobrancelhas e passou a mão nos cabelos.

— Por que eu tenho a impressão de que você vai para lá mesmo que eu diga que não é uma boa ideia? — ele indagou.

— Porque é o que eu vou fazer. — Ela sorriu.

Houve um momento de silêncio. Isabela levantou e se aproximou da janela outra vez. No estacionamento, havia apenas dois carros. Mais à direita, encostado num poste na frente da recepção, o proprietário do local fumava um cigarro.

— Está pensando numa forma de chegarmos ao Grand Canyon? — O tom de voz de Jerry deixou clara a sua apreensão.

Com o pensamento distante, Isabela sabia que Jerry estava preocupado com sua situação como foragido da justiça. Porém também sabia que a única chance que teriam de provar sua inocência seria divulgar toda aquela história na mídia, por intermédio de Noam Lovelock. Voltando para perto da cama, ela tirou tudo da mochila para analisar o que tinham.

— O que está fazendo? — Jerry logo se intrometeu.

— Antes de viajarmos, temos que montar o dossiê para enviar a Noam Lovelock — ela respondeu, depois de uma breve hesitação. — Se quiser ajudar, separe tudo o que temos sobre os sinais. Vamos contar em detalhes como encontramos cada um deles. Também vamos mostrar como o governo, por intermédio de Carl Linné, tentou impedir a todo custo que conseguíssemos.
— Começou a juntar as coisas. — Enviaremos tudo: dados, informações, fotografias, as folhas, o disquete, coordenadas, localizações. Noam Lovelock é o nosso bilhete para uma vida nova, depois que revelarmos ao mundo toda a verdade.

— Tudo bem — Jerry concordou. — Vamos lá.

Usando a cama como mesa, os dois começaram a montar o quebra-cabeça de forma que o panorama ficasse claro assim que Lovelock começasse a ler. Enquanto Jerry separava os dados dos sinais, Isabela fazia anotações em folhas brancas, descrevendo cada acontecimento, desde a recepção do quarto sinal no Observatório, e creditando todas as mortes, incluindo as cometidas por Kepler, ao trabalho sujo dos federais no intuito de impedi-los.

Foram horas de trabalho intenso para que conseguissem relatar tudo de forma detalhada e compreensível. Ao final, Isabela arrumou a documentação em ordem e a prendeu com um clipe metálico, antes de colocá-la num envelope. Preencheu os dados do remetente com informações fictícias e escreveu o endereço da emissora de televisão em Nova York como destinatário, destacando as palavras "A/C Noam Lovelock".

— Que horas são? — perguntou, bocejando.

— Quatro e meia — Jerry respondeu, consultando o relógio.

— Ainda temos algum tempo. — Ela olhou para o telefone, pensando em chamar um táxi. — Se colocarmos o envelope numa caixa de correio do US Postal antes da primeira coleta, às cinco da manhã, Lovelock receberá o pacote antes do meio-dia.

71

ESCRITÓRIO DE NOAM LOVELOCK
NOVA YORK, NOVA YORK
30 DE AGOSTO DE 1977 - 11H31

Parado em frente à enorme janela de seu escritório, na cobertura do complexo Rockefeller Plaza, em Manhattan, Noam Lovelock admirava a vastidão da cidade que nunca dorme enquanto dava longas tragadas num charuto cubano. Tendo sido premiado como um dos mais influentes jornalistas do país nos últimos cinco anos, era Noam quem dava as ordens sobre as matérias que seriam veiculadas nos telejornais da emissora. Com a credibilidade intacta e a total confiança de seus superiores, era respeitado pelos colegas de trabalho, que conheciam seu gênio forte e a precisão nas tarefas que realizava e gerenciava.

O relógio de parede marcava 11h31, e havia apenas três pessoas sentadas ao redor da mesa comprida de mogno no centro da sala. Atrasos sempre deixavam Noam irritado, mesmo que fossem de apenas um minuto. Sistemático, ele não era nada parecido com aquelas pessoas que marcavam reuniões às onze e meia sabendo que só começariam ao meio-dia. Aliás, detestava gente que relevava atrasos.

Enquanto admirava a vista de Nova York, os outros dois jornalistas chegaram, desculpando-se antes mesmo de pôr os pés dentro do escritório. Olhando para trás, Noam tragou o charuto mais uma vez e o amassou no cinzeiro da escrivaninha de vidro.

— O que temos de novidades para o noticiário de hoje à noite? — Sentou numa cadeira estofada na ponta da mesa.

Cada um dos presentes falou um pouco sobre as matérias que tinham preparado, que iam desde um desastre ambiental na Califórnia até um escândalo sexual envolvendo um influente político no Oregon. Apesar de serem boas notícias, não eram daquelas que fugiam ao rotineiro e aumentavam a audiência, por isso o editor esperava que coisas novas acontecessem no decorrer daquele dia, até o horário de o programa ir ao ar. Após as necessárias análises, os jornalistas saíram do escritório para finalizar as reportagens.

Faltava pouco para o horário de almoço e o estômago de Noam roncava como se o homem não comesse há dias. Com uma pilha de documentos aguardando em sua mesa, sentou na cadeira reclinável e pegou outro charuto, cheirando-o antes de acender. Nem se importou se deixaria o escritório todo fedorento quando deu uma tragada e depois soprou a fumaça para o alto.

Alguém bateu à porta.

— Entre! — ele gritou.

Sua secretária, uma bela mulher que ele mesmo contratara, entrou na sala ressoando os saltos no chão de cerâmica.

— Senhor, um entregador deixou este envelope agora há pouco na recepção — ela anunciou. — Está aos seus cuidados.

— Obrigado — ele sorriu.

A secretária deu meia-volta e parou perto da porta, então virou e olhou para ele constrangida. Era assim que quase todos os funcionários da emissora ficavam quando precisavam pedir algo para o editor-chefe Noam Lovelock.

— Senhor, lembra que comentei na semana passada que precisaria sair alguns minutos mais cedo hoje? — ela perguntou.

Noam realmente não lembrava.

— Claro que sim — mentiu. — Fique à vontade para ir ao seu compromisso.

— Obrigada, senhor. — Lucy saiu, sorrindo.

Com o envelope sobre a escrivaninha, Noam olhou o nome do remetente. Sabia quem era e o que havia ali dentro, mas mesmo assim conferiu, por hábito. Segurou a ponta do envelope e o rasgou com cuidado, para não danificar o conteúdo.

— Era disso que eu estava falando — vibrou ao ver o dossiê.

Começou a olhar tudo, sem se ater aos detalhes. Havia fotos, marcações em mapas, um disquete e inúmeras folhas escritas à mão, explicando detalhes da história e de cada um dos indícios. Havia ainda um bilhete pequeno no final, dizendo que Isabela estava a caminho da localização da última coordenada, no Grand Canyon, e assim que chegasse enviaria novos dados e fotos do que encontrasse.

Ciente de que as informações que tinha em mãos poderiam mudar os rumos da história e manchar a reputação das agências governamentais, Noam saiu de trás da escrivaninha e trancou a porta do escritório para analisar os documentos sem interrupções ou visitas indesejadas. Voltou e apoiou o charuto no cinzeiro para começar uma leitura minuciosa do dossiê.

A cada novo parágrafo sobre os sinais e as mortes relacionadas, Noam ficava mais interessado. Enquanto corria os olhos pelas palavras bem explicadas, com as sólidas evidências, ele imaginava como as transformaria na reportagem que alavancaria a audiência do noticiário a picos jamais vistos.

— Isto é incrível — murmurou ao ver as pinturas antigas nas fotos da caverna dogon, no Mali.

Vários minutos tinham se passado, mas a atenção no dossiê fez com que ele nem percebesse. Quando deu uma pausa para pegar o charuto, viu que a ponta já tinha queimado um bocado. Esfregou o rosto, mirando a estante onde deixava uma garrafa de uísque. Assim que levantou para se servir de um copo, o telefone tocou.

— Sim — atendeu.

— Senhor, tem alguém aqui embaixo querendo falar com o senhor — a recepcionista anunciou.

— Diga que estou ocupado. — Noam bufou.

— Acho melhor atendê-lo, senhor — a recepcionista insistiu. — Ele diz que trabalha para o Departamento de Defesa.

Noam engoliu em seco.

— Tudo bem. — Tentou manter a calma. — Leve-o até a sala de reuniões e diga que o encontro lá em alguns minutos.

Sem tempo a perder, colocou todas as folhas de volta no envelope e o escondeu no fundo falso da última gaveta. Respirou fundo. Não queria se preocupar antes de saber o motivo da visita.

Olhou para o relógio na parede: 11h56. Faltavam quatro minutos para o horário de almoço, e certamente usaria aquela desculpa para que a conversa com os federais fosse o mais curta possível. Respirou fundo outra vez, prendeu o ar por alguns segundos e soltou devagar. *Preciso manter a calma*, continuou, pensando que tinha sido descoberto enquanto seguia para o banheiro do escritório conferir a aparência no espelho. Quando arrumava os cabelos, alguém bateu à porta e forçou a fechadura para entrar. Ele se apressou em abri-la.

— Está tudo bem aí? — Era o diretor de jornalismo e esportes da emissora.

— Tudo.

— Não esqueça que temos um almoço com o governador em quarenta minutos no Tavern on the Green — o diretor lembrou. — Eu estou indo para lá agora. Quer carona?

Esse era outro compromisso que Noam tinha esquecido.

— Antes preciso falar com alguém que está esperando na sala de reuniões. — Abriu um sorriso. — Pode ir na frente. Nos encontramos no restaurante.

O diretor deu um tapinha nas costas do amigo e foi para o elevador. Do outro lado da recepção, enquanto acompanhava o diretor com os olhos, Noam viu a recepcionista conduzindo um homem de terno para a sala de reuniões. Sem demora, foi para lá também. Aguardando sua chegada, um homem de fisionomia fechada estava parado perto da janela, olhando o horizonte repleto de altas construções.

— É incrível como o visual da cidade muda a cada dia. — Noam se aproximou para cumprimentar.

— Bom dia, sr. Lovelock. — O homem apertou sua mão. — Sou o agente federal Carl Linné.

Aquele nome não lhe era estranho.

— Prazer em conhecê-lo, sr. Linné. — Noam lhe ofereceu um assento. — Se não se importa, tenho um compromisso com o governador dentro de alguns minutos, por isso preciso que nossa conversa seja breve.

— Ah, claro — Linné murmurou. — Será breve, senhor.

— Então me diga, em que posso ser útil?

Carl Linné deu a volta na mesa, passando atrás de Noam, antes de sentar numa cadeira bem à sua frente. Quando se acomodou, abriu o botão do paletó, deixando a arma à mostra.

— Sr. Lovelock, vou direto ao ponto. — O federal pôs as mãos sobre a mesa. — Temos informações privilegiadas de que o senhor estaria ajudando a célula americana de um grupo criminoso denominado Irmandade, e que pretende divulgar informações sigilosas, pondo em risco a segurança nacional.

Noam começou a rir.

— Com quem pensa que está falando? — Resolveu atacá-lo, usando de influência, mas se controlou. — Você deve achar que é muito poderoso para chegar na minha cara e falar uma baboseira dessa! — vociferou.

Agora foi a vez de Linné abrir um sorriso espontâneo.

— O senhor sabia que setenta e cinco por cento da população mundial consegue identificar quem é o Pato Donald, mas menos de dois por cento sabe dizer quem foi Nicolau Copérnico? — Linné levantou para olhar pela janela. — O senhor acha que essas pessoas merecem saber alguma coisa além daquilo que nós queremos que elas saibam? — Soltou uma lufada de ar. — Deixe que vivam no conto de fadas que elas mesmas criaram, onde, no fim, todos serão perdoados e salvos.

Noam abriu os braços e franziu a testa. Apesar de estar nervoso, não tinha medo dos federais. Tinha em mente que o governo pensaria muitas vezes antes de ousar atentar contra a vida de alguém tão influente.

— Posso saber do que está falando? — Ele se fez de desentendido, sabendo que só precisava de mais algumas horas para montar a matéria e levá-la ao ar.

— Sr. Lovelock, se esta emissora veicular qualquer informação que ponha em risco a segurança nacional, o senhor sabe bem que tipo de consequências isso trará para sua vida — Linné ameaçou.

— Com todo o respeito, vou lhe dar a chance de sumir daqui antes de fazer algumas ligações que o colocarão no devido lugar. — Noam levantou e abriu a porta, estendendo a mão para que o homem saísse. Ficou parado naquela mesma posição até o federal abotoar o paletó e caminhar para fora.

— Não diga que não foi avisado — Linné falou, pouco antes de sair. — Sugiro que não faça nenhuma bobagem, para que eu não precise tornar a visitá-lo.

— E eu sugiro que volte logo para Washington! — Noam bateu a porta com tanta força que os funcionários da recepção arregalaram os olhos.

Voltando para seu escritório com os nervos à flor da pele, afrouxou o nó da gravata e foi direto para a estante onde estava escondida a garrafa de uísque The Macallan. Serviu-se de uma dose e bebeu num só gole, ansioso para continuar a leitura a fim de montar a sensacional reportagem. Encheu o copo mais uma vez, colocou a garrafa sobre a escrivaninha e abriu a gaveta em busca do envelope. Conferiu se tudo continuava ali e o guardou em uma maleta de couro, disposto a levá-lo consigo durante aquela hora que passaria no restaurante puxando o saco do governador.

A visita do federal era a prova que faltava para convencê-lo, dando credibilidade à teoria apresentada pela Irmandade. Se havia alguma dúvida quanto à autenticidade das informações, agora elas estavam confirmadas.

72

EL TOVAR CRISTAL CANYON, ARIZONA
31 DE AGOSTO DE 1977 - 9H09

Ver o Grand Canyon do alto era um privilégio que Jerry jamais havia pensado que teria. Sentado ao lado de Isabela, próximo da janela de um avião monomotor Piper Arrow, ele observava com fascínio as falhas geológicas e os grandes desfiladeiros, moldados pelas águas do rio Colorado durante milhares de anos.

— Vamos pousar assim que eu encontrar um local apropriado — o piloto da aeronave gritou da cabine.

O piloto era morador de Nelsonville, uma cidade não muito distante de Athens. Amigo de um amigo de Isabela, trabalhava como instrutor de paraquedismo numa empresa que ele mesmo tinha criado. Tendo recebido uma generosa quantia em dinheiro para levá-los ao Grand Canyon, bem que pensou em recusar o serviço, mas, diante da insistência e ignorando o fato de que transportaria um foragido, acabou aceitando.

Tinham sido onze longas horas de voo. Os músculos das coxas de Jerry pareciam atrofiados depois de ficar na mesma posição por tanto tempo, tendo-as esticado uma única vez, quando o avião pousou numa pista clandestina ao sul de Denver para reabastecer. Logo que sentiu a velha aeronave se inclinar e começar a tremer para pousar, ele apertou o cinto, como se aquilo fosse ajudar em caso de queda, e agarrou com força os apoios de braço. Mesmo depois de voar diversas vezes nos últimos dias, o medo de avião continuava presente.

De todas as decolagens e pousos, este era, certamente, o mais desagradável. O Piper Arrow era antigo, tinha mais de doze anos de uso, e o barulho de lata batendo era amedrontador. Como se não bastassem tantos problemas, Jerry pôde perceber que o piloto precisou acionar o trem de pouso três vezes para que o comando fosse obedecido pela aeronave.

Com os batimentos cardíacos acelerados e calafrios no estômago, espiou pela janela. Havia um longo terreno plano uns quinhentos metros adiante. Conforme o piloto reduzia a velocidade e diminuía a altitude, Jerry fechou os olhos com força e só conseguiu pensar que morreria ali. O temor passou logo que os pneus do monomotor tocaram o solo pedregoso, parando antes que chegassem a outro desfiladeiro.

— Podem desembarcar. — O piloto tirou os fones que lhe cobriam as orelhas e os pendurou num gancho improvisado no teto. Depois desligou o motor, fazendo com que o silêncio voltasse a imperar na imensa vastidão dos cânions.

Ainda com as pernas bambas, Jerry levantou e pegou uma pesada mochila antes de seguir Isabela para fora do avião. Fazia um calor intenso no norte do Arizona naquele fim de mês, e foi só pisarem naquela mistura de terra, areia e pedregulhos para sentirem o vento morno que soprava, levantando nuvens de poeira. O piloto surgiu alguns segundos depois com uma garrafa de água na mão. Bebeu um gole e ofereceu aos outros, que recusaram. Não estavam com sede e, de qualquer forma, tinham um litro cheio na mochila.

— Eu não sei o que vocês pretendem encontrar no meio desse deserto vermelho, mas, se precisarem de mim, estarei no avião. — O homem colocou uma sacola no chão e entrou.

Pegando tudo de que precisavam, Jerry e Isabela começaram a caminhar, afastando-se do avião na direção da Ponte Navajo. Com um mapa atualizado do Arizona em mãos, o plano inicial seria atravessar a ponte, já que as coordenadas indicavam um local a oeste do rio, e então rumar para o sul, costeando o leito pelo alto do desfiladeiro. No silêncio dos cânions, era possível ouvir a correnteza.

O primeiro quilômetro mal tinha ficado para trás e gotas de suor porejavam na testa de Jerry, sob a aba do boné. Caminhar num calor daquele não era tarefa fácil, mas ele se manteve firme, até que avistaram a ponte.

— Tem ideia de quantos quilômetros para o sul fica a localização exata da coordenada? — ele perguntou, mirando o horizonte, que contrastava o vermelho da terra com o azul do céu.

Isabela comprimiu os lábios, fazendo um cálculo mental.

— Cerca de mil e duzentos metros — respondeu.

Ouvir aquilo foi um alívio para Jerry, que pensava que teriam de caminhar uns dez quilômetros antes de encontrar a entrada da caverna. Mais conformado, apertou as alças da mochila com suprimentos, firmando-a nas costas, e acelerou o passo para alcançar Isabela, que estava chegando à cabeceira da ponte. Olhando para baixo enquanto avançavam sobre a estrutura de concreto que atravessava o cânion e o rio, pegou a garrafa de água para dar um gole. O líquido fresco descendo pela garganta lhe deu fôlego extra. Assim que alcançaram o outro lado, mudaram para a direção sul e continuaram em frente, desviando ao se deparar com desfiladeiros menores, que precisavam ser atravessados.

Costeando o precipício, seguindo o leito do rio Colorado, se depararam com um ponto sem saída: uma pedreira com dez metros de profundidade por cinco de largura que terminava num precipício íngreme, quarenta metros acima do leito. A primeira coisa que Jerry fez quando pararam foi olhar para Isabela, que, por sua vez, desenrolou o mapa e o analisou.

— Nós estamos dentro deste quadrante — ela apontou com o dedo, mostrando a localização nas dezenas de quadrados que tinha desenhado no mapa.

Jerry não pôde deixar de perceber que o ponto que marcava o local da coordenada estava dentro do mesmo quadrante.

— Se este mapa estiver correto, estamos muito próximos da entrada. — Ele ergueu a aba do boné para observar ao redor. Viu apenas o que tinha visto por todo o caminho: terra vermelha e rochas pontiagudas. — Quando G. E. Kincaid revelou que encontrou essa caverna, ele não disse ao homem do jornal que a entrada ficava quarenta metros acima do leito do rio, em cima de uma pedreira? — indagou.

— "Em cima de uma pedreira, que se esconde da vista do rio, enxerguei a entrada da caverna" — Isabela repetiu as palavras de Kincaid que tinham sido publicadas pelo *Arizona Gazette*.

Jerry arqueou o corpo para analisar a altura do precipício. Percebeu que era alto demais para que conseguisse enxergar o leito que corria lá embaixo. Com cuidado, chegou mais perto da beirada, olhou para o rio e para a pedreira que interrompia a passagem.

— Se é que existe mesmo uma entrada, só pode estar escondida em algum lugar ali embaixo. — Apontou para a pedreira, muito parecida com a descrita pelo explorador.

Seria uma descida perigosa de dez metros para chegarem ao ponto onde desconfiavam estar a entrada. Tendo em mente que qualquer escorregão poderia ser fatal, visto que apenas cinco metros separavam a descida do precipício, Jerry abriu a mochila maior e tirou de dentro um rolo de corda, que amarrou na cintura antes de enroscá-la num lugar firme, para que pudesse descer.

Com a ajuda de Isabela, que o orientava apontando a trilha menos difícil, ele alcançou o chão quando pensava ainda estar a meio caminho.

— Sua vez — falou, olhando para cima e se desvencilhando da corda. — Antes de descer, jogue as mochilas com as ferramentas.

Isabela puxou a corda e logo as mochilas foram jogadas. Esperando que ela descesse, Jerry começou a analisar o terreno sem se afastar da parede. Viu manchas sedimentares no lado oposto da pedreira e se lembrou de imediato de que Kincaid também havia dito algo sobre isso. Percebendo que Isabela estava se virando bem na descida, pegou uma picareta pequena de dentro da mochila e foi para o outro lado.

Deu a primeira pancada com menos força, querendo analisar a espessura da rocha. O som que ouviu foi o mesmo de quando se bate em uma parede oca. *É aqui*, pensou. Deu outra pancada com mais força, e a parede se esmigalhou, revelando a entrada.

73

Sobre a pedreira, à beira do precipício no Grand Canyon, Jerry tinha acabado de descobrir a localização exata da entrada da caverna que suspeitavam de ser a mesma que G. E. Kincaid disse ter visitado em 1909. Tirando o boné e secando a testa, pegou a picareta com as duas mãos e, usando a ponta mais fina, bateu na pedra mais algumas vezes, alargando a passagem para que conseguissem entrar. Um cheiro forte de enxofre brotou lá de dentro, obrigando-o a virar o rosto para conseguir respirar.

— O que está fazendo? — A agitação fez Isabela olhar para trás. Ela descia devagar, presa à corda de segurança, mas, assim que viu o buraco na parede, se apressou em chegar.

Esperando que o cheiro ficasse menos intenso, Jerry foi até o outro lado da pedreira para auxiliá-la nos dois metros que faltavam. Depois ajudou a desamarrar o nó da corda que a prendia pela cintura.

— Acho que encontramos a entrada. — Ele sorriu, abrindo espaço para que Isabela pudesse dar uma olhada.

— Kincaid não estava mentindo — ela murmurou, fascinada. — Existe mesmo uma caverna aqui.

Sorridente, Jerry tirou a mochila das costas e pegou duas lanternas, oferecendo uma para Isabela. Aproximando-se do buraco escuro, cujo mau cheiro tinha se dissipado, mirou o foco de luz e enfiou a cabeça lá dentro. Viu uma escadaria com uma dúzia de degraus desgastados pela sedimentação, que conduzia a uma entrada maior, mais abaixo. Ele até tentou iluminar aquele ponto, mas a luz não alcançava tão longe.

— Vamos entrar? — convidou.

— Por mim, já estaríamos lá dentro — Isabela respondeu.

Deixando a mochila com ferramentas na pedreira, entraram pelo buraco, levando apenas a com suprimentos.

Diferentemente do ambiente externo, onde o calor intenso imperava, na caverna a temperatura estava mais agradável, beirando os vinte graus. Apontando a lanterna para as paredes conforme desciam a escada, logo avistaram estranhas inscrições entalhadas em pedras caprichosamente cortadas e enfileiradas no alto da grande entrada.

— São runas — Isabela avaliou, chegando perto. — Mais vestígios de que diferentes civilizações, neste caso os vikings, estiveram aqui ou influenciaram a construção deste lugar.

Continuaram em frente, até o ponto onde a claridade que vinha de fora não alcançava. Agora estavam à mercê da bateria das lanternas. Com passos calculados, caminharam por quase cinco minutos, sempre descendo, sem ver nada além de pedras. Foi então que, num determinado ponto, salas e passagens secundárias começaram a aparecer nas laterais da passagem principal. Conferindo cada uma, perceberam que algumas terminavam em lugar nenhum e a maioria estava vazia.

— Será que os pesquisadores enviados pelo governo limparam tudo antes de esconder a entrada? — Jerry palpitou.

Isabela deu de ombros, contraindo os lábios como alguém que está prestes a perder a esperança.

Foi preciso andar mais um pouco para que novas salas, repletas de objetos historicamente ligados a antigas civilizações, começassem a aparecer por todo lado. No canto de um desses salões em forma de cruz, encontraram ferramentas medievais feitas de cobre. Quem quer que tenha estado ou vivido naquela caverna, conhecia a arte do endurecimento desse metal. No outro braço da cruz, viram dezenas de vasos, potes e copos de cerâmica, ricamente pintados, colocados numa bancada.

— Me dê a máquina fotográfica — Isabela pediu.

Jerry remexeu a mochila e lhe entregou a máquina, e ela logo começou a tirar fotografias dos objetos.

— Vai enviar para Noam Lovelock? — ele perguntou, piscando cada vez que os flashes iluminavam a extensão da sala.

— Isso e muito mais. — Isabela pendurou a alça da câmera no ombro e voltou para a passagem principal. — Temos que chegar à cripta descrita por Kincaid. Lá estão as múmias com cabeça grande e também a passagem iluminada.

Deram alguns passos, descendo outro tanto. Foi então que Jerry ouviu um som ritmado que vinha de fora da caverna, trazido até aquele ponto pelo buraco da entrada.

— Está escutando? — Pousou a mão sobre o ombro de Isabela.

Os dois trocaram olhares.

— Parece um helicóptero — ela falou, sem demonstrar preocupação. — São muito comuns em passeios turísticos pelos cânions. Vamos seguir em frente.

À medida que avançavam, o barulho foi desaparecendo na vastidão da caverna. Em compensação, o cheiro de enxofre ficava mais intenso a cada passo, até tomar proporções nauseantes quando pararam diante de outra passagem, um pouco menor e um tanto mais misteriosa que as primeiras. Jerry se agachou e apontou a lanterna para dentro, mas a luz não penetrava a passagem fedorenta e silenciosa. Intrigado, chegou a virar a lanterna para o rosto, conferindo se continuava a funcionar. Engoliu em seco quando viu que sim e se apoiou nos joelhos para levantar quando Isabela disse algo, parada alguns metros à frente.

— É aqui — ela anunciou.

Eles tinham alcançado a cripta. Naquele grande salão circular, com paredes inclinadas para trás num ângulo de quarenta e cinco graus, até o ar parecia mais pesado. Perto da entrada, havia pinturas nas paredes, que mostravam pessoas sendo sacrificadas por seres humanoides com braços longos e cabeça grande. Ao lado da única passagem, de onde emanava um brilho intenso, de ofuscar os olhos, quatro sarcófagos fechados, com quase três metros de altura, estavam encostados a uma parede lisa. Jerry e Isabela trocaram olhares outra vez. Havia temor e curiosidade nos olhos de ambos. Sem dizer uma palavra, Isabela pegou a câmera fotográfica e avançou. Jerry a seguiu.

As mãos dele chegaram a tremer quando encostou no primeiro sarcófago, tentando abrir uma fresta para observar o que havia dentro. Não conseguiu. Precisou pedir ajuda para mover o pesado objeto. Um murmúrio de espanto escapou de seus lábios quando a tampa foi retirada e a luz das lanternas iluminou o ser mumificado lá dentro. Diferentemente das múmias egípcias, essa não estava enrolada em panos, mas continuava conservada, mostrando que a técnica de embalsamamento empregada naquele corpo estava à frente de qualquer conhecimento humano sobre preservação de cadáveres.

— Há quanto tempo acha que está aqui? — Ele estava radiante por ter diante dos olhos aquela revelação.

— Muitos anos. — Isabela se manteve distante num primeiro momento, mas chegou perto quando começou a fotografar.

A criatura de dois metros e meio tinha ombros estreitos, e os braços, longos e magros, perdiam-se sob uma camada de pústula amarelada que escorria pela pele escamosa e acinzentada. A cabeça tinha o dobro do tamanho normal, e os olhos escuros, sem pálpebras, deixavam a impressão de que despertaria a qualquer momento. Pescoço alongado, rosto que afinava próximo ao queixo, sem nariz, sem orelhas e com a boca minúscula.

— O projeto SETI gasta centenas de milhares de dólares por ano na busca por vida extraterrestre, apontando radiotelescópios para o universo, e o que tanto procuram lá fora esteve aqui na Terra o tempo todo — Jerry desabafou, desviando a atenção para a passagem reluzente ali próxima.

O foco de luz intenso e concentrado num único ponto fazia a claridade das lanternas se tornar inútil. Aproximando-se, ele ficou a dois passos do foco e teve de proteger os olhos com a mão para enxergar o que havia do outro lado.

— Isabela, venha ver isso. — Jerry estava maravilhado com o que conseguia enxergar através da luz.

Ela tirou mais uma foto da criatura e pendurou a câmera no ombro, se aproximando. Seus olhos se arregalaram de fascínio quando também conseguiu ver.

— É uma passagem? — sorriu, avançando. Deu mais um passo e foi consumida pela luz.

Jerry crispou os lábios. Estar naquele ponto fez com que uma sensação de bem-estar tomasse conta de seu corpo. Deu um passo à frente. Todas as preocupações que assombravam sua mente começaram a desaparecer conforme chegava mais perto do brilho, como se estivesse entrando no Paraíso.

— Eu não faria isso se fosse você — a voz repreensiva de um homem ecoou pela cripta, fazendo-o voltar a si.

Olhou para trás, por sobre o ombro. Viu a silhueta de alguém parado com uma arma apontada, mas não reconheceu quem era, pois estava longe do alcance da iluminação. Piscou uma vez. Não estava vendo coisas. A figura humana continuava parada no mesmo lugar. *Cléc!* Uma arma foi engatilhada. Sem pensar duas vezes, Jerry respirou fundo e tomou impulso para correr em direção à luz antes de ser atingido pelo disparo. *Bang!* Ouviu o estampido de um tiro, mas não sentiu dor alguma.

Estava na luz.

74

Jerry se sentia sonolento, embora se esforçasse para acordar. Tudo estava tão confuso que precisou travar uma verdadeira batalha subconsciente para conseguir abrir os olhos e descobrir onde se encontrava. Quando suas pálpebras obedeceram, viu dois vultos de branco saindo pela porta, com pranchetas na mão.

— Isabela? — ele chamou, grogue.

Deitado numa cama macia, observou o ventilador de teto girando devagar, mesmo que não fizesse calor. Não conseguia mexer a cabeça, mas em seu campo de visão pôde observar uma televisão de catorze polegadas afixada à parede, exibindo um telejornal noturno. *Que lugar é este?*, pensou, fazendo força para levantar. Não conseguiu. Sua testa, braços e pernas estavam presos na cama por cintas de couro, como aquelas usadas para prender loucos em manicômios. Sentiu o coração acelerar além do limite. *Onde está a Isabela? O que fizeram comigo? Como vim parar aqui?* Inúmeras perguntas lhe surgiam, sem que ninguém estivesse por perto para responder.

Havia conversas e barulhos vindos de fora do quarto. Bipes, gargalhadas, passos, motores e buzinas. Olhou para a porta fechada e depois para a janela, com cortinas que o impediam de ver além. Tentou se soltar, usando o pouco de força que ainda lhe restava. Estava fraco. Sentiu um incômodo no braço. Ergueu os olhos e enxergou um frasco de soro, que gotejava um líquido incolor por uma mangueira ligada a uma agulha enfiada em sua veia.

— Alguém pode me ajudar? — ele gritou, baixo demais para que sua voz ecoasse pelo corredor.

Outro vulto surgiu, erguendo-se de uma poltrona na lateral da cama. Aquele rosto lhe era familiar, mas precisou pensar um instante antes de lembrar o nome.

— Linné? — Jerry sussurrou. Sua memória estava fraca.

O homem de terno escuro esboçou um sorriso e contornou a cama.

— Como está, sr. Laplace?

Jerry fechou os olhos quando sentiu uma pontada dolorida na nuca. O volume da televisão estava alto demais para que conseguisse se concentrar no que o homem dizia.

— O que você fez com a Isabela? — foi a primeira pergunta que lhe veio. — Como eu vim parar aqui neste maldito hospital?! — emendou outra, de forma mais incisiva, sem nem ter ouvido a resposta à anterior.

— Se quiser conversar, primeiro preciso que mantenha a calma — o homem falou, com serenidade na voz.

Jerry queria estrangular aquele canalha.

— Me diga o que você fez com a Isabela —repetiu a pergunta que julgava ser mais importante.

— Isabela não é real, sr. Laplace. — O homem contraiu os lábios, como quem está descrente. — Ela é só mais um dos inúmeros personagens frutos da fantasiosa história que o senhor criou depois que recebeu aquele sinal de rádio, vindo de um avião comercial, no Observatório da universidade — contou.

— Cale a boca! — Jerry gritou, com o rosto pálido e as mãos trêmulas de raiva. — Você sabe que o sinal foi real! — vociferou.

O homem baixou os olhos.

— Nada foi real, Jerry — ele continuou, calmo, apesar das circunstâncias. — Você precisa lembrar o que fez depois de sair do Observatório naquela noite chuvosa — falou. — Se lembra do que aconteceu com o seu amigo Eliot e a esposa?

— Você os matou. — Jerry ainda conseguia ouvir os gritos de Diana ao telefone.

— Não, Jerry. Foi você quem matou os dois quando eles não acreditaram na sua história — Linné revelou. — O mesmo fez com seus professores, Joseph Currie, Herschel Shapley e Isaac Rydberg, quando tentaram te ajudar. E também com o estudante com quem você dividia o aluguel, Gregor Becquerel.

Jerry ficou horrorizado com o que ouviu. Ele sabia que os federais eram capazes de fazer barbáries para manter em sigilo alguns segredos obscuros, mas aquilo beirava o inacreditável. Ele precisava pensar antes de voltar a falar, mesmo havendo algo agindo em sua corrente sanguínea que não o deixava se concentrar. E ainda tinha a voz quase mecânica do jornalista falando alto na televisão, causando latejos em sua cabeça.

Diante do silêncio, o homem voltou a conversar.

— Estou com a sua ficha médica. — Ele a posicionou diante dos olhos de Jerry. — Vi que você toma antipsicóticos.

— Os medicamentos são para insuficiência cardíaca.

— Não é o que diz o prontuário. — O homem falava com convicção. — Clorpromazina e haloperidol são antipsicóticos amplamente utilizados.

Jerry forçou os olhos para ler as informações que constavam no prontuário, que tinha seu nome completo e sua foto. "Paciente apresenta tendências psicóticas desde a infância. Faz uso de clorpromazina associada a haloperidol para reduzir o risco de crises." No fim da ficha, havia carimbos e assinaturas de dois médicos.

Louis Kepler   *Emmy MacClintok*
Dr. Louis Kepler   Dra. Emmy MacClintok
Psiquiatra   Neurocirurgiã

Aquilo não podia ser real. A sensação de impotência por não conseguir se mexer nem provar que era tudo armação do governo o deixou perturbado. Fechou os olhos. Precisava se lembrar de alguém que confirmasse sua história, para provar que não era um doido.

— Noam Lovelock — ouviu alguém falar dentro do quarto.

Aquilo entrou de surpresa em seus ouvidos e de imediato transformou-se numa real chance de redenção. *Claro, o editor-chefe do jornal. Ele está com as informações que provam a veracidade dos sinais*, pensou e abriu os olhos. Era o jornalista com voz mecânica que estava falando algo sobre Noam Lovelock no telejornal.

— *O Departamento de Polícia de Nova York continua sem pistas sobre o assassinato do respeitado jornalista Noam Lovelock, morto na garagem do prédio em que trabalhava, quando se preparava para um almoço com o governador do estado.* — Enquanto o apresentador falava, imagens borradas do local do crime eram mostradas. — *Sem testemunhas que possam identificar o assassino, os investigadores continuam trabalhando, mas as chances de encontrar os responsáveis parecem remotas.*

Quando o apresentador iniciou outra manchete, Jerry desviou os olhos para Carl Linné. Mas não o encontrou ali. Havia apenas uma enfermeira sorridente entrando no quarto com uma seringa e dois comprimidos sobre uma bandeja metálica.

— Hora dos remédios — ela falou, empurrando o êmbolo para eliminar o ar da solução que preenchia a seringa.

— Para onde foi o homem de terno que estava aqui no quarto agora mesmo? — Jerry sentiu um calafrio.

A enfermeira enrugou a testa.

— Não havia nenhum homem no quarto, sr. Laplace.

AGRADECIMENTOS

Aos meus pais e professores, que contribuíram para meu crescimento como pessoa.

À Increasy Consultoria Literária, em especial às agentes Guta Bauer e Alba Milena, que contribuíram para meu crescimento como autor.

Sou o resultado da confiança e da dedicação de cada um de vocês.

Impresso no Brasil pelo Sistema Cameron da Divisão Gráfica da
DISTRIBUIDORA RECORD DE SERVIÇOS DE IMPRENSA S.A.